真夜中のパン屋さん

午前3時の眠り姫

大沼紀子

ポプラ文庫

真夜中のパン屋さん

午前3時の眠り姫

contents

Setagaya Lin
世田谷

真夜中のパン屋さん

午前3時の眠り姫

BOULANGERIE KUREBAYASHI

〈ブランジェリークレバヤシ〉

営業時間は、午後23時～午前5時。
真夜中の間だけ開く、不思議なパン屋さん。

登　場　人　物　紹　介

篠《しの》崎《ざき》希《のぞ》実《み》

とある事情により家を追い出され、「ブランジェリークレバヤシ」の２階に居候することになった女子高生。半ば強制的にパン屋で働かされながら、次々と真夜中の大騒動に巻き込まれていく。

暮《くれ》林《ばやし》陽《よう》介《すけ》

「ブランジェリークレバヤシ」のオーナー。謎多き、笑顔の30代。
パン作りは、まだまだ見習い中……。
希実との関係は「義兄妹」ということになっている。

柳《やなぎ》弘《ひろ》基《き》

暮林の妻、美和子が繋いだ縁で「ブランジェリークレバヤシ」で働いているイケメンブランジェ。口は悪いが、根は優しく一途な青年。

斑《まだら》目《め》裕《ゆう》也《や》

探偵能力が抜群な、ひきこもり脚本家。
「ブランジェリークレバヤシ」のお客様。のぞき趣味を持つ。

ソフィア

「ブランジェリークレバヤシ」の常連客。暮林とは同年代で、
15年のキャリアを持つ、麗しいニューハーフ。

水《みず》野《の》こだま

「ブランジェリークレバヤシ」に通う、小学生男子のお客様。
母と2人で暮らす、素直な少年。

Open

梅雨《つゆ》に入ってしばらくして、希実《のぞみ》はなけなしの三五〇円をはたいて耳栓を買った。マシュマロのように柔らかい、黄緑色の釣り鐘《つりがね》形。耳に入れると二十秒ほどで、ぴったりと隙間をふさいでしまい、周りの音を遮断する。音の消されたその世界に、希実はだいぶ興奮した。すごい、こんなに聞こえなくなるなんて――。そしてその日以来、雨が降った登下校時は、その黄緑色を耳に詰めるようになった。

雨音のしない雨の中、傘をさして歩くのは悪くはなかった。耳に頼れないせいか、景色にいっそう注意がいって、ありふれたものも鮮《あざ》やかに感じられた。例えば信号の青赤黄色、雨に濡れた木々の緑や、ビニール傘を流れていく雨の滴《しずく》。そんなものを見ていると、あんがい楽しく歩いてもいられた。

ただし当然、不都合も生じる。例えば人に呼ばれても、よほどの大声でなければ気付けない。だからその日の帰り道、希実は孝太郎《こうたろう》の呼び声に、まるで気付くことが出来なかった。

「――ま、待って、篠崎《しのざき》さん！　なんで無視するの？　僕、また何かした？」

彼がいるとわかったのは、肩を叩かれてからのことだ。降りしきる雨の中、走って希実を追いかけてきたらしい孝太郎は、鞄をすっかり濡らしていたし、息も少し切らしていた。

だから希実は急いで耳栓を外した。ああ、ごめんごめん。無視じゃなくて、これのせい。そうして耳栓を差し出すと、孝太郎は不思議そうに目を丸くした。へ？　何？　これ……。それで希実は答えたのだ。

「耳栓だよ。雨の音を聞きたくなくてつけてるの」

もちろん孝太郎はキョトンとしたが、事実なのだから仕方がない。何しろ今の希実には、雨音を遮断したい理由があったのだ。

希実が雨音を避けるようになったのは、文化祭が終わって少ししてからのことだ。眠っている間に雨が降り出すと、決まって子ども時代の夢をみるようになったのが、キッカケといえばキッカケだった。

夢の内容はいつも同じだった。おそらく、小学校低学年頃のことだろう。希実は開かないアパートのドアの前で、雨に降られながら立ち尽くしていた。髪も顔も洋服も、もちろん雨でずぶ濡れだった。しかもなぜか靴を履《は》いておらず、ソックスは泥でひどく汚れてしまっていた。そしてそんな状態で、幼い希実は泣いていたのだ。表情を崩さず声もあげず、しかし目からとめどなく涙がこぼれていた。

おかげで目を覚ますたび、涙で頬は濡れてしまっていた。最初はなんらか目の病気を疑ったが、しかし白目があくまで白かったので、病気ではないと思い至った。涙は単なる涙に過ぎない。おそらく夢に引きずられ、現実でも体が反応したということだろう。

しかもその夢を見た日の朝は、必ず気持ちが重たくなった。なぜ自分は雨に打たれていたのか、なぜ家に入れてもらえなかったのか、なぜあんなふうに泣いていたのか、そのあたりはまるで思い出せないのに、しかしその時の絶望的な気分だけは、しっかり蘇《よみがえ》ってきてしまう。しかもその感覚に捉《とら》われると、まるで自分が非力な少女に戻ったようで、どうしようもなくうんざりするのだ。せっかくこんなに育ったのに、子ども時代に戻るとか、ホントあり得ないって感じなんですけど——。

それでもまだ、夢を見ているだけのうちはよかった。何せ気を取り直して部屋を出れば、それですんでしまう話だったし、人に気付かれるというリスクもほぼ皆無だったからだ。

しかし昔の記憶は、さらに希実を追ってきた。眠っている間だけでなく、雨の日の通学路や、集中力を欠いた授業中などにも、にわかに蘇ってくるようになったのだ。どうやらひとりでいたり、ぼんやりしていたりするのがよくないらしかった。夢を見るというわけではないが、気付けば頭の中が雨音で満たされていて、くだんの雨の日の苦い記憶が、次々フラッシュバックしてしまうのだ。

ちなみに、なぜそんなことが起こるようになったかといえば、一通の手紙を見つけてしまったからに他ならない。

その手紙は、美和子《みわこ》の部屋の机の中にあった。鍵のついた引き出しの、おそらく奥の奥に仕舞われていた。にもかかわらず、希実はそれを見つけてしまった。いつものように勉強中、落とした消しゴムを拾おうと、机の下をのぞき込んだ瞬間、薄暗い引き出しの奥のほうから、白い紙がはみ出しているのが見えてしまったのだ。

なんだろう？　そう思った希実は、何気なくその紙の端っこをつまみ、つい－っと引っ張ってみた。すると一通の封筒が、まるでそうなるのを待っていたかのように、ストンと希実の膝元に落ちてきた。

手紙の受取人は、当然というべきか、部屋の主である美和子で、差出人は篠崎律子《りつこ》――つまり希実の母親だった。それで希実は反射的に、素早く便箋《びんせん》を取り出し、その内容に目を通してしまった。誉《ほ》められた行動ではないとわかっていたが、そうせずにはいられなかったのだ。何これ？　母が、美和子さんに、いったい何を――？

手紙は、拝啓暮林《くればやし》美和子様、からはじまっており、時候《じこう》の挨拶《あいさつ》もきちんと記されていた。そしてそれに続き、希実を美和子に預かって欲しいというお願い、並びにそのことに関する懺悔《ざんげ》と言い訳が続き、最終的には自《みずか》らの不甲斐《ふがい》なさに言及。特筆すべきは、丁寧語や謙譲語が誤用なく使われていたことで、その部分については希実も多少思うところがあった。何しろ母という人は、誰にでもタメ口を利《き》くタイプだったはずなのだ。つまり母って、敬語を知らないいんじゃなくて、敢《あ》えて使ってなかったってこと？　そう思い至って、少なからず呆《あき》れてしまった。それって、余計タチ悪くない？

　しかしその点以外は、特に思うところのない手紙だった。何しろ母が不甲斐ない人であることは、とうの昔に知っていたし、子どもの愛しかたがわからない、という一文にも、まあそうなんだろうね、という感想しか抱けなかったのだ。そのことに関しては、私もなんとなく察してたよ、母。

　唯一、引っ掛かりを覚えた部分があるとすれば、希実の記憶について言及した部分だ。何しろ母は、身に覚えのないことを書き記していたのだ。

『ご存じの通り、私はあの子の記憶を奪ってしまいました』

　その一文を読んだ希実は、もちろん首をひねった。は？　記憶を奪った？　私の記憶を？　何それ、どんなSF状態？

　若干茶化《ちゃか》しながら思ったのは、あまり現実味が湧《わ》かなかったからだ。文章の前後では、大切な記憶だったのに、だとか、ひどいことをしてしまいました、などという表現も見受けられたが、率直な希実の感覚としては、大切な記憶なら忘れるわけなくない？　としか思えなかった。嫌なことならまだしも、大切なことはさすがに、ねぇ……？

だから希実はその手紙を、鍵のない引き出しのほうに仕舞った。多少の疑問は残ったが、気にするほどではないと高をくくった。まあ母も、長く家出をするにあたり、少しは我が身を振り返ったってことなのかな、程度に思って受け流して、そのまま忘れてしまおうとしたのだ。

しかしそうして軽くあしらったものに、思いもよらない仕打ちを受けるのだから、人生というものは、奥深いというか理不尽というか、不可思議なものだよなと希実は思う。つまりそこから、例の夢とフラッシュバックがはじまってしまったのである。

さらに言えば、夢以外にも違和感は生じていた。例えば、パンの匂いで目覚めた朝や、フルーツサンドを頬張った瞬間、階下からミキサーの音が聞こえてきた時なども、頭の中で何かがパッと蘇った感覚に襲われるようになったのだ。ただしそれはあまりに一瞬で、快も不快もたいしてなかったから、なるべく気にしないよう努めていた。

しかし雨音のほうは、そう簡単にはいかなかった。何せ記憶が蘇れば、その都度《つど》涙は出てしまうし、ひどく落ち込んでもしまうのである。つまり今の希実には、耳栓は必須アイテムと言えた。雨が降ってひとりなら、迷わず耳に詰めるしかない。

ただしそんな説明を、いちいち孝太郎にするのは憚《はばか》られた。母について話すのも億劫《おっくう》だったし、自らのSF状態について説明するのもなんとなく気恥ずかしかった。それでとりあえず、短く答えてみることにしたのである。

「えーっと。雨の音を聞くと、嫌なこと思い出しそうだから耳栓してる。みたいな？」

しかしそんな希実の説明に、孝太郎は存外あっさり納得した。ああ、なるほど。そういうことかー。あまりの孝太郎の物わかりの良さに、今度は希実のほうがキョトンとしてしまったほどだ。え？　あ、まあ、そういうこと、かな？　だが孝太郎は、そんな希実の様子を気にすることなく、ごく断定的に言い継いだのだった。

「うん、それでいいよ。思い出さないことには、たぶん思い出さないなりの、理由や意味があるんだからさ。だからちゃんと、忘れたままでいればいいんだよ」

そうして孝太郎は、さっさと話題を切り替えてみせた。そんなことよりさ——。彼にとって希実の耳栓は、そんなことであったらしい。これから篠崎さんち行っていい？　夕食用のパンが買いたいんだ。どうやら希実を呼び止めた理由は、そちらのほうにあったようだ。だから希実は、いいよ、と即答しつつ、てゆうか、美作《みまさか》先生は今日も仕事？と訊いてみた。何しろ孝太郎、父親である美作の不在を理由に、最近何かとパンを買いに来るようになっているのだ。

希実の問いに対し、孝太郎はうんと頷《うなず》いた。そして小さく首を傾《かし》げる。

「目の治療があるから、オペは退いてるはずなんだけど。でもやたら、忙しそうでさ。僕が買っておいたパンも、勝手に持ってってたりするんだよね。ひどくない？　ひとりで食べ切れる量じゃないのにさ。いったいいつから、あんな大食らいになったんだろ」

そう言いながらも、孝太郎の表情は晴れやかで、だから希実はひそかに安堵《あんど》した。どうやら剣呑な親子関係は、多少なりとも改善されているようだ。まあいいじゃん。美作先生なんて、誰にでも平等にひどいんだからさ。希実がそう答えると、孝太郎は破顔した。確かにね。あ、でも、篠崎さんのことは、命の恩人だと思ってるみたいだよ？　そんな孝太郎の軽口に、希実も笑って返す。マジで？　じゃあ、なんかあったら、その恩振りかざしてやろうかなー。

誰かと何か喋っていれば、雨音は過去を呼び出さない。そのことを学習している希実は、水たまりを蹴散らすようにしながら話し続ける。今の希実にとって、会話は貴重な耳栓なのだ。

「そういえば、今日お店にいるのはソフィアさん？　それとも斑目《まだらめ》さん？」

そんな孝太郎の問いかけに、希実は指折り数えて答える。たぶん、今日は斑目氏かな。

すると孝太郎は首をすくめる。そっか。じゃあ、今日のコーヒーは諦《あきら》めようかなぁ。へ？　なんで？　だって斑目さんが淹《い》れるコーヒー、イマイチで。そんなことないって。斑目氏、練習して上手くなってるし。ホント？　うん、あの人、進化する変態だもん。

　孝太郎がそんな質問をしてきたのは、現在ブランジェリークレバヤシのブランジェ助手が、斑目とソフィアの両名になっているためだ。斑目が二日間、ソフィアが四日間の交替制で店を手伝ってくれている。なぜそんなことになっているのかといえば、暮林が店からいなくなってしまったからに他ならない。

　半月ほど前のことだ。彼は突然店を休みたいと言い出して、その言葉通り翌週には、店に来なくなってしまった。

「……ちなみに暮林さん、まだ戻って来ないの？」

　何気なく訊いてくる孝太郎に、希実はうんと頷いて返す。たぶん、まだまだなんじゃない？　てか、休みはじめてまだ一週間だし……。すると孝太郎は、おそらく何も見えないであろう黒い傘を見あげて言ったのだった。

「――でも篠崎さん、寂しいでしょ？」

　雨は降りしきっていた。記憶は耳の奥のほうで、雨音がやって来るのを待っているようだった。だから希実は笑って返した。

「別に帰って来ないわけじゃないし。寂しがってる暇があったら、単語のひとつでも覚えたほうがよくない？　私たち、一応受験生なんだからさ」

子ども時代には、戻りたくなかった。嫌なことは、何も思い出したくなかった。

希実にはまだ、会話が必要だった。

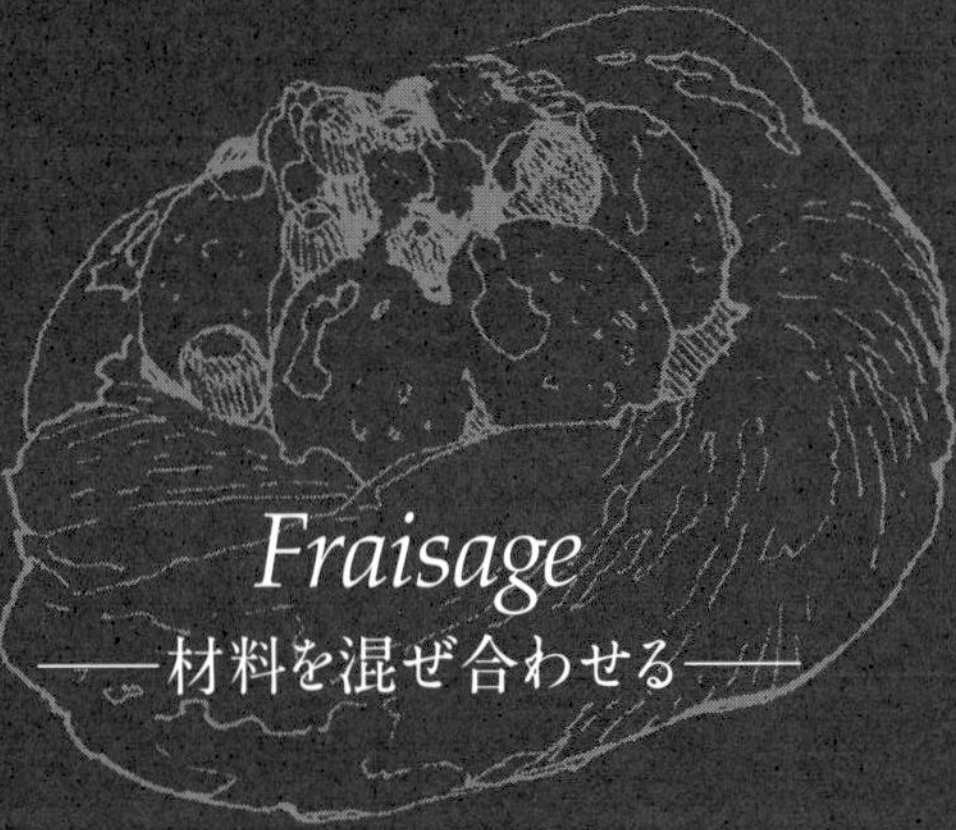

Fraisage

——材料を混ぜ合わせる——

「お前の人生、取り返しのつかんことになっとるのー」

彼女が実兄にそう嗤《わら》われたのは、十七歳の春のことだった。高校にも行かず家を出て行った妹が、金髪頭になって男と歩いていたのだから、兄がそう言うのも無理はなかったが、しかし彼女も彼女で思っていた。

バカだね、お兄ちゃん。お兄ちゃんの人生だって、もう取り返しがつかないところまできてるのに。それは幼少期から彼を間近で観察してきた、彼女の偽《いつわ》らざる心境だった。

お兄ちゃんはたぶん、誰のことも幸せにしない。むしろ傷つけ、むしろ損《そこ》ない、奪って追い詰めて、すかすかの駄目人間にしてしまうだけ。

きっとお兄ちゃんは、お兄ちゃんと同じ悲しい誰かを作っていく。そういう呪いが、かかってるんだよ。家族という呪い。愛という呪縛。あの人たちにかけられたように、お兄ちゃんもその呪いを、たぶん誰かにかけていくの。それだって、ずいぶん取り返しのつかない人生だと思わない？

あの人たち、というのは両親や祖父母のことだ。彼女は家族を思う時、ごく自然にそんな他人行儀な表現を用いる。彼女の実家は瀬戸内の旧家で、親類縁者には教育関係者が多く、祖父は地元の教育委員会の委員長で、彼女の父も教員だった。そのせいもあったのか、家庭内の規律はごく厳しく、何かにつけて祖父の鉄拳《てっけん》が飛んでくるような家だった。

躾《しつけ》だと彼らは称したが、それが単なる暴力であることを彼女は知っていた。力を持つ者がそれを振るい、弱い者はそれに従う。バカな大人たちだなとは思ったが、人間というものがそもそもバカなのだろうから、仕方ないんだろうと割り切っていた。それでも彼らは、家族というものにすがっていたかったということだろう。

彼女の素行が荒れはじめたのは、中学生の頃だった。もちろん自らの意思のつもりだった。髪は金髪に、眉毛は剃《そ》り落とし、なぜかマスクは常時着用するという、田舎《いなか》の不良の手順を踏んだ。しかし、それも呪いだったのではないか、と彼女は思うようになっている。そうなるべく呪いを、あの人は私にかけていたのではないか――。

そうして順当に高校を中退。家を出て男の家に転がり込み、兄がいうところの、取り返しのつかんところまで流れ着いた。

家を出て彼女が気付いたのは、自分以外の多くの人も、やはり呪いにかかっているという現実だった。世の中には様々な呪いがあって、多くの人がそれぞれの呪縛の中で生きていた。

　なのにたいていの人たちは、呪いにかけられていると気付いていない。まるで眠っているかのように、呪いに目をつむったままでいる。あるいは気付いていたとしても、狸寝入りを決め込んでいたということなのか――。

　だから彼女もそれに倣《なら》った。呪いに敢えて甘んじた。そうして薄目を開けながら、まどろむように世界を見ていた。人生なんて、世界なんて、どうせこんなものなんだ。そうして全てを、割合上手に諦めていた。

　そんな彼女の目を覚まさせてくれたのは、他でもない彼女の恋人だった。彼は眠り姫に登場する王子様さながらに、浅い眠りについていた彼女の体を揺さぶってくれたのだ。あるいは、心を、と言うべきか。

　苦しかったんだね、と彼は彼女の代わりに泣いてくれた。これからは、僕がずっと傍《そば》にいるよ。傍にいて、必ず守る。君がたくさん笑えるように、ちゃんと強い男になるから――。どれも陳腐《ちんぷ》な言葉だったが、彼は本気で言っていた。その本気のほうに、彼女の呪いは解《と》かれた。大切なのは、意味ではなかった。単なる息の震えでも、彼のものなら貴《とうと》かった。

　彼と出会って、世界の色は鮮明になった。もちろん善し悪しはあるが、しかし彼女はその両面を引き受けている。背中合わせなのだ。喜びと、悲しみは——。それでいいと、彼女は思う。どんな人生になったとしても、彼を知らないままの人生よりは、きっとずっとよかったはず。

「……え？　あれ？　篠崎さん、まさか寝てるのかい？」

　彼の声が耳に届き、彼女はハッと目を覚ます。そこは車の助手席で、窓の向こうには暗い夜の住宅街が見える。それで彼女は気付いたのだった。ああ、私、寝落ちしてたんだ。ただ物思いに耽《ふけ》っているつもりだったが、体は睡魔に取り憑《つ》かれていたようだ。

「よっぽど疲れてるんだね。この状況で眠れるなんて……」

　感心したように笑う彼に、彼女も薄く笑って返す。だって、眠り姫じゃけぇ。しかし小さなその声は、彼の耳には届かなかったようだ。え？　何？　と不思議そうに聞き返されたので、彼女はなんでもないと首を振った。もう起きる、ごめんなさい。すると彼は腕時計を確認し、チラリと彼女に目配せしてきた。

「追っ手の連中は、もうしばらく姿を見せてない。さすがに撤収したんだと思う。念のためあと十分ほど様子を見て、それでも人が現れなければ僕たちも動くとしよう」

　彼のそんな説明に、彼女はわかったと素直に頷く。そして膝に置いたトートバッグを物色し、中から個包装されたレモンをひとつ取り出す。薄暗い夜の中にあっても、その黄色はハッとするほどの鮮やかさだ。彼女はそのことに満足しつつ、ビニールを破り中身を取り出す。瞬間、レモンの香りが車内に広がる。皮をむきはじめたらなおさらで、運転席の彼はひどく酸っぱそうな表情を浮かべている。

「……まるでみかんでも食べるようだね。なんとも斬新だ」

感心する彼に、彼女はちぎったひと房を渡そうとする。

「国産ものじゃけぇ、甘みもあるんよ。安田《やすだ》さんも食べてみる？」

しかし彼はそれを辞して、そのままひとつ訂正を入れてくる。

「僕たちは恋人だ。だから安田さんではなく、光《ひかる》くんと呼んで欲しい」

しかつめらしく言う彼に、思わず彼女もごく真面目に返してしまう。ああ、そうだね。ごめん、光くん。以後、気をつけます。そして差し出したレモンを引っ込め、一応こちらも指摘しておく。――でも光くんも、篠崎さんじゃなく、ちゃんと下の名前で私を呼んでね？　受けて彼もぎこちなく頷く。あ、ああ。ごめん、そうだね。しかしまだ照れくさいのか、名前のほうは呼んでくれない。

そんな彼の様子を前に、彼女は小さく笑いながら皮をむいたレモンを口に含む。瞬間口の中に強い酸味が広がって、先ほどまで体にまとわりついていた眠気が覚めていく。咀嚼《そしゃく》するごとに、自分が覚醒《かくせい》していくようですらある。

窓から見える夜の住宅街は、時間が止まったように静まり返っている。建ち並んでいるのも背の低いマンションか住宅ばかりで、その道沿いにはひょろりとした街灯が、ぽつんぽつんと青白く光りながら並んでいる。

そしてそんな夜の先に、一軒だけ明かりを灯したままの建物が見えていた。それがブランジェリークレバヤシというパン屋であることを、彼女は予備知識として知っている。

「――そろそろ行こうか」

そう言って彼は、彼女にジャケットを渡してきた。頭にかぶれということだろう。確かに顔を晒《さら》しながら、店に向かうのは得策ではない。彼女はありがとうと礼を言って、さっとそれを頭からかぶる。そして意を決して、車のドアを開けたのだった。

足を踏み出したアスファルトの地面は、夜だというのに生暖かかった。空もどこか仄《ほの》明るい。生まれ育った街とは違う雰囲気に、彼女は一瞬飲まれそうになる。しかし、ここで立ち尽くすわけにはいかない。

何しろ兄の言う通り、彼女の人生は取り返しのつかないところにきている。あろうことか現在彼女は、その命を狙われているのだ。

あの店には、あの子もいるはずだから、正直なところ足を運びたくはなかった。彼女にはよくわかっていた。あの子は私を、恨んでる。それなのにどの面《つら》下げて、あの子の前に立てばいいのか、正直まだよくわからないままだったのだ。

それでも背に腹は替えられなかった。他にもう、逃げ場はない。あの子に何を言われようと、開き直って応じるしかない。私はそれだけのことをした身なのだ。

安田の大きな体に隠れるようにしながら、彼女は向こうの明かりへと進んでいく。ここで諦めるわけにはいかない。こんなところで、終わるわけにはいかない。願うように祈るように、彼女はブランジェリークレバヤシのドアに手をかける。

私はこの命を、守らなくちゃいけない――。

＊＊＊

大人というのは、たいてい物事を勝手に決める。

それは希実の、かねてよりの定見《ていけん》だ。まずは子どもの命名にはじまり、幼児期の衣食住、いい子悪い子の評価だって、ほぼ彼らの独断で決まる。

社会に視座を移しても、その状況は変わらない。校則も法律も税率も、決めているのは大人だし、道徳のようなものだって、雛形を作っているのはほとんど彼らだ。

異論はあろうが、希実にはそう思えてならない。何しろ彼女は幼少期から、祖父母のもとにいたかと思えば、母に連れられ東京に流され、あちこちの大人に預けられた挙げ句、現在はブランジェリークレバヤシに居候《いそうろう》している、というなんともかんともな身の上なのだ。大人の決定権の揺るがなさについては、痛いほど身に染みて知っている。

大人には長く生きたぶんの、手練《てれん》手管《てくだ》というものがある。あなたの為と言いながら、たいていは自分の望みを叶えていくし、あなたが決めていいのよ、と微笑みながら、こっちの空気を察したうえでね、という見えない枕詞《まくらことば》を置いたりもする。要するにガキより老獪《ろうかい》なのだ。

しかしだからといって、彼らに対して憤《いきどお》りは感じない。何しろ彼らにも、感情があって考えがあって、それなりにヘビーな生活があって、それ相応に御《ぎょ》しがたい人生があるはずなのだ。しかも大人たちのほうが、おそらくより強い世間の荒波の中にいると思われる。だから未成年者の希実としては、おとなしく従っておこうかな、という気持ちになってしまうのである。

まあ、反抗するのが若者の務めって向きもあるけど、私にはそんなガッツも可愛げもないし。それは希実の率直な自己評価だ。決められたことには、従っといたほうが楽って側面もあるもんな。

だから暮林の長期休暇について、本人から報告を受けた時も、それほどの動揺を見せることなく、割合すんなり返すことが出来たのだろう。

「ああ、そうですか。夏休み……」

そんな希実の反応を受けて、暮林はどこかホッとした様子をみせた。

「そう、そうなんや。ちょっと、ヤボ用っちゅうか。まあ、色々あってな。希実ちゃんの受験には、迷惑かからんようにするし。休ませてもらって、ええやろか？」

暮林と弘基《ひろき》の共同説明によると、休暇の開始日は六月半ばで、期間は未定ということだった。不在の間の手伝いは、斑目とソフィアの交替制。ふたりの都合が悪い場合は、多賀田《たがた》か綾乃《あやの》のいずれかが助っ人に入る手はずで、もちろん弘基も了承済みとのことだった。

「まあ、ソフィアさんは任せて安心だろうし。斑目も、俺が仕込めばどうにかなるだろ。つーか、パンは今だってほぼ俺が作ってんだし、売り子さえいりゃ問題ねぇよ」

つまり暮林の休みについては、すでにすっかり段取りが組まれていたのである。そして希実には、その結果を事後報告してきたに過ぎなかった。

だから希実は、チクリと思ってしまったのだ。やっぱ大人って、勝手に決めてくれるよな……。しかし例によって、彼らを責める気も起こらなかった。でも、まあ、仕方ないか――。

何があるのか知らないけど、暮林さんの性格的に、サボりたいとか楽したいとか、そんな理由じゃないんだろうし。まあ、仮にそんな理由であったとしても、店のオーナーは暮林さんなんだから、居候の私ごときが、意見出来る話じゃないもんな。

しかもその時の希実には、もうひとつの懸念があったのである。過去の夢とフラッシュバックだ。なぜか希実はその症状を、暮林には知られたくないと思っていた。弱みを見せたくなかったのか？　あるいは心配させたくなかったのか？　自分でも理由は全くわからなかったが、しかしとにかくバレたくないと、彼の前では注意深く行動するようになっていた。

だから暮林の夏休みは、ちょっとした渡りに船とも言えた。何しろ彼がいなくなれば、バレる心配はなくなるわけだし、休みの期間を上手く使えば、症状の改善策も見いだせるかも知れない。そうして症状が改善されたあかつきには、暮林の夏休みが終わったあとも、延々バレずにやり過ごせるかも――。かくして希実は言ったのだ。

「――わかりました。いってらっしゃい。体調には、くれぐれも気をつけて。人や動物は、なるべく拾わないでね？　あと、悪い女にも引っかかっちゃダメだよ？」

それが、暮林の夏休みに関する顚末《てんまつ》だ。休暇理由については、弘基ですら聞かされていないようだったが、個人の事情にあんま首突っ込むのもなんだろ？　と言われ希実もそれに納得した。確かに、知られたくないことって、誰にでもあるもんな。私にすら、あるんだし――。

だから孝太郎に、寂しいでしょ？　と問われても、そう単純にイエスとは言えなかったのである。こっちはこっちで、色々複雑なんだよ、美作くん。梅雨は明けても、落雷豪雨は続いてるしさ。

ちなみに、暮林の助っ人としてやってきたソフィアと斑目の両名は、当初寄せられた期待より遥かに健闘してくれていた。

そもそも店の常連でもあり、かつ接客業が長いソフィアは、驚くべきスピードで店に馴染んでいったし、そのうえ暮林とは比べものにならないほど器用ときていて、パン製作の作業効率も勢いあがっているほどだ。

さらに特筆すべきは、その容姿の変化だろう。パン屋の売り子になるにあたり、彼女はそれまでのド派手な衣装とメイクを、きっちり封印してみせたのである。ＴＰＯに合わせただけよ〜、と本人は説明しているが、おかげで店の客の中には、ソフィアを単なるでかい美女と勘違いする輩《やから》が続出。彼女目当ての客の姿も、ちらほらイートイン席に見られるようになった。もちろん弘基はご満悦である。いいよいいよ〜、ソフィアさん、今が一番可愛いよ〜。パンが売れれば、なんだって嬉しい男なのだ。

いっぽう、本当にこの人に接客業をやらせて大丈夫なのか？　と若干不安視されていた斑目も、中々の働きぶりを見せていた。元々手先は器用らしく、パン製作は補助程度ならこなせていたし、仕上げのセンスも悪くなかった。接客に関しても、初見の客には人見知りもするが、常連客ならちゃんと笑顔を見せている。しかも知識量が半端ないから、客の質問には完璧に答えることが出来るのだ。それはそれで、特技と言えなくもなかった。

例えば、それぞれのパンの原材料、おおよそのカロリー、その歴史。あるいは店周辺の道についてや、最寄駅の終電と始発時刻。弘基の生年月日と血液型、並びに身長体重、おおまかな恋愛遍歴に至るまで、訊かれればすらすら答えてみせるのである。

もはや情報屋の域なのでは？　という感は否《いな》めなかったが、情報目当ての客もちらほら現れるので、やはり弘基は満足そうだった。いいよいいよ、斑目。お前は、なんでも話しちゃいな？　パンが売れれば、とりあえず全てを許す男なのだ。

つまりブランジェリークレバヤシは、暮林が夏休みに入って以降も、割につつがなく営業を続けていたということだ。無論、暮林の不在を嘆《なげ》く者もいたが、じき帰って来ますから、と説明すれば納得した。そう？　まあ、確かに辞めたわけじゃないんだもんね……？

そして辞めたわけじゃない暮林は、希実とも日々メールのやり取りをしてくれていた。休暇に入る直前、暮林がそうするよう提案してきたのだ。

「休んどる間も、俺が希実ちゃんの保護者であることに変わりはないでな。保護者として、希実ちゃんの日々の生活をきちんと把握《はあく》しておきたいというか……。知らんままやと、そわそわしそうな気がするというか……。心配というか……」

言いながら暮林は、めずらしく眉間《みけん》にしわを寄せていて、ずいぶんと神妙な様子だった。だからというわけでもないが、希実はすぐにその申し出を受けた。うん、わかった。じゃあ、ちゃんとメールします。何しろ大人の取り決めには、なんだかんだで従う性質《たち》なのだ。

暮林からのメールは、たいてい陽が落ちた頃に届く。内容は他愛もないことが多く、天気のことやら気温のこと、あとは近所で見かけた野良猫や、懐《なつ》いてきた飼い犬などの写真がよく添付されている。

希実ちゃんへ　今日も暑かったですね。夕方の雨には降られませんでしたか？　俺は降られました。たまには雨も気持ちいいです。でも希実ちゃんは、降られないよう気をつけてくださいね。受験生は健康一番。写真は散歩中に会ったダックス四兄弟です。大勢でいると、ドジョウに見えます。ではでは。暮林メールの暮林には訛《なま》りがなかった。どうやら文章では共通語になるらしい。そのことに希実は、内心にんまりしてしまうのだった。暮林の知らない一面を見た気がして、なんだか愉快な気持ちになった。

暮林自身が何をしているのかはよくわからないままだったが、しかし穏やかな文面を見るにつけ、深刻な事態に直面しているわけではないのだろうと思われた。まあ、平和にやってるんなら、それはそれでいいのかな――。

そうして気付けば、今度は希実自身の夏休みが目前に迫っていた。梅雨が明けても雨は多かったが、しかし夢やフラッシュバックは、うまく避けられるようになっていた。耳栓かあるいは会話。どちらかを意識さえしておけば、雨音はちゃんとやり過ごせるとわかったのだ。

そんな自らの状況に、希実は少々安堵していた。この調子なら、割合平穏に夏休みを過ごせそうだ。何しろ彼女は受験生なのである。ちなみに将来の夢は公認会計士か税理士。奨学金で国立大に行って、在学中に資格を取り、そのまま手堅い会社に就職するのが目標だ。そのためには、高三の夏をいかに過ごすかが重要になってくる。

しかもここに来て、弘基も受験に対して寛容な態度を示しはじめてきた。

「高三の夏は、受験の夏だっつーからよ。お前も店の手伝いより、勉強を優先させていいぜ」

　風は間違いなく吹いている。希実は漠然とそう思っていた。だからこの店で散見する面倒事も変態も、今は全身全霊で遠ざけなければ。何があろうと誰が困ろうと、私は勉強机に向かうんだから――。

　だが希実のそんな誓いは、あっさり挫《くじ》かれることになる。何しろ思わぬ邪魔者が、レモンを携《たずさ》えやって来たのである。

　事件は一学期終業式翌日の未明に起こった。

　その日、比較的納得のいく成績を収めた希実は、出勤してきた弘基やソフィアに、渡された通知表を見せて回った。ほら、順位が六番もあがったんだよ？　すごくない？　気を抜かないでこの調子で頑張れば、志望校も夢じゃないって、担任のコメント～。

　そうしてある程度の誉め言葉をもらったのち、部屋にこもって机に向かった。途中夕食で席を立ったが、けっきょく午前零時を回るまで、ひたすら問題集を解き続けた。何しろ希実もバカではないので、担任の言葉の裏はちゃんと読めたのだ。もし気を抜いて、頑張らなかったら、志望校は夢で終わりますよ。あれはつまり、そういう意味だと考えるのが妥当だ。

　風呂に入って着替えたら、時計の針はすでに一時を回ろうとしていた。それで希実は大慌てでベッドに入った。もちろん雨が降った時のために、耳栓も忘れず装着した。それで眠りに落ちてしまえば、翌朝までぐっすり休めるはずだった。

しかし寝入ってしばらくして、ソフィアに叩き起こされたのだ。彼女は部屋の電気をつけるなり、ベッドに駆け寄り希実の肩を揺らしてきた。

「希実ちゃん！　起きて！　希実ちゃんに、お客様がいらしてるの！」

最初は悪い夢かと思った。しかしソフィアの大きな手の感触は本物で、希実はしぶしぶ体を起こしながら、耳栓をはずしたのである。

「……お客？　こんな時間に、誰が……？」

するとソフィアは、いかにも怪訝《けげん》そうな声で言ってきたのだ。

「アタシも、よくわかんないんだけど。篠崎さんっていう、女の――」

希実が覚醒したのは、その瞬間だった。ほとんど反射と言っていいほどのスピードでもって、ベッドから飛び下り階下の厨房へと駆け出してしまった。自分でも少し意外だったが、ソフィアの言葉に強く反応したのだと思われた。篠崎さんっていう、女の――。母だ。母が来た。希実はそう直感していた。自分を訪ねてくる女など、篠崎という名の女など、母しかいない。そう思って、希実は階段を駆け下りた。何しに来たの？　まさか、今頃迎えに来たとか？

混乱しながら、希実は厨房へ降り立った。するとガラス越しに、店内の様子が見えた。

「……あ、れ？」

しかしそこにあったのは、想定外の光景だった。何しろ弘基が応対していたのは、女の客ではなく中年男だったのだ。どういうこと？　お客って、あの人なの……？

希実の目が捉えた中年男は、なんとも陰気くさい大柄な男だった。目の下には黒いクマがみっちりのびていて、かつ顔色も悪く、少々緑色がかっている。漆黒の前髪からのぞく目は、妙に鋭く嫌な感じだ。着ているのはごく地味なグレーのスーツであるのに、なぜかその佇《たたず》まいは喪服姿を連想させる。菊の花と線香の煙が、やけに似合いそうな雰囲気の男だ。

もしかして、葬儀屋さん、とか？　そんなことを思いつつ、しかし希実はだいぶ戸惑《とまど》ってもいた。何しろその男に、まったく見覚えがなかったのだ。あんなクマ顔の知り合いは、たぶんいないはずなんだけど――。

困惑しつつ厨房で立ち止まる希実に、クマ男は薄く笑みを浮かべてくる。しかし笑っても陰鬱さはぬぐえない。それでも男は、嬉々として話しかけてきたのである。

「もしかして篠崎希実ちゃん、ですか？」

おかげで希実はますます動揺した。向こうはこちらを知っているようだ。だが希実には、彼が誰なのかまるで思い当たらない。それでまたじっと男を見ていると、二階から遅れて降りてきたソフィアが、小さく希実に耳打ちした。

「篠崎さんってお客様は、あの大男さんの陰に隠れてるチビッ子よ？」

それで希実は、やはり目をしばたたいてしまった。え？　チビッ子？　てことは、母じゃないの？　てゆうか、だったら誰？　訝《いぶか》る希実の背中を、ソフィアはツンツン押してくる。とりあえず、店に行ってみろ、という意味合いだろう。それで希実は取り急ぎ、男のもとへと向かったのだ。

店に続くドアをくぐった瞬間、希実はチビッ子なる女の姿を捉えた。彼女はチビッ子というソフィアの表現に相応《ふさわ》しく、実に小柄で華奢《きゃしゃ》だった。何しろ男の肘《ひじ》のあたりに頭がある。横幅も下手をしたら半分ほどだ。つまり彼女は隠れていたのではなく、大きな体軀の男の陰に、単に埋没していただけだった。

しかし本当に目を見張るべきは、その体格より剃り落とされた眉毛だった。金髪のショートヘアだった。紫色のだぼだぼジャージだった。顔は丸く目鼻は小さく、面差《おもざ》しはどこかこけしを連想させたが、先の三大要素のインパクトにより、そんなことはもうどうでもいいとすら感じられた。

何？　このチビッ子マユナシ……。希実が訝しく彼女を凝視すると、その視線に気付いたのか、マユナシも希実に目を向けてきた。そしてしばらく希実を観察したのち、小さな蕾《つぼみ》のような口で呟《つぶや》いたのである。

「――久しぶり。希実……」

おかげで希実はますます混乱した。彼女もこちらを知っているようだ。だがやはり見覚えがない。こんな特徴的な外見の子を、そうそう忘れるはずはないと思うのだが――。

それでよくよく相手を見ていると、向こうもじっと希実を見詰めてきた。

「でかくなったけど、雰囲気は変わっとらんね。あんた昔から、目つきが悪かったもんね」

淡々と語るマユナシには、少々の訛りがあった。それは実は希実にとって、若干聞き覚えのあるイントネーションだった。え？　変わっとらんね？　この響き、もしかして……？　その段でようやくピンときたのだ。これってたぶん、広島弁だよね？　ってことは、このこけし顔、まさか――。

「……まさか、沙耶《さや》？」

希実がその名を口にすると、マユナシはじっと希実を見詰めたのち、こっくり小さく頷いた。そのなんとも言えない無表情に、希実は膝を打ちそうになる。ああ、そうだ！　やっぱり沙耶だ！　クソ意地悪な、クソ従姉妹《いとこ》の沙耶だ！

雰囲気はだいぶ変わったが、しかしこけし的な目鼻立ちは変わっていない。顔を合わせるのは、どれぐらいぶりになるだろう？　母の実家を出て以来だから、もうかれこれ十年以上は会っていないはずだ。その沙耶が、どうしてここに——？

起き抜けの珍事に息をのむ希実をよそに、弘基はまじまじと沙耶を見詰め呟く。

「へえ、じゃあ本当に従姉妹なのか。言われてみりゃ、確かにちょっと似てる、かな？」

そんな弘基に、希実は目をむき心の中で叫ぶ。はあ？　似てるってどこが!?　いっぽうの沙耶は、冷ややかに弘基を一瞥《いちべつ》したのち、似とりませんよ、と言い切った。顔も身長も、だいぶ違う。そんなことを言いながら、どこか恨めしそうに希実を見あげてくる。私も、大きゅうなりたかったわ。希実ほどは、ちょっとアレだけど……。

それで希実は、思わず返してしまいそうになった。うっさいよ！　何しろ希実だって、好きで伸びたわけではないのだ。出来ることならこれ以上、一ミリも伸びて欲しくはないのだ。

しかし希実が言うより早く、クマ男が切り出してきたのである。

「いやいや、感動の再会ですね。子どもの頃は希実ちゃん、ずっと彼女の家に預けられていて、だからふたりはひとつ屋根の下で暮らしていたんですよ。それに同い年だったから、幼稚園も一緒で、いつも傍にいたんだよね。ね？　沙耶ちゃん」

饒舌《じょうぜつ》に語るクマ男の隣で、沙耶はまたこっくり頷き呟く。でも希実は、私のことなんか忘れとったみたい……。どこか悲しげなその物言いに、しかし希実はイラッと顔をしかめてしまう。そうして思ったことを、そのままぶつけてしまいそうになる。はあ？　忘れる？　私が、アンタを？　冗談でしょ？　あんなに嫌がらせされたのに、忘れるわけないじゃん。覚えてるよ、アンタが言った嫌味の一言一句——。

しかしまたもやそれより早く、クマ男が話題をすり替えてきたのである。

「それより、律子おばさんはどちらでしょう？　ここにいるんじゃないかって、前のアパートの大家さんに、言われてうかがった次第なんですけど……」

思わぬクマ男の問いかけに、希実は言葉を詰まらせながら答える。

「え？　えーっと。あの人は、なんていうか……。ここには、いないっていうか……」

何しろ母の失踪について、親族に漏らすのは得策でないような気がしたのだ。あの一族のことだ。他人の世話になるなど言語道断と、うるさく口を挟んでくるかも知れない。けれどそんな希実の思いをよそに、弘基がペロリと事実を明かしてしまった。

「希実の母親なら、家出中だぜ？」

バカッ！　なんで言うのよ!?　希実がそんな念を込めて睨《にら》んだというのに、しかし弘基は、な？　と爽やかに微笑んでくる。

「去年の春先に、姿をくらませたっきりだ。で、希実はここで一年以上居候してる」

そんな弘基に、クマ男が驚いた様子で返す。

「えっ!?　じゃあ、律子おばさんと連絡は？」

「とれねーよ。どこにいるか、わかんねーし」

万事休す。希実は身構えながら、沙耶とクマ男の反応を待った。まさかこのまま、本家に通報か？　いやでも、今、夜中だしな。こんな時間に、連絡とかあり得ないよね？てゆうか、なんでこんな真夜中にここに来たわけ？　母をたずねて来たってこと？　だとしたら、なんで……？

あれこれ考えあぐねる希実の前で、沙耶とクマ男は、顔を見合わせ何やらコソコソ密談しはじめた。そしてしばらく話し合ったのち、希実らに向き直り言い出したのだ。

「律子さんがどこにいるか、ちょっとした手がかりもないですかねぇ？」

「私たち、律子おばさんだけが頼りで、ここに来たんですけど……」

ふたりのそんな反応に、身構えていた希実は思わず首を傾げてしまう。

「……頼りって、なんで？」

すると沙耶は、そっと男と目配せしたのち、意を決したように口を開いたのだった。

「――私たち、駆け落ちしてきたけぇ」

もちろん希実たちは、かっ!? と叫んだ。しかしふたりは手を取り合い、ね？ ね？ ねー？ などと頷き合っている。

時計の針は、午前三時十分を指していた。カチカチとわずかに鳴る秒針の音を聞きながら、希実は静かに戦慄《せんりつ》していた。

どうしよう？ なんかすごく面倒なことに、巻き込まれそうな気がするんですけど……。目の前の金髪こけしは、じっと希実を見詰めている。不穏だ、と希実は思う。過去とか今は遠ざけたいのに、なんでこんなタイミングで、大過去が現れたりしてくれてんのよ――？


陰鬱クマ男は、安田光と自ら名乗った。

「老けて見えるかと思いますが、まだ一応三十路《みそじ》ですので。どうかひとつ、お手柔らかにお願い致します」

その年齢申告にも、希実は少々度肝を抜かれてしまった。何しろ希実の予想では、四十代後半、もしくは五十がらみのオッサンに見えていたのだ。いったい何をどうしたら、こんなに老け込めるのかと希実は訝る。てゆうか沙耶と並んでると、親子にしか見えないんですけど。あるいはエロオヤジと援交少女、もしくは少年課刑事と補導少女とか――。

しかしそんなふたり組を、弘基はあっさりイートイン席へ案内してしまった。

「せっかく来てくれた親戚を、無下《むげ》にするわけにはいかねーだろ。店は開いてんだし席も空いてんだし、ちゃんと話を聞いてやれって」

彼にしてはめずらしく、良識ある大人めいた発言にも思えたが、しかし実際のところ、沙耶の手土産に懐柔《かいじゅう》されただけの話だ。駆け落ち発言をしたあと、すぐに沙耶は肩から下げていたトートバッグをごそごそやり言い出したのだ。

「これ、お土産です。律子おばさんにって、思ってたんですけど……。よかったらお店のかたたちで食べてください」

彼女がバッグから取り出したのは、ひとつひとつ丁寧にビニールで包装されたレモンだった。

「デパ地下で見かけて……。うちの実家のほうのだから、つい買っちゃったんです……。この時季に国産とかめずらしいし……。律子おばさんも喜んでくれるかなって……」

そのレモンに、弘基は嬉々として飛びついたのである。

「えっ!? マジで!? マジでいいの? 全部いいの? スッゲー、この時季に国産レモンなんて、めったにお目にかかれるもんじゃねーのに！　どうしよう？　何作ろう？　レモンパン？　レモンデニッシュ？　うっは〜、超悩むわ〜」

　沙耶が取り出したレモンを抱え、散々ひとりで盛り上がったのち、先の発言に行きついたというわけだ。そうして彼はレモンを手に厨房に戻り、ソフィアもいったんレジに戻っていった。何せ一応、営業時間中なのだ。イートイン席には他に客もいる。

「——じゃあ、なんかあったら声かけてね〜？」

　かくして希実は店の一番端のテーブルで、沙耶と安田の話を聞くに至ったのである。

「初めて沙耶ちゃんと会ったのは、去年の夏。ヤンキーが繋いだ縁でした」

　切り出してきたのは安田だった。希実がまだ何も訊いていないのに、彼は滔々《とうとう》と自分たちの馴《な》れ初《そ》めについて語り出したのだ。

　なんでも安田の話によると、彼は去年の夏休み、ひとり広島を訪れたのだという。聞けば大きな仕事を片付け、久々に長期休暇がとれたのだとか。目的地は広島市内、そして福山《ふくやま》駅、鞆《とも》の浦《うら》、尾道《おのみち》——。世界遺産から映画ロケ地まで、たっぷり堪能しようと広島市内に辿り着いた矢先、彼はまるで狙い定められていたかのように、あっさり地元のヤンキーたちに囲まれてしまったのだそうだ。

「お恥ずかしながら、よくあるんですよ。どうも、この目つきのせいで……」

自嘲的に安田は笑って、こしょこしょとまぶたをかく。受けて希実も、ああ、と苦く笑ってしまった。何しろ安田という男、笑顔であってもひどく目つきが悪いのだ。むしろ笑っていると、何かよからぬたくらみをしているようにすら見える。損な容姿だよな、と希実はひそかに同情する。私も目つきが悪いって言われるけど、この人には敵《かな》う気がしないもん。

だが安田は、そんな希実の共感に気付くこともなく、しかしあの時はからまれてよかったんです、などとやけに前向きな発言をしてみせたのである。何しろ因縁をつけられたおかげで、沙耶との縁も繋がったというのだ。

「僕がヤンキーたちに、金を出せだとか、共通語を喋ってみろだとか、言われていたところに、たまたま沙耶ちゃんが通りかかって……」

ちなみに沙耶は、単にコンビニに向かう途中であったらしい。しかし不良に囲まれている安田を見つけたため、ちょうど持ち合わせていた木刀でもって、その不良たちを滅多打ちにしてみせたのだという。

「――その姿に、惚れたんです……！」

きっぱりと言う安田に、希実は一瞬言葉を詰まらせてしまった。は、はあ。そうですか。何しろどこからどう突っ込んでいいのか、わからなかったのだ。そもそも三十路の大男を、十八歳の小娘が助けるというのもおかしな話だし、それに惚れるというのも珍妙至極。何よりなんでコンビニに、木刀持参で向かうわけ？　そんな文化、あのあたりにあったっけ？　首を傾げる希実をよそに、しかし安田は笑顔で続ける。

「そこから僕の猛アタックがはじまって、お付き合いに至ったわけです。遠恋《えんれん》でしたし、清い関係のままでしたが、しかし絆はしっかり紡いでいった次第です」

そして傍《かたわ》らの沙耶にパスを出す。ね？　沙耶ちゃん。受けて沙耶はこっくり頷く。うん、紡いだ。どうやら安田の説明の通りで、間違いはないようだ。

しかも安田は勢い余ったのか、のろけ話まで披露しはじめたのだった。こんな年でお恥ずかしい話ですが、誰かを守りたいと思ったのは、彼女がはじめてだったんです。強い彼女に惹《ひ》かれたのに、恋というのは、本当に不思議なものですよね。

受けて希実は思ってしまった。血色の悪いオッサンが、いったい何を言ってるんだか――。しかしよくよく考えれば、安田は三十路のまだギリ青年。恋に浮かれることも、まだあるのやも知れない。それで薄く笑みを浮かべ、心なく返しておいたのだ。ああ、そうですか、確かに不思議ですよねー、なんか色々。

ただしそんな幸せな日々も、この春先に終わりを迎えたそうだ。あろうことか沙耶の元彼なる男が、沙耶に復縁を迫るようになってきたのだという。そのことについて、安田はそれまでの笑みを消し去り、陰鬱《いんうつ》な様子で語りはじめた。

「僕も認識不足だったんですが……。実は沙耶ちゃん、その元彼の親御さんが所有しているマンションで、ひとり暮らしをしていたそうなんです。僕と出会った頃には、もう彼との関係は終わっていたそうですが……。しかし行く当てはなく、そのままそこに住んでいたらしくて……」

おかげで希実は、思わず口を挟んでしまった。え？　あの？　ちょっと待ってもらっていいですか？　何しろ話の流れが、あまりに想定外だったのだ。沙耶がひとり暮らしって？　行く当てがないって、実家は——？　すると沙耶は、なぜそんなことも知らないのだ？　といった表情で返してきた。

「……実家は、一昨年《おととし》で出た。高校も中退したし。親には、二度とうちの敷居はまたぐなって、言われとる。近所の人には、海外留学でおらんて言っとるらしくて……。じゃけぇ帰ると、向こうも困るんよ」

受けて希実は目をしばたたいてしまう。な、何？　そのハードモード人生。なんであんなお堅い家で育って、そんなおかしな状態になってるわけ？　しかし同時に思いもしたのだ。まあ、あんなお堅い家だから、そんな状態になったとも言えるのか……。てゆうか確かにこの外見じゃ、あの親が家に置いておくはずないもんな。

そうしてひと息ついてみると、また別の疑問が湧いてきた。え？　てゆうか沙耶、元彼の家に住んでるのに、安田さんと付き合いはじめたわけ？　それって、二股じゃないの……？　しかし希実のそんな疑念は、続く安田の発言で打ち消された。

「ちなみに、彼女の名誉のため言っておきますが、二股ではありませんので。男のほうは、別に女が出来たらしく、そちらに入り浸っていたとかで、部屋にはまったく帰ってなかったそうです」

真っ直ぐな目で言ってのける安田に、希実はぎこちなく微笑んでおく。ああ、そうですか……。こんな目をした男に、何を言っても無駄なような気がしたからだ。そんな希実の反応に、それなりに満足がいったらしい安田は、しかつめらしく話を続けた。

「ただその元彼という男。沙耶ちゃんが家に住み続けていたせいか、多少の勘違いをしてたんでしょうね。沙耶ちゃんが交際を拒んでも、頼むからやり直してくれと、まあとにかくしつこく追い回して……」

受けて希実は、思わず言ってしまう。え？　しつこく追い回す？　沙耶を――？　すると、沙耶も沙耶で何かを察したらしく、フンと鼻を鳴らし返してきた。世の中には、マニアってのがおるんよ……。

そしてそのマニアな元彼は、バイト先に顔を出すのはもちろん、家にも戻ってくるようになったのだという。だから沙耶は男のマンションを出て、女友だちの家を転々としはじめた。

ちゃんとしたかったんよ。かすれた声で、沙耶は言っていた。ちゃんと、あの人と別れて、光くんと付き合いたかった。ええ加減なことも、だらしないことも、やめとうなったんよ。光くんと、会って――。

だから沙耶は、元彼に新しい恋人がいることも告げたのだそうだ。しかし、それがよくなかった。沙耶の告白を受け、元彼は逆上し叫んだのだという。何言っとるんじゃ？　俺から逃げれると思うとるんか？　お前は俺のもんじゃ！　俺のもんにならんゆうんなら、殺してやる！

そんな沙耶の説明に、希実は息をのむ。殺してやるとは、また――。中々迫力満点だな。しかも安田の話によると、彼のその発言は、どうやら単なる脅《おど》しではなかったようなのだ。

「実は少し前から、彼女の身に、危険なことが起こりはじめてしまったようで……」

なんでも安田の言うことには、沙耶はすでに建物の階段から二度ほど落下。交差点でも、信号待ちをしている間に一度強く背中を押され、道路に飛び出しそうになったのだそうだ。

そこまで話を進めた安田は、沙耶に対し何やら目配せする。すると沙耶は小さく頷き、さっとジャージの袖と裾をまくりあげてみせたのだった。

「え……」

そうして露わになったのは、あちこちが紫色に変色した細い手足だった。

「――マジで？」

あまりの痛々しさに、もちろん希実は絶句する。そんな希実を前に、安田は沈痛な面持ちで続ける。

「その時々で、出来たあざだそうです。まあ、こういうわけなんで、彼女をこれ以上広島には置いておけないと、東京に連れてきた次第なんです」

どうやらそれが、駆け落ちという意味合いであったらしい。しかし希実はとりあえず、なるほどどと頷いてしまう。まあ、さすがにこんな感じじゃあ、恋人を遠方には置いとけないか――。すると安田、そんな希実の心情を気取《けど》ったのか、勢いよくテーブルに身を乗り出し、それでですね！　と語気を強めたのである。

「つきましては、沙耶ちゃんをしばらくこちらに置いていただきたいんですが――。どうでしょう？」

思いもよらない安田の発言に、希実はわずかにのけぞって声をあげる。えっ？　なんで？　しかし安田はまるで怯《ひる》まず、もっともらしくたたみ掛けてくる。

「元彼は、僕の名前を知っていますし、その気になれば、住所も探し当ててしまうと思うんです。ですからうちに沙耶ちゃんを置いておくのは、心配で……。その点、こちらのお宅には、相手もさすがに辿り着けないでしょうし、ちょうどいいかと！」

しかし希実は、あり得ない、と首を振ろうとした。沙耶と一緒に住むなんて、絶対にお断り！　だがそんな切なる叫びは、やはりまた安田によって遮られたのだった。

「伯母である律子さんはいらっしゃらないようですが、子ども時代を一緒に過ごした希実ちゃんはいらっしゃるわけですし。沙耶ちゃんも、ここなら安心出来ると思うんですよ」

受けて沙耶も、こっくりと頷く。

「昔は希実が、うちに居候してたんだし……。今度は私がここに住んでも、罰《ばち》は当たらんと思う……」

そんな沙耶の言い分に、希実はぐっと言葉を詰まらせる。なんなのよ？　あの時の恩を、今返せってこと……？　それで苦し紛れに言い返す。

「いや、でも……。私も、ここに転がり込んでるだけの居候だから……。なんの権限もないっていうか……」

「では、誰に権限があるんですか？　厨房のかた？　それともレジの美人？」

「いや、それは、たぶん……。暮林さんかな？　ここのオーナーだし」

「じゃあ、その暮林さんって人に訊いてみて？　私をここに置いていいかどうか」

勢いづいて話す安田とは対照的に、沙耶は淡々と言ってくる。訊くくらい、いいでしょ？　それで希実は、なぜか言われるがまま、暮林にメールを送ってしまったのだ。

暮林からの返信は、ものの一分もしない間にやって来た。どうせそんなことだろうと覚悟はしていたが、返事はもちろんイエスだった。いいですよ。ゆっくり滞在してもらってください。

もっと躊躇《ためら》ったり渋ったりしてよ。希実としてはそう思わずにいられなかったが、しかしこの手の事柄で、暮林が断ったためしはない。惜《お》しむらくは、この時間に暮林が寝入っていなかったという点だろう。そうしてたいへん遺憾なことに、沙耶はブランジェリークレバヤシに身を寄せると決まってしまったのである。

その旨を弘基やソフィアに説明すると、ふたりは当然のように頷いていた。まあ、やっぱそうなるわな。じゃ、よろしくね～、沙耶ちゃ～ん。

いっぽう安田は、また明日うかがいますので！　と笑顔で店を去っていった。では、沙耶ちゃん、おやすみなさい。ここにいれば、安心して眠れるからね！

そしてその段で、さすがに希実も諦めた。それでおとなしく、沙耶を二階へと案内したのである。

「こっちが私の部屋だから、沙耶はここを使って」

希実がそう物置部屋へと案内すると、沙耶はあからさまに不満そうな顔をした。え？ここ……。そして小さく呟きながら、まるで恐ろしいものでも見るかのように、部屋の中を見回したのだ。ベッドはないの？　まさか床に寝るの？　床って、眠れるの？　畳じゃなくて板の間なのに……？

呪文のように訊いてくる沙耶に、希実は思わず言ってしまいそうになったほどだ。はあ？　ハードモード人生のくせに、何甘えたこと言ってんのよ？　てゆうか、床に寝てる全世界の人に謝りなさいって――。

しかし言えなかった。沙耶の目に捉えられると、言葉がしゅるしゅる喉の奥に落ちていき、何も言えなくなってしまうのだ。その感覚に、希実はなんとなく懐かしさを覚えた。無論、気分の悪い懐かしさだが。

「……じゃあ、私が床で寝るよ」

けっきょく希実はそんなふうに言って、沙耶に自室を譲ってしまった。そしてタオルケットを手に、懐かしの物置へと移動したのである。

その流れは、自分でもいささか不可解だった。なんなの？　私、あの子に催眠術でもかけられてるわけ？　しかもよくよく思い出せば、暮林にメールをした時も、同じような感覚に襲われたような気がする。有無を言わせない力によって、意思とは関係なく動かされているあの感じ――。

部屋の明かりを消し、タオルケットに包《くる》まり床で横になりながらも、希実はその感覚についてつらつら考える。なんか、嫌な感じなんだけど、そうせずにはいられないんだよな。なんで、そんな気持ちになるんだろ……？　頭の中では、だいぶ文句も言ってたはずなのに――。

「あ……」

そうしてようやく気付いたのだ。ああ、そうか、子どもの頃と、同じなんだ……。それは遠い昔、沙耶の家に引き取られていた頃に、よく味わった感覚だった。

あの頃の沙耶は異常に意地悪で、何かと希実に嫌味を言ったり、無視を決め込んだりしていたのだ。しかし希実は、いつも何も言い返さず、無視も甘んじて受けていた。頭の中では罵詈雑言《ばりぞうごん》を返していたが、現実には黙ったまま、ぐっと唇を噛んでいたのだ。

なぜ言い返せなかったかといえば、引け目があったからだ。自分は沙耶の家に預けられている居候なのだ、という思いが少なからずあった。そんな立場で沙耶ともめて、大人の不興を買いたくなかった。おかげで言えなかった言葉たちは、出口を塞《ふさ》がれ飲み込まれ、腹に溜まってどろどろになっていった。

つまりあの頃の癖が、抜けてないってこと――？　そんな考えに思い至り、希実は静かに寝返りを打つ。そして小さく息をついてしまう。

「はあ……」

けっきょく、乗り越えてないのかな。そんなことを、思ってしまったのだ。

子ども時代なんて、思い出すだけ無駄だと思ってたけど――。思い出さなくても、あんがい足を掬《すく》われたりしてるのかもな。


その日、希実は夢を見た。雨の日の夢よりも、もっと幼い頃の夢だ。

なだらかな坂の道沿いにある果樹園で、希実はひとりしゃがみ込んでいた。植えられているのはレモンの木々で、枝には鮮やかに色づいた黄色い実がいくつもあった。坂道の向こうには小さく海が見えた。母の実家がある町には山も海もあって、気候が温暖なため果樹園の類《たぐ》いが多かったのだ。

背の低いレモンの木は、まだ小さな希実の体を、ちょうどすっぽり覆《おお》ってくれていた。レモンの枝には棘《とげ》があって、覆われていると守られているような気分になる。希実はそんな木の下で、ひとり俯《うつむ》き黙々と土をいじり続けていた。

何しろ坂道の先には、女の子たちがいるのだ。沙耶を含んだ近所の女の子たち。その子たちに見つかりたくなくて、希実はしょっちゅうレモンの木の下に隠れた。顔を合わせたら無視されるか、悪口を言われて笑われてしまうからだ。あの子、お母さんに置いてかれたんだよ。いらない子なんだよ。いらない子がうちにいるのって、すごい邪魔。早くいなくなればいいのに――。

沙耶はレモンが苦手だった。皿にそれが添えられていると、親にはわからないよう口を尖らせていたし、匂いが嫌なのかレモン畑にも決して入ろうとしなかった。それで希実は、しばしばレモン畑に避難していたのだ。

沙耶のバーカ、バーカ、バーカ。畑の土をいじりながら、希実は心の中で、よくそう繰り返していた。それはまるで呪文のようで、言うと少し強くなった気分になるのだ。大っ嫌い！　人のこと、いらない子とか言っちゃって。自分だって、別に大した子でもないのに――。自分こそ消えちゃえ、バーカ、バーカ。しかし気持ちは強くなるが、そのぶん今度は胸のほうに、黒っぽい何かが溜まってしまう。そのことに気付いたのは、いつの頃だっただろうか。

それはとても嫌な感じで、けれど呪文を唱えることもやめられなかった。気持ちを強くしないことには、家に帰ることが出来なかった。その場から立ち上がることだって、ちょっと難しいような気すらしていたのだ。

だからか夢の中でも繰り返していた。バーカ、バーカ、沙耶のバーカ。風が吹いたのは、指先が土ですっかり汚れた頃だった。

風は海から吹いてきた。レモンの木々が揺れはじめ、枝はザワザワと軽やかな音を響かせた。それと同時に胸のすくような香りがして、希実は思わず顔を上げた。

上を向いた顔に、太陽の光があたった。レモンの葉の間から届いた木漏《こも》れ日《び》だ。眩《まぶ》しくて目を細めると、まつ毛がきらきらと光って見えた。木々の向こうで、空は青く広がっていた。遠くからは、波の音も聞こえる。

きれい。その景色を前に、幼い希実は単純に思った。きれい。土をいじるのも、呪文を繰り返すのも忘れて、ただただ空を見上げ続けた。きれい。胸にあった黒い何かも、どこかに流れていくようだった。きれい。胸にはレモンの香りが広がっていた。

そんな夢を見てしまったのは、弘基がレモンを使っていたからだろう。希実が目を覚ました頃、階下からは甘酸っぱい香りが漂ってきていた。

「んあ……？」

睡眠時間を考えれば、もちろんまだ寝足りないはずだったが、しかしあんがい気分よく、いつも通りの時間に起きることが出来てしまった。それは沙耶も同じだったようで、希実が廊下に出てみると、鼻をクンクンさせながら、ちょうど部屋から出てこようとしていた。その様子はどこかおとぎ話に出てくるコロボックルを連想させ、希実は少しだけマニアの気持ちがわかったような気がした。ああ、なるほど、こういう需要なの、か……？

そうして厨房に降りてみると、朝の食卓となる作業台の上には、いつも通りの朝食の真ん中、燦然《さんぜん》とレモンデニッシュが並べられていた。どうやら真夜中のレモンが、さっそく使われたようだ。

「国産レモンだから、皮ごといけるんだよなぁ」

デニッシュたちを見下ろしつつ、弘基はどこか得意げにそう語った。

「何を作ろうかと迷ったんだけどよ。とりあえずは、ベーシックにいこうと思ってな」

しかしテーブルに置かれていたのは、とりあえずで用意したとは思えないほど繊細な雰囲気のデニッシュだった。ひし形のデニッシュは、薄い葉が何層にも重なり合うように膨《ふく》らんでいて、その中央にはたっぷりと乳白色のクリームが詰まっている。おそらくクリームチーズだろう。さらにその上には、皮がついたままのスライスレモンが二枚、くるりと丸められ飾られている。その黄色と、乳白色のコントラストがひどく美しい。

希実はそんなデニッシュをまじまじと見つめながら、ごくりと唾を飲む。見た目だけでも食欲をそそるのに、甘酸っぱい香りまでやってくるのだから尚更だ。すると希実の両隣からも、やはり唾を飲み込む音が聞こえて来た。音の主は沙耶とソフィアだった。ふたりも希実と同様に、作業台のデニッシュを見詰めつつ、どうやら唾を飲んだようだ。

「よし、じゃあいただきます」

弘基のそんなかけ声に、希実たちもいただきますと手を合わせ、レモンデニッシュに手を伸ばす。弘基はその様子を笑いつつ、しかししっかり念を押してくる。

「おかずも野菜もちゃんと食えよ。汁物も残すな。うちにいる以上は、好き嫌い禁止だかんな。出されたものは全部食えよ」

沙耶は、はい、とうやうやしく返事はしていたが、一番に手に取ったのはやはりレモンデニッシュだった。そして早々に小さな口を大きく開けた。

そんな沙耶に負けじと、希実も急いで同じものを手に取った。触れただけで、何層にも重なった生地の繊細さがよくわかる。しかもまだ温かく、レモンの匂いがいっそう香る。おかげで口の中にまた唾が広がってしまう。

いい匂い。うっとりしながらひと口かじると、生地がサクッと小気味いい音をたてた。デニッシュのこの音も、いいんだよなぁ。そんなことを思いつつ、クリームの部分もあむっと頬張る。すると瞬間、口の中に甘酸っぱい味と香りが広がる。

「ん……」

クリームはレモン味のきいたクリームチーズで、デニッシュ生地の甘いバター風味とよく合う。そうして咀嚼していくと、さらにレモンの香りが広がる。クリームの底にレモンピールが忍ばせてあるようだ。そのまま希実は、どんどんデニッシュ中央に進み、丸く飾られたスライスレモンも口に収める。

生のままのスライスレモンは、ナパージュで覆われておらず、素材の味そのままだ。しかし少しも酸っぱくない。いや、酸味はあるがそれ以上にレモンの透きとおった味がする。なんだ？　これ……。口をもごもごさせながら、希実は思わず首をひねる。レモンて、こんな味だっけ？

そんな希実を前に、弘基が嬉しそうに言ってきた。

「酸っぱくねーだろ？　そのレモン」

口いっぱいにデニッシュを頬張った希実は、声を出さないままうんうん頷く。弘基はさらに笑顔になって、そうなんだよ、と満足そうだ。

「普段俺らが口にしてんのは、だいたいが輸入のレモンだからよ。熟す前に収穫して、輸送中に黄色く色づかせてんだよ。けど国産ものは、ちゃんと熟してから収穫するから、ちゃんと果物みてーな味がすんだよな」

　そんな弘基の説明に、ソフィアもしみじみ頷き返す。

「そっか〜。どうりで見た目も違うと思ったのよ。このレモン、いつも見るレモンと違って、果肉が本当に綺麗な濃い黄色なんだもの〜。女もレモンも熟すって、大事ね〜」

　希実たちがそんなふうにレモンを堪能するいっぽう、しかし沙耶はひとりさっさとデニッシュを平らげてしまい、それだけでは物足りなかった様子でバゲットやクロワッサンに手を伸ばしていた。しかも空いた手にはフォークを握り、パンをかじるその合間に、サラダをバリバリと口に運ぶ。口が乾けばコップを飲み込む勢いで牛乳をぐびぐび飲み、サラダがなくなればフォークをスプーンに持ち替え、貪《むさぼ》るようにスープ皿を空にしてしまう。

　おかげで希実たちは、にわかに沙耶を注目してしまったほどだ。何？　この食べっぷり――。皿を空けていく沙耶を横目に、希実はひそかに戦慄してしまう。その小っちゃい体に、どんだけ入るのよ？　てゆうか、それで太らないとか、燃費悪過ぎるんじゃないの？

　しかしもちろん、そんな言葉は口に出来なかった。やはり沙耶を前にすると、どこか萎縮してしまうのだ。唯一言えたことはと言えば、レモンのことくらいだった。付け合わせのレモンにまで手を伸ばされたので、さすがに疑問を呈してしまったのだ。

「……沙耶、レモン嫌いじゃなかったっけ？」

しかし言下に言い切られた。

「昔から大好きだけど？」

その目は、なんか文句ある？　と脅しつけているようで、やはりそれ以上何も言えなかった。

そうして一同が朝食を終えた頃、再び安田が現れた。

「おはようございます。やあ、いい香りですねぇ。さすがパン屋さんの朝だ」

厨房に招き入れられた彼は、にこにことそんなふうに言っていた。しかしまるで爽やかさは感じられない。彼の帰宅時間を考えるに、睡眠時間はほとんど取れていないはずだから仕方がないが、昨日よりクマの範囲がさらに広がってしまっている。おかげで希実は思ってしまう。眠れてないなら、来なきゃいいのに。そんなんだと、そのうち顔全体がクマになるぞ。

しかし沙耶は、そんな安田を待ち構えていたように、安田の姿が見えるなり、てててと彼のもとへと駆け寄って行ったのだった。そしてぎこちないような笑顔を見せると、希実たちには聞こえないほどの声で、何やらこそこそと話しはじめたのである。

なんていうか――。巨神兵《きよしんへい》とコロボックルの邂逅《かいこう》みたいだな。希実はそんなことを思いつつ、さっさと食器を流しへと運びだす。いつもならそこで弘基もソフィアも自宅に帰る支度をはじめるはずなのだが、しかしなぜか今日は厨房に居残り、食器洗っちゃおうかなー、などと言いつつ、それぞれの食器を運びはじめた。

「何？　手伝ってくれるの？」

流しに立った希実が訊くと、弘基はシッと人さし指を口の前で立てて、わずかに背後を振り返った。そんな弘基につられるように、希実もこっそり後ろに目をやると、そこには沙耶と安田が寄り添ってこそこそ密談する姿があった。

ふたりの様子を目の当たりにした一同は、目配せし合って無言のまま洗い物を開始する。そして蛇口から流れる水の音に隠れ、こちらもこちらでこそこそ話し合う。あのふたり、これからどうするつもりかしら？　しばらくは、ここでほとぼりが冷めるの待つんじゃない？　ほとぼりって？　だから、元彼が諦めてくれるように？　それは甘っ子ちゃんよ～、一度火がついた男は、しつこいわよ～。だな。ここにいても、実際のところ埒《らち》は明かねーって。じゃあ、どうすんの？　だから、向こうさんもああやって、なんか手を打つべく考えてんだろ。なんかって、どんな手？　んなの俺だってわかんねーよ。

そうして答えが出ないまま、希実たちは安田に声をかけられてしまったのである。

「――皆さん！　実は、折り入ってご相談が……」

ご相談と言うからには、やはりなんらかの打つ手を講じたのだろう。それで希実たちは顔を見合わせつつ、安田と沙耶の前に立ったのだ。

「……えーっと。なんでしょうか？」

若干の緊張感を持ちつつ訊く希実に、安田は思いがけないことを言ってきた。

「まずは、重ね重ねのお願いで申し訳ないのですが――。希実ちゃんのお母さん、つまり篠崎律子さんの現状について、少しお話を聞かせて頂けませんか？」

もちろん希実としては、なんでそんなことを？　と思わないでもなかったが、しかし特に断る理由も見つからず、別にいいですけど、と返したのだった。でも、正直ホント大したことは知りませんよ？

そうして希実は、安田に訊かれるがまま答えていったのだ。えー、まず。出て行かれたのは、いつですか？　去年のエイプリルフールです。それ以降、連絡は？　一度、手紙がきました。去年の冬頃かな。手紙には何と？　新しい彼氏とうまくやってるから、連絡先は教えられないって。新しい彼氏？　お医者さんらしいです。じゃあ、お母さんの行方《ゆくえ》については……。全然まったくわかりません。捜索願いは？　別にただの家出だし、出す必要なんてなくないですか？　じゃあ、捜してはいないんだね？　だって、捜す手がかりもないし。そもそも向こうだって、好きでいなくなったんだから、捜して欲しくはないんじゃないかと……。

そんな希実の回答に、安田の傍らに立っていた沙耶は、はーっと深いため息をついてみせた。それで希実は、少し居心地が悪くなって返す。……ていうか、なんなんですか？　母がいったい、どうしたって言うんです？

すると安田は沙耶と目を合わせ、何かを確認するように頷き合うと、また希実のほうに顔を向け、実はですね、と切り出したのだった。

「――沙耶ちゃんが、希実ちゃんのお母さんと会いたいそうなんですよ。彼女、今のところご両親と絶縁中だし、頼りになる親族がいてくれたらって……」

おかげで希実は、えっ!?　と声をあげてしまった。うちの母が、頼りになる親族？　言いながら薄ら笑いも浮かんだほどだ。何しろ母はカッコウなのだ。托卵《たくらん》先を見つけるのはうまいが、頼りになるようなタイプではとてもない。

しかしそんな希実の態度に、沙耶がぽつりと言ってきた。

「……希実は、お母さんのこと嫌いなん？」

あまりの直球に、希実はわずかに怯《ひる》みつつ、しかし別にとすぐに返す。てゆうか、好きとか嫌いとか、考えたこともないけど……。まあ、普通……？　なんじゃないかな？

だが返答には、ぎこちなさがはっきりと含まれている。すると沙耶は、そんな曖昧《あいまい》な回答をした希実を前に、またしてもズバリと言い放ったのだった。

「私は、好きで。希実のお母さんのこと」

するとその段で、安田が口を挟んできた。そういうことなんですよ、希実ちゃん。なんでも彼の話によると、沙耶は伯母である律子のことを、親以上に慕《した》っているそうなのだ。

「とはいえ、会ったのはお祖母さんのお葬式の、一度きりだそうですが。しかし沙耶ちゃんの心には、充分残ったそうです。その存在感も立ち振る舞いも、言葉も全部——」

祖母の葬式、つまり律子にとっては母親の葬式ということになるが、彼女はその会場に、一般参列者として現れたのだという。しかも、大仰に死を悼《いた》んだふりをする大人たちの中、律子だけは実にケロリとしたままで、遺影の前に立った時など笑って言ってのけたそうだ。憎まれっ子世にはばかるって、当てになんないのねぇ〜。その様子に、沙耶は心を打たれたのだという。

「嘘のない大人を、初めて見た気がすると、沙耶ちゃんは言ってました。ね？」

受けて沙耶も、安田の傍らでこっくり頷く。頷いて、口を開く。……うん。いっぺんで、好きになった。そうして葬儀ののち、ふたりは連れだって市内に飲みにいったらしい。私はノンアルコールだったけど、と沙耶は注釈を入れたが、怪しいところだなと希実は思った。どうせ飲んだんだろ、マユナシめ。

そして飲みに行った先で、律子の人生について大まかに聞いたのだという。そのことについても、なぜか安田が説明をはじめた。

「だいぶ武勇伝の多いかただったようで……。沙耶ちゃん、たくさん笑わせてもらったそうです。人と話して笑ったのは、久しぶりだったと――」

だからこそ律子の力が借りたいのだ、とやはりなぜか安田が力説した。

「こんな時どうすればいいのか、律子おばさんならご存じではないかと……。もしくは、解決のヒントをくれるかも知れない。だから沙耶ちゃん、律子おばさんに会いたいと……。ね？」

流れるように語る安田の傍らで、沙耶はまたこっくり頷く。しかもその目は、じっと希実を捉えたままだ。おかげで希実もその視線から逃げることが出来ず、蛇に睨まれたカエルのように立ち尽くす。そうして身動きが取れないまま、しかしはっきりと嫌な予感を覚えていたのだった。この目、この流れ、非常によくない――。

予感は当たった。案の定、沙耶は希実の目を見たまま言ってきたのだ。

「……じゃけぇ、希実。律子おばさんのこと、一緒に捜してくれん？」

その目で詰め寄られた際に、いったいどうやって断ればいいのか、遺憾なことに希実はまだ知らないままだった。

居場所は教えたくないと言っていた母を捜し出すなど、ほぼ無理だろうと思いはしたが、それでも拒否出来なかったのは自分なのだから仕方がない。

かくして母が失踪し一年四ヵ月、今さら感が否めない中、希実は母の行方を追うこととなったのである。

「――そういうわけで私、ここ四日ばかり、母親を捜してんの」

図書館の談話コーナーで希実がそんな告白をすると、聞いていた孝太郎は意外なほど驚いてみせた。えっ！　ホントに？　ホントに捜しちゃってるの？　篠崎さん……！　その予想外の反応に、希実は少々訝って返したほどだ。え？　まあ、一応娘だし？　こういう流れになった以上、仕方ないかなーって感じなんだけど……。そんなに変？　すると孝太郎は、すっと無表情になったあと、いやいやいやいや、とぷるぷる首を振りはじめたのだった。他意は、ありません。ただ、大丈夫かなー？　とか思っただけで……。そして彼は話の流れを変えるように、逆に希実に問うてきたのである。

「ちなみに、お母さんを捜すって、どんなことしてるの？」

それで希実は、口を尖《とが》らせ答えたのだった。

「どんなって……。前に住んでたアパートの大家さんとか、近所の人とか？　その辺りに、何か知りませんかって、訊いて回っただけだけど……」

そんな希実の返答に、孝太郎はどこか神妙な様子でさらに訊いてくる。で、なんかわかった？　それで希実は、まっさかー、と皮肉めいた笑いで返してみせた。

「いくらうちの母が能天気でも、家出するのに行き先告げて行くわけないし。そもそも皆、母が家出してるってことすら知らなかったし？　手がかりになるようなことだって、一年以上も前のことだから、誰も覚えてるはずないよ」

ただしもっと本気を出せば、なんらかの情報を摑める可能性はあった。例えば母の勤め先だ。彼女は希実と暮らした十余年間で、何度か勤務先を変えている。全てスナックの類いのはずだが、希実が知っているのは初期の頃の店だけなのだ。

「子どもの時は、時々職場に連れて行かれてたし、何かあった時のためにって、お店の名前とか電話番号とか、ちゃんと教えられてたんだけど――。中学入った頃から、お互いそういう話しなくなって……。だから、どこで働いてたとかわかんないんだよね」

つまり裏を返せば、失踪直前に勤めていた職場さえわかれば、なんらかの情報を知る人物に会えるかも知れないということだ。

希実のそんな説明に、孝太郎は眉をひそめて言ってくる。

「じゃあ、篠崎さん。その辺りも突っ込んで調べていくの？」

だが希実は肩をすくめ、ペロッと舌を出して応えたのだった。

「いーや、全然。そんなことしてたら、勉強する時間なくなるし。ご近所の人たちに、話を聞きに行っただけでも十分でしょ？　あとはもう捜してるようなふりして、図書館図書館に避難するのが一番かなーって」

何しろ沙耶は元彼に追われていた経緯があって、決して外には出ようとしないのだ。しかも夏バテ気味だとうそぶいて、基本ベッドでごろごろしている。しかしあんな食欲で、夏バテ気味なわけがないのだ。寝ているのは単なる怠慢に過ぎない。そんなグータラ相手なら、捜していると嘘をついたところで、どの道バレないだろうと踏んでいた。

それに、苦労するのが私だけじゃ、なんか割に合わないしな。

「まあ、今日だって、母が働いてた職場に行ってくるって言ってあるけど――。実際はこの通り、図書館に勉強しに来ちゃってるわけだし。昨日も一昨日もそうだし？　これからもそれでいいんじゃないかなーって」

希実のそんな発言に対し、孝太郎はどこか安心したような笑みをこぼした。うん、それでいいよ。僕ら受験生なんだしさ。人捜しなんて、暇な人がすればいいんだって。そんな物わかりのよい反応に、希実も心置きなく笑顔で頷く。だよね。そしてその日は日が暮れるまで、じっくり図書館で問題集に向かったのだった。

罪悪感はなかった。沙耶が寝てばかりいるせいもあったが、それより何より母を見つけ出したところで、彼女の困難の役に立つとは思えなかったのだ。あの子は、なんか買い被《かぶ》ってるみたいだけど、母のことなら私のほうがよくわかってるし――。下手に母に期待を持たれるより、他の解決法に目を向けさせたほうがいいはずだ。そんなふうに、希実は考えていたのである。

だからもちろん、明日も明後日もその次も、希実は図書館に行くつもりでいた。そうしていればそのうちに、沙耶も律子捜しを諦めるかも知れないと思っていたのだ。しかしそんな希実の目論見《もくろみ》は、その日のうちにあっさり挫《くじ》かれてしまうこととなる。

きっかけは、こだまだった。その日希実が店に帰ると、こだまはすでに厨房にいて、斑目ともどもパン生地を捏《こ》ねていた。それはさしてめずらしい光景でもなかったが、しかしこだまの姿のほうは以前と様子が違っていた。何しろ真っ黒に日焼けしていたのだ。それで希実は目を見張り言ってしまった。

「こだま、どうしたの？　そんな日焼けして……」

答えは単純至極だった。遊んでたんだよ！　聞けば夏休みに入って以来、プール通いや虫採り等で、ひたすら野外にいたようだ。そんな充実した夏休みぶりに、希実はつい、いいな〜、などと口にしてしまう。私なんて、毎日図書館通いだよ。

するとこだまは、知ってる！　と手をあげたのだった。孝太郎くんに聞いたよ！　希実ちゃん、頑張って毎日勉強してるって——。

だからこだまは、店に顔を出したのだという。希実ちゃんが頑張れるように、俺、メロンパン作りにきたんだ！　真っ黒な顔に小麦粉をつけ、そんなことをのたまうこだまに、希実はもちろんほろりときてしまった。こだま……。しかし次に続く発言で、うっと息をのんだのである。何しろ間の悪いことに、ちょうどそのタイミングで、沙耶が二階から降りて来ていたのだ。

「——だって希実ちゃん、お母さん捜すふりしながら、毎日図書館に行ってるから、余計大変なんでしょ？　孝太郎くんが言ってたよ！」

こだまのそんな発言を受け、厨房内の動きは一瞬止まった。斑目も弘基も、作業の手を止め階段の沙耶を注視したし、希実も身動きが取れなくなったまま、沙耶の次の動きを待った。何しろこだまの話が聞こえていれば、まず間違いなく激怒されると思ったのだ。

しかし沙耶は、特に表情を変えることもなく厨房に降り立ち、そのままててと希実の前までやって来た。そして手にしていたメモ紙を差し出すと、小さな声で呟いた。

「……これ、家出直前まで、律子おばさんが働いとった店の住所と電話番号。光くんが調べてくれた」

受けて希実は、はあ、と頷く。それは、どうも、ありがとうございます……？　すると沙耶は、声を低くして続けたのだった。

「明日の夕方五時に、お店に行くって、もう連絡も入れておいたけぇ」

なんでも沙耶が店に電話を入れ、すでに約束を取り付けてしまったのだとか。そんな素早い対応ぶりに、希実は心ひそかに思う。へえ、だてにごろごろしてるわけじゃないんだな。そして受け取ったメモ紙に目を落とし言ったのだ。……じゃあ、明日行ってみる。希実のそんな言葉に、沙耶はこっくりと頷く。それで希実は、一瞬だけホッとしたのだ。この感じなら、聞こえてなかったのかな……？　しかし沙耶は、もっと声を低くして言い継いだのだった。

「……明日は、私も一緒に行くけぇ。絶対。だから希実、嘘ついて、図書館なんかに行かんといてね？」

どうやら完全に聞こえていたようだ。絶対、という響きに怒りを感じた。だが沙耶はそれだけ言い置くと、再びてててと階段をのぼって行ってしまったのである。

そしておかげでその翌日、希実は沙耶ともどども母の働いていたスナックへと、足を運ぶこととなったのだ。

メモに書かれた住所によれば、店は希実たちが住んでいたアパートの程近くだった。そのことを携帯の地図で確認した希実は、おおよその位置まで把握できた。何しろ長年住んだ街なのだ。この街の道より、まだ向こうのほうが詳しいくらいのものだろう。

ブランジェリークレバヤシから向かうとなると、それなりの時間を要するだろうと見越し、三時少し過ぎには店を出発した。電車を乗り継ぐタイミングによっては、思うより時間がかかるかも知れないと考えたからだ。

店の外に出ると、そこはまだ灼熱地獄だった。午前中からの熱気をたっぷり含んだアスファルトは、その頃一番熱くなる。おかげで少し歩いただけで、希実の額には汗が吹き出す。

ただし、沙耶の汗はそれ以上だった。何しろ彼女は変装のつもりなのか、つばの広い真っ黒な帽子を目深《まぶか》にかぶり、そのうえマスクまで装着。そしてあざを隠すためだろう、長袖のジャージもしっかり着込んでいたのだ。当然しとどに汗はかく。しかもそんな変質者ふうな装いでハアハア言いながら歩くため、道行く人たちのほとんどが希実たちを避けて通って行った。そのせいか沙耶も、恨めしげに呟いていた。

「……東京は、冷たい感じの人が、多いな」

まあ、問題は彼女のほうにあるのだが――。しかしそれなりにダメージは負っているようだ。だから希実は思ってしまった。なんか、前途多難な感じだな……。

しかし実際問題、より多難だったのは希実のほうだったのである。何しろ向かったスナックで、彼女は沙耶以上のダメージを食らってしまったのだ。


母が勤めていたというスナックはだいぶうらぶれていた。レンガ風の壁面にはあちこちヒビが入っていて、表に出された紫色の看板にもみっちり埃《ほこり》がかぶったまま。一応商店街の中にあることはあるが、当の商店街自体が閑散としている。シャッターがおりたままの店も多く、開いていても客を招く気があるのかどうか疑わしい店ばかり。

希実たちを出迎えた店のマスターも、やはりどこか荒《すさ》んでいた。年の頃は暮林と同じくらいに見えたが、頭髪はだいぶ寂しい。寝起きなのか顔がひどくむくんでおり、しかし吐息は酒くさい。二日酔いなのか迎え酒なのか、どうにも怪しい雰囲気だ。

「……へえ、アンタが律子の娘か」

挨拶した希実に対し、彼は小さくそう言って、値踏みするように頭からつま先までを見た。後ろにいた沙耶については、眉毛がないな、とひと言感想を述べたのみで、希実たちはそのまま店内へと案内された。

店内に続く廊下は薄暗く、しかし奥からは女たちのかしましい話し声が聞こえてきた。誰がいるのかと思ったら、ホステスと思しき幅広い年齢層の女たちが、ソファ席にどっかり腰掛け、希実たちの到着を待ち構えていた。

「あ、来た来た〜！　りっちゃんの娘〜！」

彼女たちは現れた希実らを前に、楽しそうに声をかけてきた。うわー、マジで女子高生じゃーん。スゴーイ、なんかぴっちぴちー。マジで若いー！　その肌欲しい！　いっそ剝《は》がして取っ換えたいよねー。わかるー。年の頃は十代後半から、四十代前半あたりまでといったところだろうか。肌艶《つや》は違えど皆一様に露出度の高い服を着ており、蓮《はす》っ葉《ば》な雰囲気をむんむんに漂わせている。

いっぽうマスターのほうはと言えば、ひとりさっさとカウンターの中へと入って行き、冷蔵庫から取り出した水を喉を鳴らして飲んだ。そしてスツールに腰を下ろすと、面倒くさそうに口を開いたのである。

「……そっちが無理やり頼んできたから、来てもいいとは言ったけどよ。でも俺は、律子の行方なんて、なんも知らねぇからな。心当たりすらねぇしよ」

吐き捨てるように彼は言って、苛立《いらだ》った様子でポケットから煙草《たばこ》を取り出した。どうやら希実たちの来訪は、あまり歓迎されていないようだ。

「だいたいアイツ、電話一本で、今日で辞めます、って言ってきたっきりなんだからよ。若い女ならまだしも、いい年したババァの辞めかたじゃねぇっつーの。こっちだって、昔仲間のよしみで雇ってやってたのに。恩を仇《あだ》で返しやがって、ロクな死に方しねぇぞ、あのババァ」

言いながら煙草に火をつけた彼は、話の途中途中ですぱすぱそれを吸いはじめる。おかげで大量の煙が希実たちのほうにやって来る。母が昔、職場から持ち帰ったのと同じ臭いだ。

ソファーに座った女たちは、マスターこわーい、だの、りっちゃんがババァなら、ウチらもババァじゃん、だの、つかマスターがジジィじゃね？　だのと口々に言い合いゲラゲラ笑っている。てゆうかマスター、りっちゃんが急にいなくなって、ショックだったんだよねー。いなくなってから、髪もボーボーに抜けたもんねー。ボーボーウケるー。

そんな中、沙耶は煙草の煙がよほど嫌なのか、肩にかけたトートバッグからハンカチを取り出し、そそくさと口元にあてがった。金髪マユナシで嫌煙家とかありえないんですけど――。しかし沙耶はさっと半歩ほど後退したかと思うと、そのまま希実の背中を押してきた。トン。どうやら、お前が応対しろ、という合図のようだ。このマユナシ役立たずが。希実は内心そう毒づきつつ、しかし一同にそっと歩み寄る。

「あの、その節は母がご迷惑をおかけしました。見つけたら謝りに来させます。なので、何か母の行方についてご存じの方がいたら、お話を聞かせて頂きたいんですが……」

しかし店の女たちは、顔を見合わせ首を振るばかりだった。ごめーん、知らなーい。アタシもー。私も……。

そんな一同の反応を前に、沙耶がさらに希実の背中を押してきた。もう一押ししろということだろう。それで希実はどうにか食い下がってみた。

「じゃあ、その……。母のお客さんとかで、何か知ってそうな人いませんかね？　なんていうか、特別仲良しだったお客さん、とか……？」

だが店の女たちは、やはり首を傾げるばかりだった。そんなお客、いたっけー？　田淵さんとか？　あの人は途中でみっちゃんに乗り換えたんじゃない？　西條のじい様は？　あの人は去年亡くなったわよう。

まとまりのない彼女らのやり取りに、希実は比較的早い段階で見切りをつけた。どうやらここでの聞き取りも、無駄足に終わりそうだ。

それでも沙耶が背中をつつき続けるので、しぶしぶ三十分ほどは彼女らの話に耳を傾けてみた。そういえば、りっちゃんのストーカーもいたよね？　てか、みんなそんなのいるでしょ？　てゆうか、そもそもウチの客ってヘンなの多くない？　当たり前じゃん。そもそもウチらが底辺なんだからさ。確かに底辺ホステスだよね。むしろここってお化け屋敷？　えー、だったら夏の間くらい、もっと流行っていいんじゃなーい？

だが母の居所に繋がるような発言は出てこず、希実はひたすら愛想笑いと適当な相槌《あいづち》を打ち続けた。いっぽう背後の沙耶と言えば、ほぼ気配を消し押し黙っていた。外見に似合わず、だいぶシャイな女なのかも知れない。

彼女らの話に見切りをつけたのは、マスターが五本目の煙草をもみ消した頃だった。話が希実の高校生活、並びに彼氏の有無に及びはじめたため、もうクロージングに入ってもいいだろうと判断した。

「――あの！　もうお店の開店時間も近いと思いますので、私たちはそろそろ……。今日はありがとうございました！　色々聞けてよかったです！」

実際のところ収穫はほぼなかったのだが、話を聞かせてくれたことに違いはない。後ろの沙耶に目配せすると、沙耶もハンカチで口を押さえたままではあったが、ペコリと一礼はしてみせた。どうやら沙耶も、以上をもっての終了に異論はないようだ。

そんな希実たちの動きを前に、ホステスの彼女たちはにわかにソファから立ちあがりはじめた。あら？　もう帰るの？　じゃあ、りっちゃんが置いてったアレ、持って行ってもらわないとね。ああ、そうだったわね。そんなことを言いだして、誰からともなくマスターに声をかけだした。アレって、マスターが持ってるんだっけ？　早く娘ちゃんに渡してあげなさいよ。そうそう、アンタが持ってても仕方ないんだから――。

彼女らのそんな物言いに、希実はきょとんとして返す。

「すみません、アレって……？」

するとカウンターにいたマスターが、六本目の煙草をくわえたまま希実のほうへとやって来た。そしてワイシャツの胸ポケットから、赤い何かを取り出した。

「……ほら」

言いながら差し出された赤い小さな長方形を、希実はとりあえず受け取っておく。それは小ぶりなお守りで、赤い生地の中には白い糸で、合格祈願と刺繍《ししゅう》されている。なんだ？　これ？　希実がまじまじとお守りを見ていると、マスターはやはりくわえ煙草のまま言ってきた。

「律子が置いてったんだよ。たぶん、忘れ物だろ」

そんなマスターの説明に、希実は思わず首をひねった。え？　母の？　それでつい言ってしまった。

「……母って、何かの勉強でもしてたんですか？」

瞬間、店の女たちがドッと笑い出した。ヤッダ〜！　もう、娘ちゃんたら、何言ってんのー？　もしかして、ちょっと天然入ってる系？　そんな彼女たちの笑いを受けて、マスターも少し呆れたような笑顔で言い出す。

「――アンタのお守りに決まってんだろ」

しかし希実には、その言葉の意味がにわかに理解できず、やはり首を傾げてしまう。え？　私の？　え？　だがマスターは、不思議でもなんでもなさそうに続けたのだった。

「律子は、アンタの受験がうまくいくようにって、よくこれに拝《おが》んでたんだ」

希実はただただ、目を丸くする。

「アイツにとって、アンタは自慢の娘だったからな」


スナックからはバスを乗り継ぎ帰って来た。帰宅ラッシュで込み合う電車を前に、沙耶が、こんなぎゅうぎゅうなとこには入れん、と主張したからだ。おかげでブランジェリークレバヤシに戻ったのは、八時を少し過ぎた頃だった。

「お帰りー！　今日の夕ご飯はカレーだよ！」

その日の助っ人は斑目で、彼は帰宅した希実たちを、満面の笑みで出迎えた。弘基くんがナンを焼いたから、今日は僕らのインドカレー記念日〜！　イートイン席のテーブルを拭きながら、彼は歌うように言っていた。聞けば昨日原稿があがり、現在しあわせ真っ只中！　という状態であるらしい。

だから彼は、浮かれたようなテンションで、希実たちに訊いてきたのである。ちなみに俺がラッシー作るんだけど、君らはなんの味がいい？　バナナ、ピンクグレープフルーツ、ブルーベリー？　三種類から選んでね！　そうして散々盛り上がった挙げ句、レジ前に立つ希実と沙耶を交互に見やり、ややトーンダウンして訊いてきたのだった。

「――て、あれ？　どうかした？　ふたりとも、お葬式帰りみたいな顔になってるけど」

それでようやく、希実はハッと我に返ったのである。ヤバい、完全に気が抜けてた。それで慌てて言って返した。いやいや、別に、どうもしないよ？　そして取り繕《つくろ》うような笑みを浮かべ、急ぎラッシーについて言及したのだ。そうだな、ラッシーなら、私はバナナでお願いします！　あ、ミントもあったら入れて欲しいかも。

いっぽう傍らの沙耶のほうは、明らかなる仏頂面のまま、私もバナナで……、などと答えてみせていた。ミントも入れて……。

だから希実はその時はじめて、沙耶の不機嫌にも気が付いたのだった。何？　なんでこの子怒ってんの？　スナックでなんかあったっけ？　何しろ希実の立場としては、自分の気持ちで手一杯で、沙耶の様子になど全く気がいっていなかったのだ。

とはいえすぐに、別にいっか、と流してしまった。どの道沙耶は普段から不機嫌そうなわけだし、今はとりあえず自分の平常心を保つことに集中したい。それで希実はさっさと厨房に向かい、仕込み中の弘基に声をかけた。

「ただいま！　これから夕ご飯でしょ？　荷物置いてすぐ戻るから！」

そんなふうに明るく言って、バタバタ二階に駆けあがった。そうして宣言通り荷物を置いて、すぐ厨房へと舞い戻ったのである。

「弘基、ナン焼いたんだって？」

言いながら作業台に向かっていくと、弘基は得意げな笑顔で言った。ああ、あれも一種のパンだからな。本場のとはちょっとちげーけど。じっくり発酵《はっこう》させてっから、これはこれでうめぇぞ？

ちなみに沙耶はといえば、置き物のように厨房の隅《すみ》っこで座り込んでいた。よほど何か腹に据えかねたことでもあるのか、先ほどの仏頂面は崩していない。

しかし弘基に与えられたらしいバゲットを頬張っていたから、体調が悪いというわけでもないのだろう。彼女は親の仇のように、がじがじバゲットを噛み千切っていた。何がそんなに腹立たしいのか、希実は怪訝に思いながら、弘基の指示に従い作業台に食器を運びはじめる。

弘基がスナック来訪について訊いてきたのはその段だった。

「――そういや、おふくろさんの職場はどうだったよ？　なんかめぼしい情報でもあったか？」

それで希実は作業台に食器を並べつつ、なるべく平静を保ちつつ応えたのである。あ、うん。訊かれるであろうことは想定していたから、とりあえず動揺もしなくて済んだ。そして希実は口の両端を意識して持ちあげ、努めて淡々と続けたのだ。

「母の行方とか、手がかりになりそうなことを知ってる人はいなかった。プライベートでまで、親しくしてた人はいないみたいだったし……」

あくまで事実を話せばいいだけだ。希実はそう思っていた。話を聞いた感想まで、いちいち伝える必要はない。

「でも一応、母の顧客だった人たちの連絡先は聞いたから、もしかしたらそこから何かわかるかも。まあ、しらみつぶしに当たっていくしかないけどね」

顧客の連絡先については、帰り際マスターが教えてくれた。印象も口も悪い彼だったが、しかし本音のところでは、律子の行方を気にかけてくれていたようだ。そもそも今日の来訪だって、やって来る希実たちのために、店の女の子たちを早めに招集してくれていたようだし、顧客の連絡先にしても、娘に教えていいかと、あらかじめ先方に確認を取ってくれていたらしい。

アイツはバカでいい加減だったけど、腐っちゃいなかったからな。腐ったヤツだらけのこの世界では、よくやってたほうだと思うぜ？　マスターはそんなふうにも言っていた。現実問題、母が腐っていたかどうかはさておき、腐っていないと言い切ってくれる人がいるということは、恵まれたことなのだろうと希実は思う。長い付き合いの相手ならなおのこと――。

「……まあ、職場にはけっこう恵まれてたみたいだよ。またなんか知りたいことがあったら、連絡寄こせって言ってもらえたし」

希実がそう伝えると、オーブンからナンを取り出していた弘基は、そっか、と笑顔を見せた。

「じゃあ、それなりに成果はあったってことだな？　よかったじゃねーか」

屈託《くったく》のない弘基の笑顔に、だから希実も笑顔で返す。うん、まあ、そうだね。若干ぎこちなさはあったが、希実としては充分誤魔化せたつもりだった。

しかしそのタイミングで、厨房に入って来ていた斑目が、少々心配そうに訊いてきたのである。

「……でも、なんかよくないことも、言われたんじゃないの？」

「え？」

「だって希実ちゃん、さっきそういう顔してたから……」

眉を下げて言う斑目を前に、希実は一瞬言葉を失《な》くす。それでもすぐに、はぐらかすように笑ってみせたのだった。いやいや、そんなことないよ？　何せここまで堪《こら》えたのだ。もうボロは出したくない。それでひたすら口を動かす。あー、あれじゃない？　お腹減ってるから、ちょっと不機嫌になっちゃってるみたいな？　カレー食べれば直るって――。努めて明るくまくしたてる。

だがそんな希実の言葉を、より不機嫌面をさげた沙耶が遮ってきたのだった。

「……なんなん？　希実」

バゲットを食べ終えた様子の沙耶は、すっくと立ち上がって言い出したのだ。

「なんで誤魔化そうとするん？」

沙耶はその小さな体から、憤りを立ちのぼらせるようにして希実を睨んでいた。そのピリピリした気配に、希実は少々たじろぎながら返す。え？　何が……？　何しろ沙耶の指摘は図星なのだ。それでもやはり、煙に巻くように笑顔で続ける。別になんにも、誤魔化してないけど……？　臭いものには蓋をしろという、先人たちの教えもある。

しかし沙耶はそれが気に入らないのか、さらに表情を険《けわ》しくして言い募《つの》ったのだった。

「だって、その人の言う通りじゃん。希実、お店出てからずっと不機嫌。ずっと思い詰めたような顔しとる」

沙耶のそんな発言を受け、弘基や斑目は少々戸惑った様子でふたりに臨む。は？　そうなのか？　やっぱり、お店で何かあったの？　しかし沙耶はそれを無視して、ただ真っ直ぐに希実だけを見詰めて続けたのだ。

「……希実、そうに嫌じゃった？」

問い掛けて沙耶は、ぎゅっと顎《あご》を引き、小さな唇を噛みしめる。ジャージの袖からのぞく拳《こぶし》も、ギュッと握りしめられている。毛のない眉はわずかに震えていて、その怒りの強さを物語っているようだった。希実はそんな沙耶を前に、何も言い返せずじっと立ち尽くす。

「律子おばさんが、お守り持っとったって、そうに嫌じゃった？」

吐き出すような沙耶の問いに、希実はぐっと奥歯を噛んで目を伏せる。しかし沙耶の追及はやまない。彼女はどこか切実に、希実に向かって言ってくる。

「合格祈願されとるんが、そうに嫌じゃった？　律子おばさんが、希実のこと自慢しょおったって、そうに腹の立つことじゃった？」

そこにあるのは怒りと言うより、むしろ悲しみに近い感情だったのかも知れない。

「――じゃったら律子おばさんが、かわいそう。大事な娘に、そんなふうに思われてしまうなんて……」

何しろ小さな彼女の目には、うっすら涙すら浮かんでいたのだ。だから希実は思ってしまった。怒られるより、悲しいをぶつけられるほうが、キツいんだな。まあ、単なる慣れの問題かもしれないけど――。

スカートのポケットには、マスターに渡されたお守りが入ったままだった。重さにしたらせいぜい数グラム程度と思われるその布切れは、しかしポケットの中でずっと妙な存在感を示していた。なぜかぼんやり重いのだ。重いわけはないはずなのに、そこにいることを静かに主張し続けている。

それはまるで見えない母の主張のようで、その重みに耐えられない気持ちのほうが、じわじわ地の底へ沈み込んでいくようだった。だから、言ってしまったのかも知れない。

「……私、走ってくる」

なぜか口がそんなことを、勝手に宣言してしまったのだ。当然弘基も斑目も、唐突《とうとつ》な希実の発言を受け、にわかに驚きの表情を浮かべた。は？　お前、何言ってんだ？　そうだよ。どうしたの？　希実ちゃん。

しかし希実のほうだって、実はそうとう面喰《めんく》らっていたのだ。何言ってんの？　私……。だが口のほうは、勝手に次の言葉を発していたのである。

「ランニング、行ってきます！」

そうして希実は、そのまま床を蹴った。

おいっ!?　希実!?　希実ちゃん!?　どこに行くのさっ!?　カレーはっ!?　後ろからそんな声が聞こえたが、希実はその声を振り切るようにして、店のドアを押し外へと飛び出していく。ちょ、希実ちゃん！　君、ランニングの趣味なんてないだろ〜っ!?

日はとっくに落ちているのに、外はまだ蒸し暑かった。アスファルトからも、まだまだ熱が放出されている。こんなところで全力疾走しようものなら、また汗まみれになることだろう。

しかし希実は、迷わずその道を駆け出した。思うにたぶん、逃げたかったのだ。走って頭を空《から》にして、このポケットの重みから、どうにかして、逃れたかった。

どこをどう走ったかはほとんど覚えていない。気付くと希実は公園にいた。

「……どこだ？　ここ」

息を切らしながら言ってみるも、ひと気のない夜の公園では、言葉が虚《むな》しく宙を舞う

の背や灯園公たれさ置配にうよむ囲を間空、くなどんとほはい類の具遊に内園。りかば

高い木々たちが、待ち人のいない老人のようにひっそりと肩を丸め佇んでいる。

走って来れるくらいの距離なのだから、ブランジェリークレバヤシからそう離れた場所ではないのだろうが、しかし覚えのない公園だ。ここからちゃんと帰れるのか、少々不安になってくる。とはいえそれより疲れのほうが先だった。希実はさっさと一番近くにあったベンチに腰を下ろす。

そうして肩で息をしていると、ブーブーブーとポケットの中の携帯が震えだした。取り出して見てみると、暮林からメールが届いていた。こんばんは、希実ちゃん。今日はまた一段と暑かったですね。明日も暑いようですから、熱中症にはくれぐれも気をつけてください。従姉妹の沙耶ちゃんとは、仲良くやっていますか？　何かあったら溜め込まず、ちゃんと話してくださいね。ではでは。

洗い立てのシャツのような清廉なメールの文面に、希実は少々考え込んでしまう。何しろ沙耶と仲良くやれてはいないし、何かもちゃんとあったのだ。こういう場合は、どんなふうに返すべきか？　しかしそう悩んだのもつかの間、希実は比較的あっさりと返信文を打ってしまった。こっちは大丈夫です！　ご心配なく！　暮林さんも元気でね！

少し短すぎる気もしたが、下手に長いメールを打って、そこに汚い気持ちが滲《にじ》んでしま

うよりマシだろうと考えた。せっかくもらったきれいなシャツを、汚して返すような真似はしたくない。

そうしてメールを送信した希実は、伸びをするように顔を空のほうに向けた。頭上には木々の枝葉が黒々と広がっていて、夜空に残るわずかな薄明かりを遮っている。しかしそのことに、希実の心は少しだけ落ち着く。夜空から見える汚い自分を、枝葉がすっぽり覆い隠してくれているようで安堵するのかも知れない。しかしその気持ちを自覚するなり、思わず息をついてしまった。

「……はあ」

子どもの頃から進歩がないな。そんなことを思ってしまったのだ。あれから色んなことがあって、背も伸びたし言葉も増えたし、知恵も悪知恵もそれなりについたはずなのに、けっきょくこういう場面では、昔と大して変わっていない。沙耶から逃げたレモン畑で、呪いの言葉にすがっていた、あの頃のヤワな自分と大差がない。情けない。

なんともふがいない気分のまま、希実は真っ黒な空の枝葉をぼんやり眺める。本当の夜の中にいるよりも、枝葉に遮られたこの場所のほうが闇の色は濃い。レモン畑と違うのは、そんなあたりだろうなと希実は思う。

あの頃は、見上げた先に光があって、それはたいていきれいな景色で、心の中の黒い何かが少し薄れた気がしたが、ここはどうも勝手が違う。あの頃のような、救いがない。

そんなことをつらつらと考えていた希実は、しばらくして黒い人影をみとめた。汗はもうすっかり引いていて、吹いてくる風もどこか涼やかに感じはじめた頃、道路に繋がる仄明るい公園の出入り口から、その人は駆け込んできたのだった。

「あ、弘基……」

呟いた希実の声が、おそらく聞こえたわけではないだろうが、弘基のほうもすぐにベンチの希実に気付き、肩をいからせながらずんずん歩いて近付いて来た。

「——やっぱり、ここだったか」

希実の前に立った弘基は、息を切らしつつそう口にした。もちろん言われたほうの希実は、その言葉の意味を計りかね訊き返した。

「へ？　やっぱりってどういう意味？　なんで弘基、ここがわかったの？　てゆうか、ここってどこ？」

しかし弘基はそれを無視して、あっちぃ！　だの、汗かいたー、だの、オメェ走り過ぎだっつーの、だのとぼやきつつ、きょろきょろあたりを見回しはじめる。返事をする気はないということか、あるいはよほど疲れているのか。そうして公園内を見回した弘基は、目当ての何かを見つけたらしく、踵《きびす》を返し希実のもとから離れようとした。

その瞬間だった。脳裏にかすかな記憶がよぎった。晴れた空。緑のベンチ。学生服の裾。白い息。白いヤギ——。ヤギ？　それでなぜか腕が勝手に動いて、弘基のコックスーツの裾を摑んでしまった。

「あの……」

すると弘基は、ギョッとした顔で希実をふり返った。

「えっ？」

それほど驚かれると思っていなかった希実は、とっさに手を離す。あ、ごめん。つい——。そんな希実の弁明に、弘基はドングリを飲み込んだ子リスのような顔をして、あ、うん、とめずらしく素直に返す。そしてどこか詫《わ》びるように続けたのだった。

「……ジュース、買ってくるだけだからよ」

その言葉通り、公園の入り口付近にあった自動販売機に向かった弘基は、希実のぶんのジュースも用意し、またベンチへと戻って来た。ほら、お前もどうせ喉渇いてんだろ？　そうしてふたりは薄暗いベンチに並んで座り、揃ってジュースを飲みはじめたのである。

弘基が買ってきたのはサイダーで、カラカラだった喉には染み入るようだった。弘基のほうも喉を鳴らして缶ジュースを飲んでいた。そうして早々に缶を空にしてしまうと、ベコベコと表面をへこませつつ、どうということもなさそうに言い出した。

「まあ、アレだ。そう、気にすんな」

薄い公園灯の明かりの下、遠くを見つめるようにして弘基は言い継ぐ。

「沙耶も、色々あって気が立ってんだろ。状況が状況だしよ。なんつーの？　情緒が安定しねぇっつーか？　だからまあ、とばっちりみてーなもんだと思ってよ……」

いっぽう希実は、喋る弘基の横顔をぼんやりと眺めていた。改めて見るとまつ毛が長いな。たぶん私よりも長いな。そんなどうでもいいことに気付きつつ、弘基がくれる言葉の意味を、なんとはなしに考える。

「……よくわかんねぇけど。親とのことなんて、他人じゃわかんねーとこもあるんだろうしさ」

手にしたままの缶ジュースの中で、ジュワジュワ炭酸がはじけているのがうっすらわかる。見えないけれどわかることは、この世にはあんがいたくさんあったりする。だからたぶん、沙耶にも見透かされてしまったのだろう。

「……いや、いいんだ。沙耶が言ってたことって、実はそんなに、的が外れてるわけでもないし……」

そう希実が切り出すと、弘基はふっと希実のほうに顔を向けた。そしてそれとほぼ同時に、今度は希実が弘基から顔をそらし、目の前に広がる薄暗い空間に視線を向けた。目を見たまま話すのは、どうも憚られたのだ。前を向いた希実は小さく笑って、どこか冗談めかすよう、なるべく陽気に話を続ける。

「そもそも私、ドライだからね。沙耶には、それが気に障《さわ》ったんじゃないの？」

本当はこんなこと、弘基に話す必要もないんだけどな。言いながら希実はぼんやり思う。弘基が自分の思いについて、いいように歪曲して受け止めてくれているのなら、そのままにしておいたほうが波風は立たないし、自分も真っ当な立ち位置にいられる。だいたい本音を語ってしまうなんて、単なるエゴに過ぎないだろう。この世には、言っても伝わらない思いや言葉や感情が、一定量あるはずなのだ。それでも話してしまいたいと思うのは、単なる甘えというものだ。本当のところをわかって欲しい、わからなくても知っておいて欲しいという、自分勝手な願いでしかない。

それなのに、希実は言ってしまった。どうしてだか、口が動いてしまった。

「……沙耶、お守りがどうとかって、言ってたでしょ？」

希実の言葉に、弘基は、ああ、と頷く。お前の、母親が持ってたってヤツ？　その弘基の答えに、希実も頷く。うん、そう。そして小さくまた笑う。

「それ、私のためのお守りだったんだって。なのに、母ったらお店に忘れていったみたいで。それで今日、渡してもらったんだよね」

言いながら希実は、ポケットからそのお守りを取り出してみせる。そうして弘基の前に差し出してみせる。赤い小さな長方形。どこにでもありそうな、ありふれた小さなちゃちなお守り。

「なんかうちの母さ、私の受験がうまくいくようにって、お守りに拝んだり、私のこと、よく出来る子なんだって自慢したり……。あとは、行きたい大学に行かせたいから、仕事頑張んなきゃって言ったり、してたんだって……」

彼らが教えてくれた話は、どれも初めて聞くものばかりだった。何しろ母は希実には、学校なんて行くだけムダ、だの、勉強より恋をしなよー、だのと常日頃からのたまっていたはずなのだ。それを職場で翻《ひるがえ》されたところで、希実に届くわけがない。

しかし彼女の苦労については、それなりに知ってはいたつもりだ。何しろ長年、一緒に暮らしていたのだ。母という人は基本的に、何があってもお気楽そうに笑っているタイプではあったが、しかし実際のところ、楽だけで生きていたはずはなかった。仕事から帰って来て、そのまま玄関口で泣いていたこともあったし、生活費の工面で四苦八苦していたことだってあった。

母は見られていなかったつもりだろうが、希実は陰からしっかり見ていた。例えば電話口で、誰かに少額の金を無心《むしん》している後ろ姿や、アパートのドア口で、男からお札を渡された時の媚《こ》びた笑みなど、そんな光景は今でも目に焼き付いている。その時のざらりとした感覚も、よく、覚えている。つまりあの暮らしの中で、苦労がなかったわけがない。

「スナックの人たちの話を聞いて、そもそもの生活がギリギリだったのに、そんなこと思ってたんだってわかって……。ちょっとびっくりはしたんだけどさ……」

半笑いで喋る自分の横顔を、弘基が見ているのがわかる。今の自分は、いったいどんな顔をしているんだろうかと希実は考える。そしてすぐに思い至る。まあ、きっとひどいもんだろうな。何しろ今の自分は、ひどい話をしようとしているのだ。

それでも希実は、笑いながら続ける。

「でも、沙耶の言う通りなんだよね」

どうしてだか、ひどい自分を見せてしまおうとしている。

「あのお店で、お守りなんか貰って……。だからなんなの？　って、思っちゃったんだよね」

その言葉に、嘘はなかった。本当にそう思ってしまったのだ。思って、そんな自分に驚いた。溶けることなど永遠になさそうな、冷え冷えとした凍《い》てついた感覚が、自分の中にあることに、息をのんでしまったのだ。

身勝手でいい加減で、カッコウの母のようなあの人を、憎んではいない。恨んでもいない。そんなことを思うほど、あの人に何かを求めてはいない。何しろとうの昔に、母というものは諦めたのだ。それでいいと思ってきたし、だから母との関係も、それなりに良好に築けていたのだろうと理解している。

それでもお守りを渡された瞬間、母の思いを聞かされた瞬間、胸の奥で凍てつくような何かを感じてしまった。——だからなんなの？　それで、全部を許せとでも？　それはまるで、母の努力や思いの一切を、蔑《さげす》み嘲《あざけ》りはねつけるような、とりつくしまもない拒絶だった。

「……もしかしたら私、自分で思ってたより、母のこと許せてないのかも知れない。色々と理解はしてるつもりだったんだけど、ああいう時に、だからなんなの？　とか思っちゃうんだもん」

なるべく笑顔で、希実は続ける。

「まあ、この通り私ってだいぶ性格も曲がってるし？　そんなふうに思うのも、無理はないのかも知れないけどね」

言いながら思っていた。しかも卑怯だ。こんなふうに笑って話して、自分の中の汚い気持ちを、どうにかこうにか誤魔化そうとしている。

「……だから、沙耶の言ってたことも、一理あるんだよ」

弱い風が吹いて、頭上の枝葉がざわざわと音を鳴らす。それを見上げるふりをして隣の弘基を見てみると、彼はもう希実から視線を外し、じっと何もない前方の景色を見据えていた。そんな弘基の様子を前に、希実も無言で前を向く。そこにはただ夜の公園が広がっているだけで、特に目を奪われそうなものはない。それで希実は思ってしまう。何見てんのよ？　弘基のヤツ——。そしてわずかに口を尖《とが》らせる。こっちがあれだけ喋ったんだから、ウンとかスンとか言ってよね。

しかし弘基は黙ったままだった。並んだふたりの間には、ざわざわという梢《こずえ》の音が届くばかり。おかげで希実の苛立ちは増してくる。もう、なんなの？　いつもみたく、お前って、ホント性格ブスだもんなー、とか適当に言ってくれればいいのに——。するとそんな念が通じたのか、弘基がようやく口を開いた。

「……あのよ」

ただし彼が口にしたのは、思いがけない言葉だった。

「別に、いいんじゃねぇの？」

「え……？」

「相手をわかってやることと、許すこととは別モンだからよ」

弘基はどこか面倒くさそうに、顔をしかめ頭をかいたりしている。そんなことをしていても、まつ毛が長いんだなと希実は思う。なんかそこだけ、ラクダみたいだ。そしてそのラクダの弘基は、頭をかきながら続けたのだ。もしかしたらその仕草は、面倒ではなく照れくさいだけだったのかも知れない。

「まあ、なんつーか……。親について言うんなら、俺にもちょっと、似たようなトコあるからよ。だから、あんま気にすんなって」

弘基は前を向いたまま、頭をかいたり口を曲げたり忙しそうだ。そんな弘基を前に、希実はぼんやりと思い出す。

確か弘基は二十歳を前に、好きな人を追いかけて単身パリへと渡ったはずだ。そしてそこでブランジェの修業を積んだのだと、なんとなく聞いた覚えがある。しかしそれ以外のことについて、希実はほとんど何も知らない。どんな子ども時代を過ごして、どんなふうに背が伸びていって、どうしてパン職人の道を選んだのか、まるでわからないままだ。正直、深く考えたこともない。

けれど当たり前ながら、弘基にも子どもの頃はあって、今の希実と同じ年頃だって、過ごしてきたはずなのだ。ただ話さないだけで、ちゃんとあったはずなのだ。だからも

郵便はがき

おそれいりますが切手をおはりください。

160-8565

東京都新宿区大京町22—1

〈受取人〉

株式会社 **ポプラ社**

編集局 ポプラ文庫編集部 行

お名前 (フリガナ)

ご住所 〒

TEL e-mail

ご記入日 年 月 日

ご愛読ありがとうございます。

読者カード

●ご購入作品名

[　　　　　　　　　　　　　　　　　　　　　　　　]

●この本をどこでお知りになりましたか？

1. 書店（書店名　　　　　　　　　　　　）　2. 新聞広告
3. ネット広告　4. その他（　　　　　　　　　　　）

年齢　　歳　　　性別　男・女

ご職業　1.学生（大・高・中・小・その他）　2.会社員　3.公務員
4.教員　5.会社経営　6.自営業　7.主婦　8.その他（　　　）

●ご意見、ご感想などありましたら、是非お聞かせください。

……………………………………………………………………
……………………………………………………………………
……………………………………………………………………
……………………………………………………………………
……………………………………………………………………
……………………………………………………………………
……………………………………………………………………
……………………………………………………………………
……………………………………………………………………
……………………………………………………………………

●ご感想を広告等、書籍のPRに使わせていただいてもよろしいですか？
（実名で可・匿名で可・不可）

●このハガキに記載していただいたあなたの個人情報（住所・氏名・電話番号・メールアドレスなど）宛に、今後ポプラ社がご案内やアンケートのお願いをお送りさせていただいてよろしいでしょうか。なお、ご記入がない場合は「いいえ」と判断させていただきます。
（はい・いいえ）

本ハガキで取得させていただきますお客様の個人情報は、以下のガイドラインに基づいて、厳重に取り扱います。

1. お客様より収集させていただいた個人情報は、よりよい出版物、製品、サービスをつくるために編集の参考にさせていただきます。
2. お客様より収集させていただいた個人情報は、厳重に管理いたします。
3. お客様より収集させていただいた個人情報は、お客様の承諾を得た範囲を超えて使用いたしません。
4. お客様より収集させていただいた個人情報は、お客様の許可なく当社、当社関連会社以外の第三者に開示することはありません。
5. お客様から収集させていただいた情報を統計化した情報（購読者の平均年齢など）を第三者に開示することがあります。

●ご協力ありがとうございました。

しかしたら、似たような思いだって——。

「……そっか。気にすることないのか」

「おう、ねぇよ」

「じゃあ、そういうことにしておこうかな」

「おう、しとけしとけ」

笑いながら言う弘基を見て、希実はぼんやりとその子ども時代を思った。

この人にも、レモン畑みたいな場所はあったんだろうか？　うずくまって膝を抱えて、過ごした時間はあったのかな？　何かの拍子に見上げた空があったとしたら、それはどんな空だったんだろう——？

希実もサイダーを飲み終えて、そろそろ帰ろうかとベンチから立ち上がった頃、だいぶ遅れてではあるが、斑目が息を切らしてやって来た。どうやらジュースを買った際、弘基がメールしておいたようだ。あんがい抜け目がないんだなと、希実は内心感心する。

「ああ、よかった。希実ちゃん、無事で……」

やって来た斑目はそう言って、ポケットをごそごそやりはじめた。そして携帯を取り出して、希実のほうに向けてきたのだ。

「お店で沙耶ちゃんも、言い過ぎたって反省してたから——。今日のところは早く帰ろう？　ね？」

斑目の携帯には、沙耶のムービーが撮影されていた。彼女は小さな画面の中で、あからさまな仏頂面を浮かべ、いかにも不承不承といった感じで頭をさげた。……ゴムンナサイ。コイツ、絶対悪いと思ってないな――。希実はそう思ったが、本来謝られるようなことはされてないので、別にいいかと流しておいた。

「おおっと！　ほら、もうこんな時間だ！　早く帰ってカレーにしないと、開店に間に合わない！」

斑目のそんなかけ声に、希実たちはブランジェリークレバヤシへと急いだ。時間を置いちゃったから、ナンが固くなってないかな？　大丈夫だよ、俺のはイースト入りだから、時間が経っても固くなんねーの。え？　そうなの？　だから本場のとは違うっつったろ？　いやいや、でも逆にそれも楽しみだよね！　静かで暗い夜の道を、一同はだいぶ賑《にぎ》やかに進んでいく。

希実の携帯が震え出したのは、ちょうどそんな頃だった。ブーブーブー。それはメールの着信で、希実は皆のうしろを歩きつつ、ポケットから携帯を取り出して、そっと中身を確認する。メールの送り主は暮林で、どうやら先ほど希実が送ったメールの返事のようだった。

希実ちゃん　月がきれいですよ。

その文面に希実はふと空を見上げる。

するとそこには、白い満月が浮かんでいた。いつからここにあったんだろう。顔を上げながら希実は思う。さっきの空にはなかったのに——。それとも枝葉に隠れていて、見えない位置にあったんだろうか。

濃紺の空には雲一つなく、月の明かりだけが端然と広がっている。

「——きれいだな」

希実が空を見上げているのに気付いたらしく、弘基がそんなことを言ってくる。弘基も希実と同じく、やはり空を見上げている。それで希実も小さく返す。

「……うん、きれいだね」

言いながら少し、笑ってしまう。気付くの遅すぎだな、私。この空も月も、さっきからずっと、ここにあったはずなのに。

昔と、何も変わってないわけじゃない。成長してないところはあるし、性格だってそれなりに曲がったままだが、しかしそんなことは吹き飛んでしまうくらい、大きな変化だってちゃんとあった。

何しろ今は、空を見上げる理由をくれる人と、その空を一緒に見上げてくれる人がいる。それはあの頃の小さな自分には、まるで想像も出来なかった、ほとんど奇跡的なほどの幸運なのだろう。

道の先のほうで、斑目が声をかけてくる。希実ちゃ〜ん、弘基く〜ん！　早くしないと、開店に間に合わないってば〜！　その声に、希実と弘基は顔を見合わせ、肩をすくめて走り出す。薄い月明かりが、道を照らしている。その中を、希実は走っていく。暮林さんも、まだ同じ月を見てるのかな。走りながら希実はふと思う。見ているといいな。同じように空を見上げて、同じようにきれいだと思っていて欲しい。希実が誰かにそんな期待をかけたのは、たぶん初めてのことだった。


安田が図書館に現れたのは、スナック訪問の翌日のことだった。

「——こんにちは、希実ちゃん。受験勉強お疲れ様。ところで話があるんだけど、五分だけいいかな？」

机に向かっていた希実の背後から、にゅっと現れそう言い出した彼は、可愛らしさでも演出するつもりなのか五本の指をぱっくり広げ、小首を傾げて微笑んで見せたのだった。無論、微塵《みじん》も可愛くはなかったのだが——。

そうして希実は勉強を中断して、安田ともども談話コーナーへと向かった。彼はそこでジュースを奢《おご》ってくれた。頑張っていると、喉が渇くでしょ？　そんな優しげなことを言いつつ、昨日の労をねぎらいはじめたのだった。

「昨日は、お疲れ様でした。お母さんの職場訪問。暑い中、大変だったでしょう？」

しかし希実は、いえ、と一応返しておいた。もちろん大変は大変だったが、そうとは言わないのが日本の文化だ。まあ、色々わかってよかったです。だがそんな社交辞令を、どうやら口にしている場合ではなかった。何しろ安田は満足げに、それならよかったと言い出したのである。

「じゃあ、次の段階に行ってみよう！　さっき、沙耶ちゃんと話し合ったんだけど。昨日もらったお母さんの顧客さんのリストを元に、これからは僕と希実ちゃんで、お母さんの情報収集をすることになりましたので――。どうかよろしくお願いします」

血色の悪い口元から白い歯をのぞかせる安田を前に、希実はジュースを吹き出しそうになる。はっ？　なんなの？　その事後報告。しかし安田は臆することなく、笑顔で言ったのだった。

「希実ちゃん、お母さん捜しをサボってたでしょ？　そのこと、沙耶ちゃん根に持ってるみたいでね。あの子だけに任せるのは無理って、僕にもお鉢が回ってきたわけです」

その説明に、希実は一瞬言葉を詰まらせてしまう。何しろサボったのは事実だからだ。

しかしだからって、こんな横暴があっていいのか？　こんなクマ男と母捜しなんて――。

そう困惑する希実に対し、安田は腕時計を確認しながら続ける。

「顧客さんへの連絡と面会日時のセッティングは、沙耶ちゃんがやるって言ってたから。僕らは指示にしたがって、顧客さんたちに会っていけばいい。ちなみに、日々の捜査時間は約一時間。僕、これでも社会人だから、昼休憩の間くらいしか、時間が割けないんだよね。でも、車は出すから足の心配はご無用。お店への送り迎えもちゃんとするから」

そこまで説明した彼は、よし、五分！　と小さく叫び、希実に向き直り言った。

「実は今も、休憩時間中なんだ！　そういうわけで、もう行かなきゃいけないから！」

言いながら安田は、後ずさるようにしてじりじり玄関のほうへと向かいはじめる。

「一緒にお母さん、見つけようね！　じゃ！」

そんな安田を、希実は慌てて引き留めようとする。ちょ、ちょっと待って！　私にも都合ってもんが……！　しかし安田は腕時計を指さし、じゃあね！　そのまま走り去ってしまったのである。館内は走っちゃダメなのに、だ。

だから店に帰った希実は、急ぎ沙耶に状況を確認しようとした。

「――ちょっと、沙耶！　話があるんだけど……！」

しかしその願いは、不本意ながら叶わなかったのだ。何しろ沙耶は、すでにぐっすり眠っていたのだ。そのことについて弘基は、え？　お前知らなかったのか？　と意外そうに言ってきた。

「沙耶なら、昼間もけっこう熟睡してるぜ？　いったん寝ちまったら、メシ以外の理由ではなかなか起きてこねーの」

その事実に、希実は言葉を失くしたほどだ。嘘でしょ？　夜だって完全に寝てるクセに……。あの子、寝過ぎ病なんじゃない？　そんなことをボヤきつつ、ついでに安田の申し出についても愚痴っておいた。

「沙耶も安田さんも、勝手過ぎるよ。こっちにだって、予定はあるのにさ……」

しかも安田が一緒だと、いよいよ母捜しがサボれなくなる。実のところ、希実には一番その点が腹立たしかったのだ。しかしそう素直にも愚痴れず、若干当てこすりのような文句を言い連ねたのだった。

「しかも、ふたりで捜せとかあり得なくない？　私、安田さんと殆《ほとん》ど話したことないのに……。しかもあの人、なんか不気味だし……。一緒に行動しろって言われても……」

すると助っ人に来ていた斑目が、眩しそうな顔で返した。

「まあまあ、出会ってすぐの人なんて、誰しもろくに話したことがない人なわけだし。

一緒にいれば、それなりに馴染むんじゃん？　僕と希実ちゃんだって、最初の頃はたいがいだったよ？」

しかしいっぽうの弘基はといえば、苦いものを口に含んだような顔をして、安田かぁ、とうなったのだった。あの野郎と、一緒に捜すのか……。どうやら弘基、安田に対してあまりいい印象がないようだ。

「なんかアイツ、引っかかるんだよな。店に来ても、パン食わねぇでコーヒーだけ飲んでやがるしよ」

なんでも弘基の説明によると、安田は沙耶が現れて以降、毎晩のように店にやって来ているのだそうだ。しかし、パンは食べないのだという。この店に来て、パン食わねぇとか、意味わかんねぇし。弘基はそんなふうに言っていた。確かに焼き立てのパンの匂いを前に、コーヒーだけとはどうかしている。しかも弘基の弁によると、彼への疑念はそれだけに留まらないのだという。

「だってアイツ、沙耶が寝た後店に来て、起きる前には帰っちまうんだぜ？　なのにイートイン席陣取って、いつまでもニヤニヤ居座り続けやがって……」

すると斑目が、そんな弘基の疑問にさっと応えたのだった。ああ、それはね。どうやら斑目、安田とは比較的懇意になっているようだ。

「二階にいる沙耶ちゃんを思いながら、コーヒーを飲むのが最高の喜びなんだってさ。遠距離恋愛をこじらせ過ぎて、姿が見えないほうが萌えるみたいだよ？」

おかげで希実と弘基のふたりは、同時に口にしてしまったほどだ。——それ、変態じゃん！　受けて斑目も、満足そうに頷く。うん、だから僕と、気が合うんじゃない？　まあ、他にも色々と……。

そして斑目は、店の時計に視線をやり、あ、そろそろおいとまする時間だな、などと言い出した。

聞けば斑目、今日は出勤日ではないらしい。ソフィアさんに、二時間だけって頼まれて来たんだよね。たぶん、彼女もじき来ると思うから、僕は今日はこのへんで——。そう言ってエプロンをはずす斑目に、だから希実は訊いてしまった。

「ソフィアさん、何かあったの？」

質問に深い意味はなかった。しかし斑目はニタリと微笑み、いい質問だね、と指を立てて言ったのだった。

「実はすでに三度ほど、彼女には同じお願いをされている。つまり彼女にはこの時間、抜き差しならぬ用事が発生しているということだ」

しかし答えにはなっていない。だから希実はまた訊いてしまう。——その、心は？

すると斑目は窓のほうをすっと見やり、目を細くして言ったのだった。

「——嵐が、来ます」

だが言われなくても、その晩台風が来ることは希実も知っていた。夕方過ぎには雨の恐れもあるというから、今日は早めに図書館から帰ってきたのだ。おかげで希実は言ってしまった。いや、斑目氏、そういうことじゃなくてさ……。

けれど彼のその予言は、実際のところ的を射ていたのだ。

何しろその晩、台風ではないほうの嵐が、ちゃんとやって来たのである。


台風が来ることを見越して、希実はいつもより念入りに耳栓を耳にねじ込んだ。おかげですでに降り出していた雨音も聞こえず、安心してタオルケットに包まることが出来た。

そうして眠りについたのが、おおよそ午前零時。おそらく外は暴風だったはずだが、希実は夢らしい夢も見ず、ぐっすり眠ることが出来ていた。そうして邪魔さえ入らなければ、爽やかな朝が迎えられるはずだった。

しかしその平和な眠りは、またしても明け方に破られてしまったのである。

パッと周りが明るくなったかと思ったら、そのままがくがく肩を揺さぶられ、希実は目を覚ました。

「――希実ちゃん！　起きて！　希実ちゃんに、お客様がいらしてるの！」

くぐもって聞こえるソフィアの声に、希実はのろのろと耳栓をはずす。

「……客？　また、こんな夜中に……？」

うめくように希実が言うと、ソフィアは困り果てた表情で肩をすくめて返してきた。

「そうなの～。まあ、実際は沙耶ちゃんのお客さんなんだけど……。あの子、呼んでも全然起きてくれなくて～」

そんなソフィアの物言いに、希実は目をこすりながら顔をしかめる。はあ？　それでなんで私が……？　するとソフィアは苦笑いで答えたのだった。

「お客さん、希実ちゃんでもいいっていうから――。なんだか話が込み入ってそうだから、直接聞いてやってちょうだい」

それで希実は仕方なく、取り急ぎソフィアとふたり階下に降りたのである。

厨房に立つと、店のほうで弘基が客の応対をしている姿が見えた。しかし希実は、やはり呟いてしまった。

「……誰？」

弘基の前に立っていたのは、ひょろりと背の高い少年だった。年の頃はおそらく高校生あたりだろうか。顔のほうも体形に似つかわしい細面《ほそおもて》。目鼻立ちもすっきりしていて、どちらかと言えば美少年の部類と言えた。しかも雰囲気が柔らかく、ふんわりとしたくせ毛はアルパカを彷彿《ほうふつ》とさせる。

ただし、希実にはまるで見覚えのない顔だった。同じ高校の生徒かとも思ったが、記憶の片隅にもその顔の印象は残っていない。しかし知らないその顔は、やはり希実に言ってきたのである。

「――沙耶の、従姉妹のかたですか？」

相手は希実を知っているようだった。希実は軽い既視感を覚えつつ、ソフィアに背中を押され店内へと歩を進めた。この状況、沙耶が来た時とほぼ同じじゃん。眠い頭でそんなことを思いつつ、希実は厨房を突っ切っていく。いったいなんなの？　この展開。先日と違う部分があるとすれば、少年の隣で安田が苦笑いを浮かべていたことだろう。彼はやって来た希実を前に、緑色の笑顔を引きつらせつつ、手を合わせ詫びるような仕草をしていたのだ。

何？　クマ男のヤツ……？　希実は怪訝に思いながら、アルパカ少年の前に立つ。すると彼はぺこりと頭を下げ、どこか頼りなさそうな声で名前を名乗った。

「どうも。僕、村上淳也《むらかみじゅんや》と言います」

もちろんその名前にも覚えはなかった。しかし希実もとりあえず、どうも、と頭を下げておく。篠崎希実です、沙耶の従姉妹の……。小さな声でそう言うと、今度はなぜか隣の安田がしゃしゃり出てきた。

「えーっと、彼はですね。沙耶ちゃんの……。なんと言いますか……。ベターハーフ的な？　わかりやすい日本語で言うと、恋人的な青年です、はい」

安田のそんな物言いに、希実は思わず、こっ!?　と声をあげた。しかし安田はその叫びに続く言葉を遮るように、ペラペラと話を続けたのだった。

「ですから要するに、この村上くんこそが、本当の沙耶ちゃんの駆け落ち相手なんです。僕は単なるダミーといいますか、身代わりと言いますか……。そもそも考えてもみてください。僕みたいな根暗そうなオッサンと、沙耶ちゃんが付き合うと思いますか？　思いませんでしょ、普通――」

その口車にも似た弁明に、しかし希実は頷いてしまう。確かに、まるで似合わない二人だとは思っていた。思ってはいたが、実際ふたりは手を取り合ってこの店に乗り込んできたはずだ。それなのに、本当の恋人がこっちのアルパカってどういうこと？

寝起きのせいもあろうが、にわかには状況が飲み込めない希実に代わり、弘基が安田に詰め寄っていく。

「お前が恋人じゃないんなら、どうして沙耶と一緒にこの店に来たんだよ？」

するとと安田は、じりじりと後ずさりながら答えてみせた。

「あの日の晩、僕は、この店の前を張ってましてーー。そうしたら妙な男たちが、女の子を追いかけてるのが見えたんです。その時追われてたのが沙耶ちゃんで……。僕、慌てて彼女を自分の車に避難させたんですよ」

そうして安田は車の中で、沙耶から事情を聞いたのだそうだ。それこそが、希実たちに聞かせた沙耶の事情のすべてだった。

「あの時、皆さんにお話しした中で、唯一違っていたのが僕だったってことです。つまり、沙耶ちゃんが木刀で助けて、交際に発展して、幸せな遠距離恋愛の末、元彼の暴走により、広島に彼女を迎えに行った。その恋人は、彼だったんです！」

そう言って安田は、ビシッとアルパカ少年を指さす。

「しかし、彼は沙耶ちゃんを捨てて逃げた。だから僕が彼の身代わりになって、この店に来たんですよ。ここには、頼りになるおばさんがいるからってーー」

しかし安田のそんな説明を、弘基が冷ややかに遮った。

「それでなんで、オメェが恋人の身代わりなんかしくさったんだよ？」

そんな弘基の問いかけに、しかし安田は、なぜわからないんだ？　といった表情を浮かべる。

「沙耶ちゃんに頼まれたんですよ。駆け落ち相手に逃げられたのに、ひとりでお店に行くのが恥ずかしいと――。乙女心ですよ。わかりませんか？」

だが店内に、乙女心について理解を示すものはいなかった。わかるか？　全然。アタシも、ちょっと……。するとその段で、アルパカ少年がようやく口を開いた。

「……ご迷惑をおかけしました。俺のせいで、そんな……」

背中を丸めて詫びる村上少年に、安田はにわかに威勢を取り戻す。

「そうだよ！　大体、君が逃げなきゃこんなことにはならなかったんだ！　猛省しなさい！」

だが村上少年は、下げていた頭をゆっくり上げたかと思うと、安田の肩をむんずと摑み、どうしても納得がいかないと言った様子で言いはじめたのだ。

「はい猛省します。でも、ひとつ確認させてください。沙耶には手を出してないですよね？　恋人のフリをしただけで、本当の恋人にはなっていませんよね？」

雰囲気はアルパカのままだったが、しかしその目はひどく鋭かった。思わぬ少年の迫力に、安田は慌てた様子で弁解をはじめる。

「な、なるわけないでしょ！　手も出してない！　指一本触れてません！　そもそも僕は、女性に手を出したことなど一度もない！」

聞いてもいないカミングアウトを前に、しかしアルパカの疑念は晴れないようで、さらにじりじり詰め寄っていく。本当でしょうね？　本当だと言っているだろ！　指一本？　ああ！　肩は抱いたが、それだけだ！　肩を？　仕方ないだろ⁉　怪しい男たちに見つからないよう、彼女を隠して歩いたんだから！　どうやら村上少年、ずいぶんと疑り深い性分のようだ。じゃあ、気持ち的にも大丈夫ですね？　は？　気持ち？　だから、沙耶に惚れて助けたわけじゃないですよね？　惚れるわけないだろ！　大体、僕は大柄な女性のほうがタイプだし！　何より気になっている人が……！　信じていいですよね？　ああ、トラストミーだよ！　その言い回し、余計信用ならないんですけど――。

そんな犬も食わない押し問答に、しかし弘基がなぜか途中参加の構えをみせた。安田に詰め寄る村上少年を引っぺがし、無理やり話に割り込んだのだ。

「つーか、俺にも解《げ》せねぇことがあんだよな。沙耶のことが好きでもなんでもねぇっつーんだったら、なんでテメェはこんな茶番の片棒担いだんだよ？　しかもなんで、毎晩うちの店に来てた？」

アルパカ少年とはまた違った凄みで攻める弘基に、安田はまたも遠い目をする。現実逃避か。しかし弘基も追及の手を緩めない。視線を外した安田の胸ぐらを摑み、低い声で問い詰めた。

「さっきも妙なこと言ってたよな？　店の前を張ってたって、あれはどういう意味だ？　なんの目的でそんなことしてた？　お前、いったい何者だ？」

するど安田は両手をあげて、降伏のポーズをとった。

「僕は、通りすがりの公務員です。店の前を張っていたのは、うっかり一目惚れしてしまった人を、店の外から見詰めるためです。沙耶ちゃんの茶番に付き合ったのは、そんな理由でもこの店に入れるのなら、それはそれでまあいいかなと思った次第でして……」

そんな安田の説明に、ソフィアが嬉々として声をあげる。

「ヤッダ～！　安田くんたら、チョー純情～！　カッワイイ～！　一目惚れした人って、誰なのよ～？　なんだったらアタシ、キューピッドちゃんになってあげるわよ？」

しかし次に続いた安田の言葉に、店内は水を打ったように静まり返ったのだった。

「――それは無理です！　僕が一目惚れした相手は、あなたですから！」

時計の針は三時半を回ろうとしていた。その約三十秒後、酔っ払い客たちが乱入してくるまで、一同は固まったまま各々呆然と立ち尽くしていた。

＊＊＊

窓が雨に打たれ、がたがたうるさく揺れている。強い風が吹いているのだ。時折り遠くから、落雷の音も聞こえてくる。

今夜は台風が通過するらしい。ネットのニュースに、そう書いてあった。ただし暴風雨は今夜いっぱいで、明日の昼にはすっかり抜けてしまうという。

薄暗い部屋のベッドで寝返りを打ちながら、沙耶はそんなことを思い出す。去っていくのだ。遅かれ早かれ、嵐というものは――。いつまでもそこに留まり続けることはない。だからたぶん、彼だって……。

ソフィアにまるで起きないと判断された彼女は、しかしその実ちゃんと起きていた。ただ、寝たふりをしていただけだ。だからもちろん、村上少年がやって来ていることも知っていた。自分のために泣いてくれた、優しくて可愛いケンカの苦手な王子様。ヤンキー相手に必死になって、話し合おうよ！　と説得なんかをしようとしていた。多勢に無勢でケンカに勝っても、君らだって気持ちよくないだろ？　こんなのただの、弱いもののいじめじゃん？　そんな理屈、あの人たちに通用するわけないのに――。

殴りたいから、殴るだけ。吐き出す場所が欲しいだけ。力で小銭が得られるなら、拳くらいいくらでも振り上げる。あの人たちは、たぶんそんな感じで生きているのだ。話し合いなんて、するだけ無駄というものだ。沙耶はそう思っている。何しろ自分もそうだったのだ。

それなのに村上は信じていた。言葉というものを、あるいは心というものを。だからあんな真正面に、大勢に声をあげてみせたのだろう。その様は眩しいほどで、だからついつい助けてしまった。せっかくのきれいな気持ちや心が、みすみす汚れるのを見たくなかった。

沙耶は眠り姫みたいだね。そんなふうに言ってきたのも彼だった。もともとよく寝る傾向のあった彼女に、からかい半分で言ってきたのだ。でも沙耶は、妙に納得してしまった。確かに、そうかも――。

何しろ彼女は眠っていたのだ。長い呪いにかかったまま、自分であることをやめていた。そうして村上に出逢い、ようやく重いまぶたをあげた。

それにしても、眠り姫とは言い得て妙だったな。暗い天井を見あげながら沙耶は思う。村上は他意なく言ったのだろうが、しかしここにきてその物語が、にわかに沙耶たちに符合しはじめているのだ。

眠り姫という物語は、目覚めた姫と王子が結ばれ、ハッピーエンドで幕を閉じる。しかし別のバージョンもあるのだ。結ばれた王子と姫の、その先の物語――。それはまるで、自分と村上の未来を暗示しているようだと沙耶は思っている。そしてだからこそ、彼との関係は終わらせなくてはいけないと思っている。

思うにおそらく王子様にも、呪いはかかってしまっているのだ。それは何も、眠り姫だけに限ったことではない。彼らは姫を助けようとする。傷をも恐れず何かに立ち向かい、果てには命まで捧げようとする。しかしそれは、沙耶の望む物語ではない。

戦いたい。沙耶はそう思っている。守られるのではなく、自分でちゃんと立ち向かいたい。でなければ、呪いから覚めた意味がないような気がするのだ。そんなのはまた、誰かに自分を委《ゆだ》ねてしまうだけ。だから彼とは、別れなくてはいけないのだ。

強くなりたい。彼女はそうも思っている。例えば律子おばさんのように、あるいはその娘の、希実のように――。

子どもの頃から、希実は強かった。沙耶がどれだけ嫌がらせをしようと、決して泣いたりへつらったりはしてこなかった。ただ強い目で、睨み返してくるばかり。たぶん彼女はその頃から、すでに戦っていたのだろう。言い返さず歯向かわず、けれどこちらの一切を、頑《かたく》なまでに拒んでいた。そうやっていくらも立ち向かって、ここに辿り着いたのだろう。

この店は、居心地がいい。居候の居候でもそう思う。そういう意味では、あの子もようやく落ち着ける場所を手に入れたということなのか。

そんなことを考えながら、また寝返りをうつ沙耶の目に、脇に置かれた机が映る。それでハッと気付いたのだった。いや、希実だって、まだ——。

沙耶が机の引き出しを見たのはゆうべのことだ。店を飛び出して行った希実を前に、なんとなく気まずくなって、この部屋にこもったのだ。そうして興味本位で開けた引き出しの中に、一通の手紙を見つけてしまった。

『ご存じの通り、私はあの子の記憶を奪ってしまいました』

律子が綴ったそんな言葉に、沙耶は静かに息をのんだ。そして妙に納得したのだ。ああ、ここにも呪いが——。

窓が光る。少し遅れて雷鳴が響く。雷雲が近づいているようだ。窓は変わらず音を立てている。雨音は、先ほどより強い。

強くなりたい。沙耶は思う。用意された物語に、人生を模《かたど》られるのはもうたくさんだ。逃れたいのだ。

母がかけた、呪いから——。

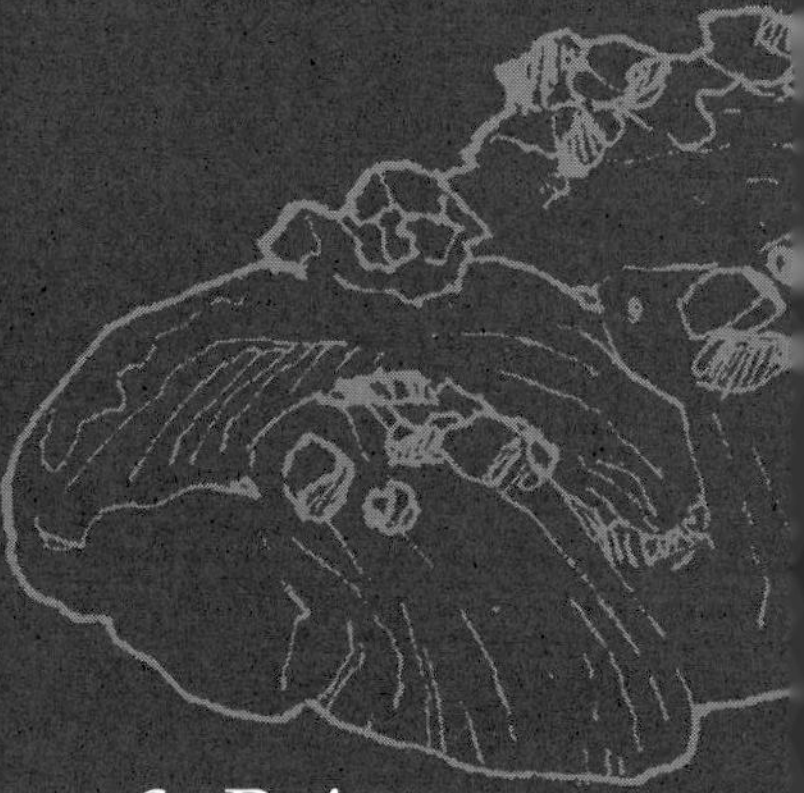

Pétrissage & Pointage

——生地を捏ねる&第一次発酵——

ちょっとした面倒事を、ついつい後回しにしてしまうきらいがソフィアにはある。例えば虫歯や、軽い胃の痛み。あるいは恋人の些細《ささい》な態度の変化や、職場の人間関係の中で抱くわずかな違和感。そんなものをソフィアはたいてい、ま、いっか、と見て見ぬふりでやり過ごしてしまうのだ。

子どもの頃からそうだった。父親に託された花壇の世話や、夏休みの宿題。理解できなかった数学の授業や、クラスメイトの男の子にふと抱いてしまった恋心。そういうものをなおざりにして、あとでたいてい痛い目を見てしまう。

そしてそんな幾多《いくた》の学習を重ねた今なお、両親へのカミングアウトをすませていないのだから、その傾向にはなかなかに根深いものがあるのだろう。だってもしかしたら、時間が解決してくれるかも知れないし～。そんな淡い期待を、彼女は常々胸に抱きながら生きているのだ。考えようによっては、至極ポジティブな女性、もとい元男性とも言える。

自分のそんな傾向は、他の人々にもまま見られるとソフィアは思っている。例えばブランジェリークレバヤシの常連客、シングルマザーの織絵《おりえ》は、洗濯物を溜め込むところがあるし、同じく店の常連で脚本家の斑目も、原稿が遅れてるんだと恒常的にのたまっている。要するに人は誰しも、何かしらの面倒事を、無意識にあるいは意図的に後回しにしているものなのだ。

ソフィアのそんな思いは、今年の梅雨入りあたりでさらに深いものとなった。何しろあの真面目な暮林とごく几帳面な弘基にも、その要素が垣間見《かいまみ》られてしまったのだ。

きっかけは暮林の夏休みだった。しばらくの間、少し店を手伝ってもらえんやろか？この夏の間だけでもええで――。暮林からそんな頼み事をされたソフィアは、しかし断ろうと腹を決めていた。クレさんの力にはなりたいけど〜。でも、今回ばかりはゴメンナサイだわ〜。そんな思いを抱えながら、微妙に気だるい仕事帰り、彼女は明け方のブランジェリークレバヤシを訪れたのである。

その日はわずかに小雨が降っていて、ソフィアはビニール傘をさして店へと向かった。閉店直後のブランジェリークレバヤシには、暮林と弘基しかいなかった。時間的に考えて、希実はまだ眠っていたのだろう。

「おっはよ〜ん！　おつかれちゃ〜ん！　時間外だけど、お邪魔していいかしら〜？」

ソフィアが店に入った時、ふたりはレジ前で向き合って立っていた。今思えば明らかに異様な雰囲気だったが、しかしその時のソフィアは特に意に介さず、いつも通り振る舞ってしまった。

「アタシ、夜明けのコーヒーと、クロワッサンがいただきたいんだけど～」

そんなソフィアの声掛けに、反応したのは暮林だけだった。ああ、おはようございます。コーヒーとクロワッサンですね、わかりました。そう言って彼は、コーヒーメーカーのあるレジカウンターの中へと向かおうとした。しかし次の瞬間、弘基が暮林の腕を摑みそれを制したのだ。

「――話はまだ終わってねぇだろ……！」

その時ソフィアははじめて、ふたりのただならぬ気配に気付いた。暮林は普段と同じく笑みをたたえていたが、弘基のほうはどこか殺気立ってすらいた。な、何？　このピリピリ感――。おかげでソフィアは笑顔を引きつらせ、ドアの前で立ち尽くしてしまった。もしかしてアタシ、マズいタイミングで来ちゃった感じ？

しかも弘基はソフィアなど眼中にない様子で、声を荒らげ暮林に詰め寄り続けたのである。

「アンタはここにいるべきだ。希実の傍にいるべきだ。そんなことも出来ねぇんなら、最初からアイツを受け入れんなよ！」

怒りに震える弘基を前に、ソフィアはわけがわからず目をパチパチさせていた。えーっと、これはいったい、どういうニュアンスの修羅場なのかしら？　そんな中、暮林はやはり口元に笑みを浮かべていた。そして柔らかい眼差《まなざ》しのまま、弘基を見詰めて口を開いたのだ。

「……そやけど、ここには、お前がおってくれるで。そやで俺は――」

するとと弘基は、怒りに任せたように暮林の胸ぐらを摑んだ。

「そういうとこがムカつくんだよ！　いったいなんの余裕なんだよ⁉　それともアンタ、バカなのか⁉　傍にいねぇってのがどういうことなのか、美和子さんで思い知ったんじゃねぇのかよ⁉　置いてかれる人間の気持ちが、まだわかんねぇままなのかよっ⁉」

その時のソフィアには、弘基の怒鳴り声が悲鳴に聞こえた。笑顔を崩さぬ暮林の顔が、悲しみに歪《ゆが》んでいるように見えた。そしてその後、弘基は店を飛び出して行き、暮林は、見苦しいところをお見せして、どうもすみませんでした、と苦い笑みを浮かべ、コーヒーとクロワッサンを用意しはじめたのだった。

弘基の怒りの原因は、自分が休みを取ることにあるのだと暮林は説明した。店や希実から離れてしまうことのみならず、休暇期間がはっきり定まっていないことや、どうして休むのかを曖昧にしていることが、火に油を注いだようだと暮林は苦く笑った。

「色々考えたつもりやったんですけど、あんなに弘基を怒らせるとは……。やっぱり俺はダメですな。人の気持ちが、ようわかっとらんままや」

微笑む暮林のその顔は、触れたら壊れてしまいそうな、脆《もろ》いガラス細工を思わせた。ソフィアにしてはめずらしく、どう声をかければいいのか戸惑ったほどだ。

そうしてコーヒーとクロワッサンを胃に収めた帰り道、店の先にある商店街のコンビニの前で、小雨に濡れながらしゃがみ込んでいる弘基と遭遇した。その姿はまるで捨てられた子猫を彷彿とさせ、ソフィアはビニール傘を彼に傾けるしかなかった。

さっきのは八つ当たりだったんだ、と弘基は説明した。

「っつっても、時空を超えた八つ当たりだけどよ……。本当は、ずっと昔に言ってやりたかったことなんだ。それを、なんで今さら俺は――」

バカなのは俺のほうなんだよ……。消え入りそうな声で弘基は続けた。置いてかれたって美和子さんは、幸せそうなままだったのによ。ずりぃこと言うよな、俺も……。

そんな暮林や弘基の姿を前に、ソフィアもしみじみ思ってしまった。ホント、ずるいわよ、ふたりとも――。

ソフィアは常々思っている。男という輩は得てして、その気がない女たちの前で、ぺろりと弱い顔を見せてくる。いいところを見せてやろうという、見栄や気概が失せているからだろう。しかし女はそんな男に、おおむね母性をくすぐられるのだ。そうして男女の不幸ははじまる。思いと思いの不一致が、あるいは恋というものが、そこではじまってしまうのだ。

ただし幸いなことに、ソフィアは女であって女でない。だからふたりのずるい態度に、なんのてらいも駆け引きもなく、ただただ真っ直ぐな気持ちで言ってしまえた。

「んっ、も〜っ！　ふたりとも、カワイイんだから〜！　わかった！　アタシが間に入ってあげる！　ちゃんと仲直りさせてあげるから！」

かくして間に入った結果、夏の間はブランジェリークレバヤシで働くと約束してしまったのである。

「これでも客商売は長いから、ソフィアさんにドンとお任せあれだわよ〜！」

断るつもりだったのを思い出したのは、そんなふうに息巻いたのちのことだ。おかげでソフィアは海より深く落ちこんだ。ああ、アタシのバカバカ、大バカちゃん！　なんで安請け合いしちゃったのよ〜！　何しろソフィアもふたり同様、放置していた面倒事がにわかに表面化し、どうしたものかと頭を痛めていた頃だったのだ。だからしばらくは、ブランジェリークレバヤシに顔を出すのは控えようと心に決めていた。そうすることで、どうにか時間に解決してもらおうと考えていた。それなのに、アタシったら、なんて大バカちゃんなの〜!?

ソフィアがその男に気付いたのは、半年ほど前のことだった。まだ真冬の仕事帰り、やはり明け方にパン屋を訪れたソフィアは、イートイン席に見覚えのある顔を見つけた。その男はマフラーを巻いたまま、ひとりぼんやりと暗い窓を見詰めていた。

ただしその時は、気のせいだろうと高をくくり、ばっちり確認を怠《おこた》った。面倒事を後回しにする性格が、わかりやすく出た瞬間だったとも言える。だがそれも仕方のないことだった。だってあの人が、あんな時間に、あの店にいるはずなんてなかったんだもん……！

ソフィアがその男と最後に会ったのは、もう十五年近く前の話だった。確か男の送別会で、号泣しながら花を渡したのが最後だったはずだ。以来、一度も顔を合わせたことはない。当然と言えば当然だった。ニューハーフバーの厨房バイトが、退職後、店のお姉さんらと懇意にする理由はない。

しかしその後の十五年間で、彼がどんな人生を送っていたかは、ソフィアもおおよそ知り得ている。何しろ彼女には組合ネットワークがあるのだ。彼に関する話題は、知人友人たちとの会話の中で、たびたびちゃんとあがっていたのだ。

男は長い春を実らせて、確か結婚したはずだった。その愛妻ぶりについても、しっかり耳に入っていた。なんでも妻の希望により、少し無理をして吉祥寺《きちじょうじ》に家を建てたのだとか。そして子どもも産まれたはずだ。一姫二太郎。その幸せそうなエピソードに、仲間たちはおしなべて唇を噛んでいたように記憶している。キー！　その女、どんだけ幸せ者なのよ～!?

けれどだからこそ、彼が明け方のブランジェリークレバヤシにいるはずがなかったのだ。愛妻がいて子どもがいて、そんな男が明け方にひとり、何も映らない暗い窓を、ぼんやり見詰めているはずがない。

そうよ、だってあの人は、あの人に相応しい幸せを、ちゃんとまとっていたはずなんだもの――。こっちの心が、チクッとしちゃうくらいにさ。

チクッとしたのは他でもない。彼の愛妻や子どもについて、聞いてしまった時のことだ。何しろ彼は、単なる仕事仲間ではあったのだが、しかしなんでも話せる相談相手でもあり、たくさん励ましてくれる優しい人でもあったのだ。

思うに、自分がただの女だったら、きっと彼を好きになっていたことだろう。ソフィアはそう思っている。だけど、ただの女ではなかったから、好きにならないよう頑張った。そりゃ、チクッもするわよね。だってあの人は、そういう相手だったんだもの。

しかしさりとてその男が、不幸そうにしていればいいのかと問われれば、答えは否なのである。少なくとも、アタシにとってはそうなのよねぇ。先日ソフィアはそのことを、なんの因果か知ってしまった。

明け方のその男は、見るたび確実にやつれていっていた。そうして迎えた梅雨明けに、ソフィアはようやく気付いたのだ。ああ、やっぱりそうだ。あれは、あの人だ――。昔の彼はスマートで、ほっそりとした輪郭《りんかく》が印象的な男だった。それが時を経る中で、あちこちに脂肪を蓄《たくわ》えて、しかしまたなんらかの事情によって、それらを削ぎ落としていったのだろう。とどのつまりやつれにやつれた彼は、昔の姿に戻っていた。

なんらかのよからぬ事態が、彼の身に降りかかっているのだろうということは、容易に想像がついてしまった。それほどに彼の姿には悲愴感が漂っていた。それでソフィアは思ってしまった。もう、やめてよ、そういうの――。幸せそうでない彼を見て、首をもたげてきたのはそんな感情だったのだ。幸せそうでいてくれないと、あなたを忘れたアタシの気持ちが揺らぐじゃないの！

そしてそんなソフィアの思いが伝わったのか、男のほうもとうとうソフィアに気付いてしまったのである。

「――あれ？　もしかしてソフィアちゃん？　どうして、こんなところに……？」

それはこっちのセリフだわよ、と思いつつ、お久しぶりねとソフィアは返した。このお店のパンが好きで、たまに買いに来ちゃうの。すると男は眩しそうに目を細め、そうだったんだ、と笑みを浮かべた。なんでも彼は先の初冬、この街に越してきたらしい。色々あってねと語る目には、ひどく疲れの色が滲んでいた。

「俺もこの店には、たまに来てるんだ。パンがうまいし。家にいてもひとりだしね」

だからソフィアは決めたのだ。しばらくの間、ブランジェリークレバヤシには顔を出さない。お店ももちろん手伝わない。だってあんなあの人を、これ以上見ちゃったらアタシ――。どうにかしてあげたくなっちゃうじゃない〜〜〜っ！

そんな思いを抱えたまま、ブランジェリークレバヤシで働きはじめたソフィアにとって、正直なところ目下の悩みどころはその男の来店で、正直沙耶の来訪や安田の登場など、取るに足りない一事象に過ぎなかった。

だから安田光の告白も、それなりに驚きはしたがそれだけだった。しいて感想を述べるとしたら、ありがた迷惑な話といったところか。何しろ彼女はこのところ、本当の女だと勘違いされる機会が増えたのだ。どうやらパン屋で働くため、化粧を控えたのがよかったらしい。女でございと着飾るよりも、手を加えないほうが女性扱いされてしまうこの矛盾《むじゅん》。嬉しいけど、な〜んか微妙に不本意なのよねぇ。だからおそらく安田光も、ソフィアを単なる高身長女性と勘違いしたのだろう。

「でも〜、アタシ戸籍上は男なんだけど〜。そのへんどうなの？」

告白された直後、そう告げてみたところ、安田は石のように固まったのだ。元より悪い顔色も、さらに青ざめて見えてしまった。しかしそんなことよりソフィアには、イートイン席に座る彼のほうが、当然ながら気になっていた。彼は騒々しい店内で、ひとりぽつんと窓の外を見詰めていたのだ。だがおそらく話のほうは、あらかた聞かれていたことだろう。あの人に、こんな話、聞かれちゃうなんて——。固まったままの安田を見詰め、ソフィアはしみじみ思っていた。

こんなタイミングで告白してくるなんて、まったく罪な坊やだわよ。

＊＊＊

嵐が去ってすぐの朝の空は、雲一つなく晴れ渡っていた。窓から差し込む陽も眩しく、ブランジェリークレバヤシの店内をキラキラ映しだすようだった。

沙耶はそんな時間になって、ようやく厨房に降りてきた。つまり上手に嵐を避けたということだ。しかし睡眠時間充分なはずのその顔には、なぜか若干疲れの色が見てとれた。だから希実は思ってしまった。まさか寝過ぎて疲れてるとか？　そして少々の苛立ちを覚えてしまう。何しろこっちは叩き起こされ、嵐の夜に投げ出された身空《みそら》なのだ。

「――村上淳也くんって人が、明け方うちに来たよ」

希実がそう伝えると、沙耶はしかし特に強い反応は見せず、ふうん、とただ頷いた。そうしてそのまま当然のように、作業台の朝食の前に立ったのである。どうやらまずは食べる気のようだ。するとそこで弘基が口を出してきた。

「オメェの駆け落ち相手、ひたすら謝ってったぜ？　急に消えて申し訳なかった、連絡も取れずにすまないって。米つきバッタみてーにクソ頭下げてった」

おそらく弘基も、それなりに腹を立てているのだろう。言葉のチョイスに険がある。

「でも、信じて欲しい。自分の意思で消えたんじゃなく、親に連れ戻されただけなんだ。そう伝えてもらえばわかるって、オメェのマジ恋人からの伝言なんだけどよ。どうだ？ちゃんとわかったか？」

受けて沙耶はしばらく何か考え、その後こっくり頷いた。うん、おおかた。すると弘基は待ってましたと言わんばかりに、眼前のチビッ子にたたみ掛けたのである。

「ほー、そりゃよかった。なんせ俺たちには、ちっとも意味のわからねぇ伝言でよ。意味が知りてぇと思ってたとこなんだよ。――だからさっさと説明しろ。駆け落ち相手が別人だったって、いったいどういうことなんだよ？」

凄む弘基に、沙耶は小さな目をパチパチさせつつ、それでも作業台のパンに手を伸ばそうとする。だが弘基はそれを許さない。食うのは説明してからだ！　と素早くパンの籠《かご》を取り上げる。おかげで沙耶のない眉毛が悲しげに寄る。目の前のエサを取られた犬のような顔だ。しかしそれでようやく観念したのか、あるいは単に食べ物につられただけなのか、沙耶は駆け落ちの真の経緯について、ぎこちないながらも話しはじめたのだった。

「……村上くんとの関係は、光くんが話した通りです。広島に旅行に来とったんは村上くんで、ヤンキーに囲まれとったんも村上くん。それで付き合ぅようになったんも……」

つまり安田が未明にしていた弁明は、どうやら本当のことだったようだ。

「じゃけぇ、元彼に命を狙われるかもっていう私を、迎えに来てくれたんも村上くんなんです。それで一緒に、東京に逃げようって言ぅてくれて……」

沙耶の説明によると、そうして手に手を取って上京したふたりは、ひとまず都内のビジネスホテルに宿泊し、数日を過ごしていたらしい。とはいえ宿泊したのは沙耶だけで、村上少年は毎日きちんと家に帰っていったようだが――。

「私のこと、まだ親に納得してもらっとらんけぇ、もうちょっとここにおってくれって言われとったんです。親を説得出来てから、ちゃんと一緒に住もうって……」

しかしそんな誓いも空しく、上京して十日目、少年は突如その姿を現さなくなった。携帯も繋がらず、メールをしてみても反応はなく、つまり全くの音信不通になってしまった。

「捨てられたんじゃと思いました。こんな面倒な女、背負いきれんようになったんじゃろうって……」

だから彼女は、ビジネスホテルを出て、新しい行く当てを探したのだ。それで律子に白羽の矢を立てた。なんでも沙耶、以前律子に会った際、連絡先を聞いていたのだそうだ。

「それで上京する時、いよいよ何かあった時は、おばさんのところに行こうって、村上くんと話しとったんです。おばさんなら、きっと力になってくれると思うて……」

そうしてあらかじめアパートに連絡を入れ、こちらに引っ越したと言われていたらしい沙耶は、だから迷うことなくこの店へやって来られたのだという。

「じゃけぇ、彼が言うとった、急に消えたとか、連絡が取れんかったとか、親に連れ戻されたとか、伝えればわかるっていうのは、そういうことなんじゃと思います」

どこかたどたどしく言いながらも、しかし沙耶はちゃんと言い切った、という雰囲気のスッキリした表情を浮かべていた。……じゃけぇ、朝ごはん、食べていいですか？

それで弘基はフンと小さく鼻を鳴らし、いいよ、と答えたのである。つーかお前、少しはゆっくり食えよ？　早食いは体によくねぇからな。

するとと沙耶は、うっすら口元に笑みを浮かべ、小さくこっくりと頷いた。そうして早速手を合わせ食事をはじめたのだ。ソフィアが口を開いたのはそのタイミングだった。

「……村上くん、今も親御さんを説得してるそうよ？　だから沙耶ちゃんには、とにかくここでもうしばらく待ってて欲しいって、そんなふうに言ってたわ」

その言葉のせいか、沙耶の動きが一瞬だけ止まった。

「何があっても、自分が沙耶ちゃんを守りたいからって……」

しかしすぐにパンをかじり、ほうふか、と咀嚼しながら返したのだ。ほうじさまは、やっぱしちいとはほやな。しかも最後のほうは、何を言っているかも判然としなかったが――。

そんな沙耶の反応を前に、弘基は小さく舌打ちしていたほどだ。んだよ、もっと嬉しがるとこじゃねーのかよ？　そこ……。逃げてた本物が出てきたんだぜ？　そして何かをハッと思い出した様子で、それよりだ！　と沙耶に摑みかからんばかりの勢いでもって、ガバリと身を乗り出したのである。

「お前さ、男に消えられてショックだったのかも知んねーけどよ。にしても、なんで安田なんかを偽恋人に仕立てあげたんだよ？　よりによって、あんな胡散臭《うさんくせ》ぇ男……！」

そう腹立ち紛れに詰め寄られた沙耶は、あむあむとパンをかじりながら、悪びれた様子もなく答える。

「だって光くん、助けてくれたけぇ……」

なんでも沙耶、ブランジェリークレバヤシに向かう道中で、妙なふたり組の男に追われはじめたのだという。きっと、元彼が雇った連中だ。そう考えた沙耶は、だから必死で彼らから逃げた。ブランジェリークレバヤシに逃げ込みさえすれば、どうにかなると必死だった。

「でも、あともうちょっとでお店ゆうとこで、そのうちのひとりに捕まっちゃって……。そしたら、光くんがその男を追い払ってくれたんよ」

にわかには信じがたいが、安田はなんらかの武術の使い手らしく、あっさりその男を投げ飛ばしてしまったのだという。そうして素早く車の中に、沙耶を誘導し匿《かくま》った。

「それで、親切に事情を聞いてくれて……。私が、どうしてもあの店に行きたいって話したら、じゃあ手伝ってあげるよって、言うてくれたんよ」

ただしそれには交換条件があったのだという。そのあたりで、弘基が苦いものを口にしたような顔になる。いっぽうの希実も、なるほどなと思い至る。交換条件、ねぇ……。

「光くんが言うには、この店に入り浸る理由が欲しいけぇ、恋人役ってことで一緒に店に行ってくれんかって……」

つまり安田光くんは、やはりソフィアに近づくため、沙耶を利用したようだ。しかし当のソフィアと言えば、だいぶのんき気な様子で笑っていた。

「あらまあ、それはまた情熱的なお話〜。安田さんて、あんがい熱い男なのね」

そのうえだいぶ、他人事のようだった。


昨夜、もとい明け方の騒動で、いの一番に店を出て行ったのは安田その人だった。彼は自ら唐突な告白をかましたのち、自らの発言に驚いたらしく、しばらくはきょとんとしていたが、しかし酔っ払いのお客ご一行が来店してすぐ、ソフィアがひと言耳打ちするとやにわに取り乱しはじめ、そのまま脱兎《だっと》のごとく店を飛び出して行ってしまったのである。

あ、あの！　すすすす、すみませんっ！　今の、わわ、忘れてくださ〜〜〜いっ!!

おそらくソフィアのカミングアウトに、驚き怯み逃げて行ったというところなのだろう。

だからソフィアが安田に対し、そっけない反応を示すのは当然なのだ。少なくとも、希実はそう思っている。それで弘基や斑目にも言ってしまった。久方ぶりに、店の手伝いに駆り出されていた時のことだ。

「だいたいさ、お店の前で張り込むくらい好きになった相手だったら、男とか女とか関係なくない？　それなのにあのクマ男。手のひら返しが過ぎるっつーの！　ホント最低！」

手伝いを言い渡されたのは、来週末に納涼祭が開催されるためだ。地元の商店街主催のその祭りで、ブランジェリークレバヤシは今年も露店を開く。そのためのパンの仕込みが急務で、希実にも声がかかったのだ。

どうやら今年の露店パンはデニッシュ系らしく、希実はバターシート作りを命じられた。それでビニールの中のバターをめん棒でバンバン叩きつつ、希実は腹立ち紛れに言い募ったのである。

「あの程度のカミングアウトで怯むなんて、あの人、ちゃんとソフィアさんのこと好きだったわけじゃないんだよ。美人なのに気さくで優しいから、ほわーんとしちゃっただけなんでしょ。てゆうか、絶対あの人、恋愛経験ないわ。賭けてもいい！」

とはいえ希実とて、恋愛の経験など皆無なのだが――。しかし経験がなくてもしていいのが、批判のお手軽なところでもある。だから希実は鼻息荒くまくしたてたのである。

いっぽう同じくバターを叩いていた弘基も、納得至極といった様子で希実の意見に賛同していた。だよな！　何しろそもそも安田に対して、一家言《いっかげん》あった弘基なのである。

「相手が男だろうと女だろうと、どっちでもなかろうと、牛馬だろうと虫けらだろうと、雑草だろうと海の藻くずだろうと、惚れた相手なら惚れ抜くってのが、真っ当な恋愛ってもんだ！」

相変わらず極端な恋愛観を披露しながら、弘基はまるでマシンガンでも撃ち放つかのようにバターを叩き続ける。ダダダダダダダッ！　そして怒りに任せるように言い継ぐ。だいたいアイツは、パン食わねぇからダメなんだよ！　ダダダダダダダッ！

安田に対する憤りという点で、めずらしく意見の一致をみせた希実と弘基は、バターシートを次々完成させながら、ほとんど嬉々としながら言い合う。だよね！　パンも食べないでコーヒーばっか飲んでるから、あんな顔色悪いんだよ！　ああ！　しかもこの店でだぜ？　この焼き立ての香りの中にいてコーヒーだけなんざ、胃液が出過ぎて胃壁はどろどろだっつーの。クマもひどいしさ！　老け顔だしよ！　胡散臭いし！　呪われ顔なんだよな！　最終的には、ほとんどただの悪口になっていたが——。しかしそれを聞いていた斑目が、ふっと口を挟んできたのだった。

「――でも、恋愛初心者でも顔が緑色でも、要はソフィアさんが気に入ればいい話でしょ？　そこらへんはどうなの？　彼女の反応は……」

初めてバターシートを作るという斑目は、希実たちとは対照的に、ややへっぴり腰でベッコン、ベッコンと間の抜けた音を立てながら、バターを叩いている。

「終始一貫そっけないだけ？　それともちょっとは、安田くんのこと何か言ってたりしてた？」

バターシート作りはバターの酸化が厳禁である。そのため手早さが求められる作業なのだが、斑目は至って慎重だ。ベッコン、ベッコン。そんな斑目を見かね、弘基はこっからは俺がやるわ、と斑目のバターを取り上げながら続ける。

「ソフィアさんなら、安田についちゃあどスルーの構えだよ。そもそも今は、恋愛なんてしてるヒマねぇっつってたしよ」

弘基の回答は事実だった。今朝方、駆け落ちの一件を告白した沙耶が、安田の目的について知るなり、めずらしく笑顔でソフィアに言ったのだ。

「ああ、そういうことじゃったんか。なら、付き合ってあげてくださいよ。光くん、ぶちええ人じゃけぇ」

その言葉に希実たちは言葉を失くしたが、しかしソフィアは余裕の笑みで答えた。

「ごめんなさいね～。いい人でも、今は無理なのよ～。恋愛してるお暇がなくって」

そんないきさつを説明しつつ、まあ実際よ、と弘基は続ける。

「ソフィアさんには、バーとうちの店と、今は掛け持ちしてもらってるわけだし？　暇がないのは事実なんだよな。それ以外にも、なんか用事があるとかで、二、三時間店を抜けることあるしさ――」

斑目が悪い笑みをこぼしたのは、そのタイミングだった。んふっ、と小さく笑った彼は、何か言いたそうにそわそわしはじめたのだ。まあ、話の筋は通ってるかもだけど……。筋が通らないことをするのが、人間ってもんでさ……。てゆうか恋愛って、暇がなくてもするもんだからね？　暇があっても、出来ない人は出来ないわけだし……。ブツブツとそんなことを言いながら、体を揺らす斑目に、だから希実は疑問を投げかける。えーっと、その心は？

すると斑目はキラッと瞳に光を宿し、んふっという二度目の笑みをこぼし答えたのだった。

「――嵐が、来てます」

いやむしろ、今朝方去ったでしょ。思わずそう言いそうになる希実を前に、斑目は愉快そうに続ける。

「ソフィアさんなら、現在バリバリ恋しちゃってるんだよね」

思いがけない斑目の報告に、希実と弘基は同時に叫ぶ。へっ⁉ 恋⁉ そしてにわかにあわあわしはじめる。な、何それ⁉ どういうこと⁉ なんだよ？ 斑目！ バリバリって……？ そんな慌てふためくふたりの姿に、斑目は実に満足げに笑ってみせたのだった。

「……知りた～い？」

ちょっとした変態の焦《じ》らしプレイか。斑目氏のこういう顔見るの、久々だな。希実はそんなことを思いつつ、しっかりその遊びにお付き合いする。知りたいです！ しかも弘基もそれに乗じる。教えて！ 斑目！ 受けて斑目はにやにや笑みをこぼしつつ、じゃあ、僭越《せんえつ》ながら……、とケホンとひとつ咳払いをし話しはじめたのである。

それはのぞき魔斑目が見た、ソフィアのたぶん恋の物語だった。


あれは、二週間ほど前の、晴れた午後のこと――。まるでポエムでも詠《よ》むかのように、斑目は朗々と語りはじめた。

「商店街の先のスーパーで、ソフィアさん買い物しててね。それで両手に大荷物抱えて、ひとりで帰ろうとしてたんだけど。そこに偶然ひとりの男が現れて、ソフィアさんの荷物を、さっと持ってあげたんだよね」

それはまるで映画のワンシーンのようだった、と斑目は評した。って言っても、インディペンデント映画のほうね？　何せ男のほうの見た目が、イマイチ冴えなくてさ。でもなんかこう、あったかい翳《かげ》があるみたいな？　味わい深い雰囲気ではあったかな。そしてその時のことを思い出すようにして、遠くを見詰めつつ続けたのである。

「ふたりはどうも、顔見知りだったらしい。それでそのまま談笑しながら、ブランジェリークレバヤシまで歩いて行ったのさ。そうして店に辿り着くと、携帯の番号の交換をはじめた」

ぎこちなく携帯を操作する大人ふたりの姿は、微笑ましいほどだったと斑目は語った。ああいうのって、むしろ慣れてない感じがいいんだよね。恋に不慣れだった、青い時代を彷彿とさせてさ——。そしてその日以来、ソフィアと男は逢瀬を重ねるようになったのだという。

「ソフィアさん、ここんとこ時々、夕方あたりに店を抜けてるでしょ？　俺とシフト変わったりもしてさ。そういう時はだいたい、その男と会ってるんだよ。店が休みの日なんかは、夜デートもしてたしね」

まるで見てきたかのように語る斑目に、希実はそっと疑問を呈してみる。

「で、なんで斑目氏は、そんなこと知ってるの？　もしかしてまた望遠鏡を……？」

　すると斑目は、まさか！　とさも心外そうな顔をしてみせた。望遠鏡は、もう卒業したって言ったでしょ？　今はもっぱら双眼鏡だよ！　おかげで行動範囲が広がってさ～。

　そんな斑目の自己申告に、希実はうっと息を詰まらせ納得する。ああ、なるほど。卒業後、違う変態になっただけか――。

　いっぽうそんな希実の胸の内など知らぬ斑目は、あ、そうだ、と何か思い出した様子で、ズボンのポケットをごそごそまさぐりはじめる。

「確か、携帯に男の写真もあるけど……。見た～い？」

　ま、斑目氏、それはもう犯罪じゃ――？　希実はそう焦りつつ、しかし反射的に言ってしまう。み、見たいです！　遊びに付き合うつもりが、斑目の術中にはまってしまっているのか。そうして希実は、差し出された携帯をそそくさとのぞき込んだのである。

「ん……？」

　しかしそこに写っていたのは、斑目とその恋人、綾乃の姿だった。ふたりはブランジェリークレバヤシのイートイン席で、それぞれクロワッサンを手にして笑っていた。

「……へ？　何、この写真？」

　希実が思わず呟くと、斑目はでれでれの笑顔で応えた。何って、俺たちの四ヵ月記念の写真〜。するとその発言に、弘基も口を挟んできた。つーかこれ、俺が撮ってやったヤツじゃんか。その言葉に、斑目は苦笑いを浮かべる。うんうん、そうそう。アングルが悪くて、後ろの人まで写り込んじゃってる、弘基くん渾身の一枚です。

そんな斑目の物言いに、希実は改めて写真の背後に目をやった。そうしてよくよく見てみると、そこには見覚えのある男性客が写っていた。はっきりと覚えている顔ではないが、店のリピーターには違いない。何しろ同じく携帯をのぞき込んでいた弘基も、希実の記憶を裏付ける発言をしたのだ。

「――あ、この男。よくうちに来てる客じゃん。確かいっつもイートインで、コーヒーと甘い系のパン食ってく……」

弘基の言葉に斑目は満足そうに頷く。正解！　そしてさらに続けたのである。

「西嶋耕市《にしじまこういち》、三十八歳。元証券会社勤務。十年ほど前独立したけど、一昨年敢え無く会社は倒産。そのため妻とも離婚を余儀なくされ、現在は独身ひとり暮らし。最近は、新会社設立に向けて、奔走《ほんそう》してるみたい」

饒舌に語る斑目を前に、希実はやはり言葉を失くす。てゆうか斑目氏、どこでどうやってそんな情報を？　まさかのぞきに飽き足らず、盗聴器にまで手を出したとか――？

しかし斑目は、そんな希実の疑念などどこ吹く風で、携帯をポケットに仕舞いつつさらに語りだしたのだった。

「ソフィアさんと西嶋氏は、昔馴染みのようなんだ。なんでも彼、学生時代にソフィアさんが働いてたお店で、バイトしてたみたいでね。その頃、ソフィアさんはお水の世界に入ったばっかりだったらしくて——。何かと励ましてくれたんだって、西嶋氏が」

そしてそんなふたりが再会したのが、このブランジェリークレバヤシだったというわけだ。ちょっと前にお互い気が付いて、そのあとスーパーの前でも出くわして、そのまいい雰囲気に流れていってる、みたいな感じだね、あれは——。と斑目は満足げに締めくくった。

ちなみに西嶋に関する情報、並びにふたりの馴れ初めについては、偶然耳にしたとのこと。

「ホント偶然なんだよ？　この間ふらーっと三宿《みしゅく》のバーに入ってみたら、偶然デート中のソフィアさんたちがいてさ。しかも偶然、後ろの席に案内されて？　それで色々聞こえちゃって……？」

もっともらしく斑目は語ったが、しかし希実は知っていた。バーって、斑目氏お酒飲めないじゃん。そもそも三宿もバーも、軽薄な人間が行くところだって、前にすんごい毒づいてたし……。

希実の見立てでは十中八九、斑目は溢《あふ》れ出る好奇心に負け、ソフィアのあとをつけていたのだろう。そうして自ら、軽薄の扉を開けたに違いない。まあ、盗聴器よりはマシだけど。当の斑目もほぼ棒読みで言っていた。いやー、偶然て、あるもんだよねー。彼女が出来ても幸せでも、変態資質は不変のようだ。

そして斑目はまた、んふっと笑い出す。どうやら何かを思い出して、楽しくなっているようだ。それで希実は眉をひそめ、どうしたの？　と問うてみる。まだ、何かあったりするの？

そんな希実の問いかけに、斑目はまた目をキラキラさせて大きく頷く。そんな斑目の様子を前に、希実はすっかり引いてしまう。これ以上、何があるっていうのよ？　しかし、ここまできたら毒を食らわば皿までだ。えーっと。何が、あるのかな？

すると斑目は白い歯をこぼし、希実と弘基に手招きをした。どうやら顔を近くに寄せろ、という意味合いらしい。それでふたりは少々困惑しつつ、斑目の傍に耳を近づけたのである。斑目はそんなふたりの前で、両手を口の脇に添え囁《ささや》いたのだった。

「実は、安田氏。ソフィアさんと西嶋さんがいるところに、必ず出没するんだよね」

そんな斑目の言葉の意味がにわかには理解できず、希実は眉根を寄せてしまう。え？　それって、どういう……？　弘基も同様のようで、不思議そうに眉毛をあげてみせる。

なんだよ？　アイツも偶然か？　ふたりのそんな反応に、斑目はさらに笑みを濃くし告げる。

「――たぶん安田氏は、ソフィアさんのストーカーだ」

おかげで希実の口から、すっ!?　と小さな叫び声が漏れてしまう。しかし変態斑目は、ご満悦な様子で続けたのだった。

「ほら、前に俺、言ったでしょ～？　安田くんとは、気が合いそうだって……」

斑目が嬉々として語るその発言に、希実はもちろん戦慄する。こ、この店って、やっぱり変態ホイホイなわけ？　いっぽう弘基も、表情を険しくし、あの野郎……。と呟いたのだった。どうりで、なんか気に食わなかったはずだぜ！　とはいえ本来弘基は、ストーカーに寛容な仕様であったはずなのだが――。

「こうなったらもう、アイツは出禁だ！」

そんな宣言までして、安田追放に向け動き出そうとしたのである。おかげで傍らにいた斑目は、えっ!?　なんで!?　と戸惑ってしまっていた。しかし弘基は鼻を鳴らして言い切ったのだ。なんでもクソもねぇ！　だいたいアイツ、パン食わねぇし！　あるいは怒りの根本は、やはりその点にあったのかも知れない。

「もう頼まれても、ぜってー店には入れんなよ？　あんなストーカー野郎には、二度とこの店の敷居はまたがせねぇからな！」

　鼻息荒く言い切る弘基に、けれど希実もほぼ同意していた。そうだよ、あんな人、二度と店に来なきゃいい！　何しろそうなれば、母捜しの一件から解放される――。実のところ、そんな皮算用が希実にはあったのだ。そしてだからこそ、勢い語気も強めてみた。

「いいと思う！　お店に変態はそんなにいらない！　てゆうかもう定員オーバー！　安田氏が店に来たら、ちゃんとお引き取り頂こう、うん」

　かくして安田の来店禁止が、一同の中で取り決められた。

　こっちには受験勉強があるんだから、昼間の一時間だって無駄にするのは痛手だ。しかも母を捜したところで、私に得はないんだし。沙耶には悪いけど、やっぱ母があの子の力になるとは思えないし。そもそもあんな変態と一緒に、遠出なんかしたくないし。

　しかし物事の流れというのは、たいてい思いの強いほうに、傾き進んでいくものなのだ。希実はすぐにそのことを思い知ることとなったのだった。

　沙耶が話を切り出してきたのは、夕食後のことだった。

　希実が机に向かっていると、彼女はドアをノックしそのまま中へと入って来た。そして一枚のメモ紙を希実に差し出してきたのである。

「……明日、光くんと一緒にここに、行ってきて」

受け取るとそこには、三名の男の名前と、おそらく住所が記されていた。何これ？　希実が訊くと、沙耶は小さく返してきた。律子おばさんの、顧客さんの住所……。どうやら沙耶、彼らと会う約束を取り付けたらしい。

「……とりあえず、この三人に会って来て。みんな家に来ていいって、言ってくれたけぇ。時間や場所は、光くんに伝えとるし」

また事後報告か――。希実はさすがに、言ってしまおうかと思った。悪いけど、安田さんが行けるなら、安田さんだけで行ってもらってよ。別に私が行かなくても、話くらい聞けるだろうしさ。しかし、そう口にしようとした瞬間、あろうことか沙耶が頭を下げてきたのである。

「お願いします。光くんひとりで行くより、希実も一緒のほうが、向こうの反応もいいと思うんよ。他人には教えられんことも、娘ならって、思うかも知れんし……」

その下手の姿勢に、思わず希実は息をのんだ。あ、あの沙耶が、私に頭を下げるなんて……！　しかもそんな希実の動揺を知ってか知らずか、沙耶はにわかに床に膝をつき、土下座までしようとしたのだ。

「この通り、お願いし――」

おかげで希実は、わわ、わかった！　と勢い叫んでしまった。行く！　行くから！　そういうのやめて！　それが、希実が母捜しに向かうと決めた顚末だ。なぜ沙耶がそこまで母に執着するのかはわからなかったが、土下座の捨て身でこられては、受けるより断るほうがおそらく辛《つら》い。

沙耶の説明によると、安田は明日九時に、車で店の前に来るとのことだった。なんでも明日は半休で、仕事は夕方以降らしい。

「休憩時間だけで捜しとると、効率が悪いけぇ。時間がある日は、有効に使いたいって、光くんが……」

沙耶はどうということもない様子で言っていたが、しかし安田は単なる通りすがりのストーカーだ。沙耶とは縁もゆかりも、まして恋愛感情もない。それなのになぜそんな親切なのか？　あの人、もしかしてまだ裏があるんじゃ……？

だから希実は考えを切り替えた。ストーカーと出掛けるのは不本意だが、しかしあのクマ男には、確認したいことも多分にある。こういう流れになった以上、そのあたり全部残らず訊いてやる……！　てゆうか、そのくらいしか、あの人と出掛ける意義が見当たらない……！

翌日、安田は約束の時間通り、車でブランジェリークレバヤシの前へと現れた。

「やあ、おはよう、希実ちゃん！　今日はよろしく！　どうぞ早く乗って乗って！」

嵐の夜からまだ日も浅いというのに、安田は悪びれた様子など微塵も見せず、屈託ない笑顔で言ってきたのである。それで希実は、それ相応にイラつきながら、その助手席に乗り込んだのだ。ああ、はいはい、どうも、おはようございます。

希実が車に乗り込むと、安田はカーナビに目的地の住所を入力し、早速車を発進させた。さあさあ、レッツゴーだよ！　そんなことを陽気に言って、音楽でも聴く？　などと訊いてくる。松山《まつやま》千春《はる》しかないけど——。

それで希実は切り出したのだ。こういう時は先手必勝。口数が多い安田には、とりあえずの勢いで、まずは攻め込むほうがいいという狙いもあった。

「千春より、あなたの話を訊きたいんですけどいいですかね？」

語気を強めて言う希実に、安田は当初キョトンとした様子をみせていた。え？　僕の話？　千春の歌より？　あるいはとぼけてみせていたのか。だから希実は安田にビシッと指を差し、断ずるように言ってやったのである。

「——私は、安田さんがストーカーをしていることを知っている！」

しかしそんな希実の暴露を受けても、安田は前を向いたまま薄く微笑むばかりだった。

ああ、沙耶ちゃんに聞いたの？　いわゆる余裕の笑みというヤツだ。だから希実はその甘い認識を、完膚《かんぷ》なきまでにへし折ってやったのだった。

「違います！　店の前を張ってるくらいなら、私も流します。うちの店には変態が多いし。感覚も麻痺してるから！　でも、あなたがやってるのは、それどころじゃないでしょ？　ソフィアさんのデート現場、しょっちゅう付け回してるでしょっ!?」

おかげで言っている途中から、安田に焦りの色が滲みはじめた。ハンドルを握り前を向いたままではあったが、明らかに瞬きの回数が増えていた。最後に希実が、例えば三宿のバーとか！　と場所まで示すと、彼はついに叫んだのである。

「――って、なんでそこまで知ってるの!?」

おかげでそれ以降は、終始希実ペースでの対話が可能となった。

まず希実は、ソフィアの一件について問いただした。なぜソフィアを好きになったのか。なぜちゃんと声をかけなかったのか。そんなあたりの質問に安田は、前を向いたまま、しおしお素直に答えていったのだった。

「好きになったのは、完全な一目惚れです。彼女が店から出て来たのを見た瞬間、世界がパッと明るくなって……。それで自覚しました。こんな経験は、人生で四度だけです」

はっ⁉　むしろ四度もあるわけ⁉　希実はそう言ってしまいそうになったが、ぐっと堪え話を聞き続ける。

「でも、僕、こんな感じだし……。僕なんかに声をかけられたら、向こうのほうが不愉快かもって思って……」

どうやらそれが、店の前を張るようになった理由であるらしい。窓の外からでも、彼女が見られればそれで幸せだったんです、と彼はしみじみ語っていた。

しかしそんな彼に変化が生じたのは、ソフィアが西嶋と出掛けるようになってからだという。

「正直、ストーキングという自覚はあまりなくて……。ただ彼女が、男と一緒にいるのを見ていたら、矢も楯もたまらなくなってしまって……」

その結果、ふたりを尾行してしまうようになったのだとか。サイテー、と思わず希実がこぼすと、安田は大きな体をしゅんと縮め、自覚はあります、と呟いた。反省してます。猛省してます。穴があったら入りたいです……。そしてそのうえで、安田はもうストーキングはしません、と誓ったのだった。

「なんていうかソフィアさんは、僕には分不相応というか……。やっぱり高嶺《たかね》の花子さんだったかな、と。思い至りまして、ハイ」

とはいえもちろん希実としては、嘘つけ、と内心思わずにいられなかった。ソフィアさんを諦める理由は、もっと違う理由でしょ？　それであんなふうに、逃げるみたく店から出てったんでしょうが。

しかしその点については、責めるのをやめておいた。あの時の安田の反応については、今でも思い出すと腹が立つが、しかし実際問題、好きになった女性が実は元男性だった、と聞かされた男の気持ちなど、自分にはとうてい理解出来ない。もしかしたら、希実の想像を超えるほどのショックが、そこにはあるのやも知れない。

それに実際のところ、希実はソフィアについてあんがい知っていることが少ないのだ。本名はもちろん、なぜソフィアという名前になったのかも知らないし、ソフィアが現在どの程度女性であって、かつどの程度男性なのかもよくわからない。希実が訊かないからだ。そして、ソフィアも自らは明かさないからだ。

さらに言えば、あの時の安田の反応について、ソフィアがどう感じていたかも知らない。それなのに、一方的に安田を責めるのは、少しお門違《かどちが》いなような気もしていた。逃げているといえば、自分だって多少なりとも逃げているのだ。希実はそんなふうに思っている。何かを訊いて、受け止められるかどうか不安なのだろう。何も訊かないという選択には、そういう側面も確実にある。

まあ、私だって普通に卑怯でチキンだもんな。本当に大事なことは、けっこう訊かないし、言わないし——。

だから、安田も許してやったのだ。自分を棚にあげて、他人を断ずるのはどうかと思ったし、ストーキングもやめるというなら、もろもろ水に流してしまえばいい。

ちなみに、どうして沙耶に力を貸してやっているのか？　という質問に関しては、当然のように返してきた。え？　だって沙耶ちゃんが困ってたから……。どうやらそれだけのことらしい。それに、希実ちゃんだって、お母さんに会いたいでしょ？　善良というか単純というか——。

しかもその後に向かった聞き込み先で、安田はまた別の一面も見せてきた。意外と出来る男ぶりだ。

まず一軒目に向かったお宅で、安田は律子の話はさて置き、それとはまるで関係のない話をはじめた。天気の話にはじまり、景気や政治の話にも言及、最終的にはひいきの野球チームの話で、大いに盛り上がっていた。おかげで隣に居合わせた希実は、何度も咳払いをしてしまったほどだった。ゴホゴホ、余計な話は、ゴホ、しなくていいから、ゴホ、早く本題に入ってよね！　ゴホゴッホン！

しかし二軒目も三軒目も、安田はそんな調子だった。最後に向かった客のお宅などでは、ギックリ腰の相談に乗った挙げ句、建てつけの悪いドアを直してやってもいた。

ただしそうしてあれこれ話をした末に、彼は律子のお客たちから、しごく好意的な反応を返されたのである。律子の行方を知る者は皆無だったが、何か思い出したら必ず連絡するよ、だとか、他の飲み仲間にも、りっちゃんのこと知らないか聞いてみるよ、などという言葉を、しっかり引き出していた。

「聞き込みの基本は、信頼関係を築くことからっていうし——。こうやってればそのうち、めぼしい知らせが舞い込むんじゃないかな……」

得意げになるでもなくそう分析していた安田に、希実は少々感心した。どうやら安田、希実が思っていたよりも使える男だったようだ。

だから希実は、その日出勤してきた斑目に、一連の顚末について話してみたのである。

「なんか、思ってたのとけっこう違ったっていうか……。ちゃんと話してみたら、そこまで不気味でもないし。話はうまいし仕事は早いし？　すごい意外だったんだよね」

すると斑目はエプロンをつけながら、嬉々として返してきたのだった。あ、やっぱわかっちゃった？　何しろ斑目はどちらかというと、そもそも安田の味方なのだ。

「そうなんだよねぇ。彼って、本当にいい奴なんだよ。お年寄りの荷物なんかも、すぐ持ってあげるし、おんぶしてやってた時もあったし。道に迷ってる人に声をかけて、なんなら目的地近くまで付き添ってあげたりとか……」

　まるで見てきたかのような斑目の物言いに、希実はああと納得する。なるほど、斑目氏、双眼鏡でそんなとこまで見てたのか――。いっぽう斑目は、そんな希実の生温かい視線にも気付かず、胸を張って断言したのだった。

「だから俺、思うんだよね。ストーカーっていっても、彼は絶対、いいストーカーだって……！　これ、変態の勘！」

　そしてだからこそ斑目は、ソフィアが安田のほうを選んでくれないかと、心ひそかに願っていたのだそうだ。

「ああいう男って、悪くないんだよ？　周りの女の人から冷たい目で見られてるから、基本浮気の心配はないし。振り向いてくれる女の子なんて、生涯のうちひとりいるかいないかだってわかってるから、彼女が出来たらそりゃ大事にするし――」

　まるで我が事を話すかのような斑目に、希実は心の中でハンカチを差し出す。そんなことないよ、斑目氏。私は斑目氏のこと、冷たい目なんかで見てないよ。まあ、斑目氏がこっちを女の子カウントしてるかどうかは謎だけど――。

　希実がうかうかそんなことを考えていると、斑目は腕組みしてどこか悩ましげに言い出した。

「でもソフィアさん、西嶋氏のほうにゾッコンラブな感じだからなー。今日も楽しそうにデートなんかしちゃってたし……」

　つまり安田氏に、割り込む隙などないということか。希実は斑目の話を聞きつつ、斑目と同じく腕組みして考える。てゆうか斑目氏、今日も今日とて双眼鏡のぞいてたんだな。そのうち本当に捕まるかも知れないから、そのあたり重々注意して欲しいところだけど……。そんな希実の心配をよそに、斑目によるのぞき見報告はさらに続く。

「でも安田くんも、今日も頑張ってストーキングしてたんだよね。彼は本当に、めげない頑張り屋さんだよ」

　おかげで希実は膝から崩れ落ちそうになってしまった。は、はあっ!?　何やってんのよ?　あのクマ男……!　そして叫んでしまったのである。

「で、でもあの人、ソフィアさんのことは諦めるって言ってたんだよ!?　もうストーキングもしないって!　だいたい、今日は夕方からの仕事だって……!」

　すると事情を察したらしい斑目が、なだめるように言ってきたのだった。

「まあまあ、希実ちゃん。頭でわかってても、そうやめられるものじゃないんだよ。だって彼は、ストーカーだもの」

　みつをか。それでようやく、希実も悟ったのだった。ストーカーにストーカーの話を振っても、おそらくストーカーを肯定されるだけだ。議論に発展がない。さりとて弘基は安田を毛嫌いしているから、一緒に母捜しをしていると聞いただけでも、こっちが怒られてしまうだろうと思われた。じゃあ、誰に話せば……？

つまり希実が彼に白羽の矢を立てたのは、ある種自然な流れだったのである。


希実が孝太郎と図書館で出くわしたのは、それから三日後のことだった。

その日、安田と共に一時間の休憩中捜査を終えた希実は、ブランジェリークレバヤシではなく図書館へと送ってもらった。そしてそこで、ひとり熱心に本を読んでいる孝太郎を見かけた。だから希実は、渡りに船といった心持ちで、すぐさま彼に声をかけた。

「美作くん！　ちょうどいいところに！　ちょっと、私の話聞いてみない？」

そして連れ出した談話コーナーで、大まかに安田の言動について話してみせた。そのうえで問うてみたのである。

「――と、いうわけなんだけど。客観的に聞いて、この安田って人は、いい人だと思う？　それともやっぱ、何か隠してると思う？」

すると孝太郎は、実にあっさり返してきた。

「――僕にはわからない」

あまりのあっさりっぷりに、思わず希実は言い募ったほどだ。なんでよ？　美作くん、一応けっこう頭いいんでしょ？　だったら話の矛盾とか、ここはおかしいぞとか、こういうところが怪しいとか、そういうの気付くでしょ？

だが孝太郎は、まあそうだけど〜、と煮え切らない返事をするばかり。そのためか、彼の腕に抱えられていた腹話術人形、アンジェリカのほうが、早々と口を開いてきた。孝太郎クンニ訊イタッテ、参考ニナラナイワヨ〜。彼ッテ、白ッポイコトヲ、黒ニシチャウタイプダカラ〜。受けて孝太郎も言い返す。ひどいな、アンジェリカ。いくら僕だって、白いものだったら、せいぜいグレーにするくらいのものだよ。まあ、要はひとり芝居なわけだが。

そうして孝太郎は、肩をすくめて言ったのだ。

「まあ、この通り。僕の言うことは、そう参考にもならない。猜疑心《さいぎしん》が強過ぎると、むしろ真実からは遠ざかるからね。ただひとつだけ、現状でハッキリしてることがある」

彼の断定的な物言いに、希実は首を傾げて訊ねる。何？

「本当は篠崎さんの中で、彼に対する答えは出てるってこと。違う？」

あんがい鋭い孝太郎の指摘に、希実はうっと黙り込む。何せそのことについては、自分でも多少なりの自覚は持っていたのだ。

ここ数日、希実は一日一時間という短い時間の中ではあるが、安田と共に見知らぬ人を訪ね回っている。おかげで彼に対する知識や情報量も、おのずと増えてきてしまっている。

例えば彼が、横断歩道で往生しているお婆さんを助けたり、ベビーカーを押し階段の前で困り果てている母親のそれを、代わりに運んでやったり、そんなことをさらっとしている姿だって目の当たりにしてしまった。

ストーカーを続けている件に関しても、問いただすとがっくりうなだれ、平身低頭で詫びてきた。ご、ごめんなさい、つい……。頭ではわかってるんだけど、心が……。彼女のこと、諦めなきゃって思ってるのに、気持ちがついてこないというか……。でも、本当に、もう今後はやりませんから――。

そんな弁を斑目に告げたところ、彼は同情しきりといった様子で評していた。諦める理由を見つけるまで、追ってしまうのがストーカーというものだからね。でもあの人、悪いことはしないタイプのストーカーだしさ。見てるくらいなら、許してやってよ？そのくらい、ソフィアさんのこと思ってたってことでもあるんだし。

ただしもちろん、そんな斑目の意見だけで、安田を認めるのは軽率だろうとも思っていた。いい人だって、悪事は働く。ニュースでもよく耳にする言葉だ。まさか、あの人が――。だから信じてしまうのは、やはり浅薄なような気もするのだ。

それでも希実は、孝太郎に返してしまう。

「……そう、なんだよね」

何しろ希実の皮膚感覚では、安田は悪人ではないのだ。顔色が悪いし老け顔だし、クマはひどいし雰囲気は暗いし、ストーカーでもあるのだが――。

「どっちかっていったら、いい人なんだよねぇ……」

つまりけっきょく孝太郎に話して、自分の感覚を肯定して欲しかっただけなのかも知れない。客観的になどと、もっともらしいことを言いながら。

希実のそんな応えを受けて、孝太郎は笑って言った。だったら、そう思って接すればいいいんじゃない？　生温かく見守るっていうか……。そして彼は笑顔のまま、身も蓋もないことを口にしたのだった。

「何はともあれその男、ソフィアさんの眼中にはないんでしょ？　だったら別に、彼がどういう人物であっても、割とどうでもいいんじゃない？」

中々ドライな発言である。まあ、真実ではあるのだが。希実はそんな孝太郎に、そうなんだけど……、と言葉を濁す。確かに、眼中にはないんだけど……。すると小脇のアンジェリカが、カクカク口を動かしながら訊いてきた。

「――ケド、何カアルノネ～？」

それで希実は頷いたのだ。そうなんだよ、アンジェリカ。そうして人形相手に、ここ数日の違和感をこぼしてしまう。

「ソフィアさん、なんかここんとこヘンなんだよね。窓の外ぼーっと見てたり、突然ため息ついたり……。かと思えば、妙にはしゃいで、納涼祭ではみんなで浴衣《ゆかた》を着ようなんていって、盛り上がって計画立ててたり……」

とはいえそういう気分の高低差は、恋する女性にはまま見られる傾向であると、一応希実も知ってはいた。何しろ母がそうだったのだ。だからこそ、ソフィアの状況に若干の危機感を覚えたとも言えた。

「なんかああいう雰囲気って、あんまり相手とうまくいってないか、もしくは相手がダメ男な時に、出ちゃうような気がするんだよね。だから……」

希実がそこまで言うと、孝太郎は眉をあげて言ってきた。

「え？　まさか、篠崎さん。もしソフィアさんが男とダメになったら、そのままそのストーカーくんをあてがっちゃおう的な発想してるわけ？」

そんな孝太郎の問いかけに、希実はうんとあっさり返す。何しろ恋多き女だった母が、言っていたような気がしたのだ。失恋の傷を癒《いや》すのは、やっぱ新しい恋よね～。

「だから、安田氏がいい人かどうかって、あんがい重要なんだよね。抑えの投手が使えなかったら、試合には勝てないっていうか……」

希実のそんな発言に対し、孝太郎は若干引き気味にアンジェリカとコソコソ言い合っていた。お、女の人って怖いね。エー、女子ッテ、大体コンナ感ジヨ？　じゃあ、今付き合ってる男の立場は？　女ヲ幸セニシナカッタ段階デ、悪者ニ転ジチャウノガ男ノ子〜。え〜、マジでか〜。やはり要はひとり芝居なわけだが。

しかし希実は、そんな彼の生態に慣れているので、会話は完全スルーで続ける。

「それで、美作くんの意見も聞いてみようかと思ったんだけど——。でもまあ、真実から遠のくようならいいや。あとは自分で考えるから」

するとそんな希実を、孝太郎は慌てて制してきた。え？　あ、ちょっと待って、篠崎さん！　冷たくされるとすぐに日和《ひよ》るタイプなのだ。そうして彼は、眉根を寄せつつ、いい人かどうかはわかんないけど、と前置きしながら言い出したのだった。

「とりあえず、現時点で安田さんに可能性はないと思う。相手の眼中にないって、そういうことだし……」

どうやらそれは、孝太郎なりのアドバイスらしかった。

「もし、彼にチャンスがあるんだとしたら——。ソフィアさんが弱ったタイミングだよね。病気とか、失恋とか、失業とか。ストーカーなら、相手のそういう冬の時期を、じっと待つしかないと思う」

そんな率直な意見に、希実は少しばかり胸を痛める。やっぱ、可能性ないんだ。客観的に。そのうえ孝太郎はさらに続けたのだ。

「ストーカーなんだから、そのくらいの心意気で待たなきゃ、報《むく》われる可能性なんて万に一つもないよ」

それもまたずいぶんな物言いだった。しかし真実ではあるのかも知れない。希実は孝太郎の言葉を粛々と受け止めながら、内心感じ入る。なんか恋って、色んなことを強《し》いるよなぁ——。修行？

そして孝太郎が言うところのそのタイミングは、あんがいすぐに来てしまったのである。どうやらソフィアを取り巻く状況には、希実が思っていた以上の暗雲が立ち込めていたようだ。

希実はその現実を、図らずも目撃することとなってしまう。

露店パンの試食日は、納涼祭前日と決まった。

「こだまや多賀田にも声かけといたからよ。時間は十八時。もし出かけんなら、時間厳守で帰ってこいよ？　遅れたら、みんなにパン食われちまうからな」

　朝の食卓でそう告げられた希実は、図書館のはじまる時間を前に店を出た。その日は安田も仕事が忙しいらしく、律子を捜すための抜ける時間もないとのことで、だから希実は陽が傾きはじめるまで、じっくり図書館に居座れた。おかげで集中も出来たし、途中だった問題集もだいぶ進めることが出来た。

　そのためか帰り道では、気持ちはずいぶんと晴れやかだった。多くの問題をこなした充実感と、心地よい疲労感に満たされていたのかも知れない。しかも帰れば試食パンがある。それがどんなパンなのか、希実は先日から気になっていたのだ。

　デニッシュ系だとは思うけど、種類は色々あるからなぁ。しかも露店パンだし、たぶん何か仕掛けがあるはず。そんなことを考えると、やはり気持ちが少し急《せ》いた。早く帰って、どんなパンか見てやらなきゃ。そんな気持ちで、足早に家路を急いでいたのである。

「……ん？」

　しかし次の瞬間、その楽しげな気分がいっぺんに吹き飛んでしまった。そういう光景が、ふと目に飛びこんできたのだ。

「あれ……？」

希実が歩く道の向こう側からは、知っている顔が歩いて来ていた。西嶋耕市だった。夜中の店内で見たのとは少々雰囲気が違ったが、しかし間違いなく彼だった。ちょっと長めの顔。何か少し思い詰めたような目。でも、悪い人ではなさそうな——。

そんな彼は、同じ年の頃と思しき女と歩いていた。そして傍らに、まだ小さな子どももふたり連れていた。女の子と男の子。男の子のほうは西嶋に肩車をせがみ、女の子のほうは西嶋のシャツの裾を摑み、ずいぶんとはしゃいだ様子だった。

近づいてくる彼らを前に、希実は慌てて顔を伏せた。男の子が西嶋を、パパ！　と呼んだのはちょうどそのタイミングだった。

——パパ？　希実は思わず顔をあげ、西嶋たちに目を向ける。しかし彼らは希実の視線になど気付かぬ様子で、楽しそうに笑いあいながら希実の横を通り過ぎていく。

希実は立ち止まり、歩いていく彼らの背中をふり返る。それは幸せそうな家族だんらんそのもので、希実は息を詰まらせてしまう。これ、どういうこと……？　あの男の人、奥さんとは別れたんじゃなかったの……？

そうして離れていく背中を見詰めながら、希実はとっさに踵を返したのだった。これがどういうことなのか、確かめずにはいられなかったのだ。

息を切らして希実が店に帰ると、店内は甘酸っぱいレモンの香りと、試食会に集まった人でごった返していた。こだまに織絵、斑目に綾乃、あとは多賀田と沙耶が、希実を待ち構えるようにして、ドア付近でかたまっていたのだ。

あ、来た来た、希実ちゃん！ まー、お帰りなさーい。遅いよー、希実ちゃん！ 弘基、おかんむりだぞ。早く早く！ 手、洗って来て〜！ 皆に口々に言われ、希実はとりあえず厨房に向かう。本当なら今すぐにでも、さっき目にした出来事について、弘基か斑目あたりに相談したいところだったが、しかしこう人が集まっていてはそう好き勝手も出来ない。

しかも厨房に入ったら入ったで、弘基とソフィアがそろってパンの準備をしており、帰るの遅《お》っせぇよ！ と怒鳴られた挙げ句、手ぇ洗ったら皿をみんなに一枚ずつ渡してくれ！ などと早々に言いつけられてしまった。それで希実は慌てて手を洗い、言われた皿を店内へと運んだのである。そうして希実が全員に皿を配り終えると、すぐに弘基も厨房から出て来た。

「よーし！ じゃあ、明日の露店の試食会はじめるぞー」

そう声をかけてくる弘基が手にしていたのは、数本の白っぽい長方形の物体だった。カッティングボードに載せられたそれらは、小ぶりのパウンドケーキのように見えた。

しかし希実が、ケーキなの？　と声をかけると、ちげーよと言い捨てられた。まあ、ケーキにヒントはもらってっけどよ。

そうして皆が見守る中、弘基はカッティングボードをイートイン席のテーブルにトンと置いた。それを見て希実は、白い長方形がパンだと悟った。白っぽく見えるのは、表面が砂糖のようなもので覆ってあるからだ。そしてその先には、茶色いパンの皮がうっすらと透けて見えている。

その段で弘基は、ちょっとだけ触ってみ？　と一同に告げた。それで希実たちは、各々その長方形に手を伸ばした。

「うわっ！　何これっ⁉　冷てぇ！」

声をあげたのはこだまだった。その屈託ない叫びに、弘基はにんまりと微笑む。そうなんだよ、凍らせてあるんだよ。そうしてその冷たい長方形を、ナイフで手早く縦に切りはじめたのだ。ザクッ、ザクッ。

瞬間、長方形の中身が露わになった。同時に一同から歓声が起こる。おー。これはこれは……。えーっと、デニッシュ？　うん、デニッシュだね！

皆が言う通り、その断面はデニッシュのそれだった。幾重もの薄い皮の層になっていて、なんとも美しい模様のように見える。弘基はその長方形を、棒状にするように四等分に切り、手早くそれぞれの皿に置いていく。

「露店では、これをシートに包んで渡す。ただしその直前に、もうひと工夫――」

弘基がそう言うと、今度は小鍋を手にしたソフィアが厨房から現れた。

「は～い、みんなのひと工夫ちゃんよ～ん」

小鍋は熱々らしく、ソフィアはミトンを手にはめたままだった。しかも小鍋の中からは、湯気とともに甘酸っぱいレモンの香りが立ち上っている。店内に充満しているのと同じ香りだ。おそらくこのレモンソースが、先ほどから煮詰められていたのだろう。その香りに包まれ、こだまは鼻をくんくんさせ、半目になってうっとりしていた。

「ふわ～。スゲーいい匂い……」

ソフィアはそんなこだまに、お楽しみはこれからよ～ん、とウィンクすると、その熱々のソースを刷毛《はけ》ですくい、デニッシュの上にびゃっとひと振りしてみせる。

瞬間、じゅわっという快い音がして、レモンの香りとバターの香りがあたり一面に広がる。熱せられたソースが、凍っていたデニッシュを溶かしたせいだろう。何しろデニッシュというのは、バターがふんだんに折りこまれたパンなのだ。ものによっては、材料の半分近くがバターである場合もある。

「……ヤバ、いい匂い」

思わず希実がそう言うと、弘基は満足そうに頷き、もう食っていいぜ？　などと告げてくる。ソフィアも笑顔でそれに続く。ほらほら、ソースが熱いうちにどうぞ？

手に取ってみると、案の定パンはまだ凍っていた。当然指にも、冷たい感触が伝わってくる。ソースがかかった部分は溶けて柔らかくなっているが、それもパンの一部に過ぎない。凍ったままで、食べるわけ？　希実はじっとパンを見下ろしていたが、それでも弘基に目で促《うなが》され、その細長い先端をかじってみることにした。パクッ！

「――ん……」

凍っているからには硬いだろうと思っていたそのパンは、しかしひどく柔らかだった。しかもかじった瞬間から、冷たさと温かさが口の中で広がっては溶け合っていく。レモンとバターの甘酸っぱい風味も、口の中でほどけるようにして混ざりあう。

「うそ……。冷たくて、おいしい……」

希実が言うと、いつの間にか傍らにいた多賀田も、驚いた様子で頷いていた。

「ああ。凍ってるから、生地もパサついてるかと思ってたのに――。まるでしっとりしてる。むしろ、口の中で溶けだす感じがいいな……」

それと当時に、一同も口々に感想を述べはじめる。こんなの初めてかも！　とろけるよ！　甘いのにさっぱりしてて――。これじゃ、いくらでも食べられてしまうよ！

そんな一同の感想を前に、弘基は満足げに頷いていた。だろー？　まあ、凍ったままでもいいように、デニッシュの配合も調整してあっからなー。どうやら弘基、夏場の売れ筋商品を考案中に、このパンを思いついたらしい。

「フランス菓子の、ウィークエンドシトロンてのを、ヒントに作ったデニッシュなんだ。パウンド型で焼いたデニッシュを、レモンの糖衣で包んである。酸味を足せば、デニッシュでもさっぱり食えるし、いいかなーと思ったんだけど。凍らせてみたら、これがまたうまくてよ」

それでこのパンを、今年の露店販売にと思い至ったようだ。夜も暑《あち》ぃしよ。アイスパンで勝負すんのもいいんじゃねーかなってな。ただし露店で販売するとなると、凍ったデニッシュだけの販売では少々寂しい。それで思いついたのが、このソースであったらしい。

「ソースを煮る甘酸っぱい匂いやら、それをデニッシュにかけた時の音やら、瞬間的に広がるバターの香りやら――。そういうのが露店では客を呼ぶんだよ。もちろん、本番ではソースにバリエーションもつける。そんで今年も、新規客の開拓を……！」

高らかに拳を振り上げる弘基を横目に、希実はあむあむとパンを食べきってしまう。こんなにものど越しが涼しいパンなんて初めてだ。確かに蒸し暑い夏の夜に、もってこいのパンに思える。しかも口の中で溶けていくようだから、本当にいくらでも食べられてしまいそうだ。

けっきょく希実はおかわりのパンもしっかり頂き、ひと息ついた頃合いでハッと我に返った。いやいやいやいやいや、違うでしょ、私！　今はパンじゃなくて、あの一件を——！

そうしてそこからは、弘基たちに声をかけられるタイミングをじっと待った。ソフィアの携帯が鳴りはじめたのは、一同が皿を片づけはじめた頃だった。はい、もしもし？　あ、バベ美《み》さん！　あら、浴衣用意出来るって？　助かるわ〜！

それで希実は弘基と斑目を、そそくさとパイルームに引きずり込んだのである。なんだよ？　どうしたの？　希実ちゃん。希実の唐突な行動に、弘基も斑目もだいぶ戸惑っていたが、しかし希実は有無を言わさず、パイルームのドアを閉めた。そして声を落として鋭く告げたのである。

「——大変なの……！」

その言葉に、弘基と斑目はにわかに表情を曇らせた。そんなふたりを前に、希実はひと呼吸したのちひと息に言い切った。

「西嶋って男、離婚なんかしてない。ソフィアさん、たぶん騙されてる……！」

道で西嶋とすれ違った希実は、そのまま踵を返し彼のあとをつけていった。向かっている先は駅のようで、かつ道順を知っているのは西嶋だけらしかった。女や子どもたちは、この辺りの道には不案内であり、男の子などは通りを渡ったり角を曲がったりするたび、もう着いちゃう？　と西嶋に声をかけていた。

そんな中、時折聞こえてくる彼らの話し声から察するに、やはり幼子ふたりは西嶋の子どもで、女は西嶋の妻であるように思われた。尾行しはじめの頃は、離婚した妻に子どもと会わせてもらっている、というシチュエーションも考えたが、どうやらそうではなさそうだった。

何しろ駅の改札前で、子どもたちが言っていたのだ。パパのお仕事がうまくいけば、僕らまたパパと暮らせるようになるんだよね？　受けて西嶋は、そうだよ、パパ頑張ってるからな、と答えていたし、女のほうも、だからあともうちょっと我慢しようね？　などと子どもを励ましていた。

そうして妻子のほうだけが改札をくぐり、西嶋はそれを見送ったのだ。しかもその際、西嶋はうっすら目に涙をためていたのである。それで女に励まされていた。泣かないでよ、パパが泣くと、みんな泣いちゃうでしょ？　そうして子ども共々、西嶋を抱きしめてやっていたのだ。大丈夫だから。あとちょっとの頑張りだから——。

希実がそこまで説明すると、弘基と斑目は半《なか》ば呆然と言い出した。なんだよ？　それ……。うん、泣いて女の人に励ましてもらえるなんて……。いや、突っ込みどころはそこじゃねぇけど……。いっぽう希実は、言い淀《よど》みながらも話の締めくくりに入る。

「と、いうわけで……。西嶋って人、確かに家族と離れて、暮らしてはいるみたいだけど……。奥さんとは、別れてはないと思う。むしろ家族は、団結してる感じだった」

そんな希実の説明に、まず眉をひそめたのは斑目だった。

「いやあ……。それはおかしいよ、希実ちゃん……」

何しろ彼は、ソフィアと西嶋を長らくウォッチングしてきたのぞき魔なのだ。

「だって西嶋って男、ソフィアさんといた時は、完全に独り身だって言ってたよ？　子どもとだって、離婚以来会わせてもらってないって言ってたし——」

そうして斑目は、パイルームのドアの窓から厨房をのぞき込む。そこからはソフィアが沙耶たちと皿を片づけている姿が見える。斑目はその様子を確認して、さらに声を落とした。

「ゲスな言いかたをしちゃえば、ソフィアさんのことだって、ちゃんと口説いてたんだよ。昔からずっと気になってたとか、また再会出来て本当によかったとか、気が付くといつも君のことばかり考えてるとかさ……」

するとと弘基が、あられもない感想を口にした。

「――んだよ。じゃあソフィアさん、騙されて浮気相手にされてるんじゃねーか」

弘基がそう言い切ると、パイルームは沈黙に包まれた。おかげで厨房のほうから、賑やかな声が聞こえてくる。明日、浴衣着られるんですか？　そうなの〜。せっかくの納涼祭だし、女の子はみんな浴衣で接客しようかな〜って。ああ、面白そうですね。でっしょ〜？　もしかして、彼氏にも見せるんですかー？　え？　織絵、どうしてそれを……。こないだ一緒に歩いてたからー。ちょ、ヤダも〜、あの人はなんていうか〜！　えっ⁉　ソフィアさん恋人出来たの？　いや〜ん、まだそんなんじゃないわよ〜！

特によく聞こえてくるソフィアの声に、希実は思わず息をのむ。まだってことは、これから予定が、あるってこと……？　すると、弘基や斑目も同じことを考えていたらしく、一同は黙ったまま目を見合わせた。

ど、どうしよう？　やっぱこれって、騙されてるよね？　ああ、十中八九。じゃあ、ソフィアさんに、このこと言ったほうが……？　いや、それは傷つくんじゃないの？　ソフィアさんだって、あの男のこと憎からず思ってるわけだし……。けど、だったら余計言ったほうがいいんじゃね？　どうせいずれ傷つくんだしよ。じゃあ、弘基くん言える？　ソフィアさんに、騙されてますよってーー。は？　なんで俺がっ？　だって俺こわいもん！　んなの、俺だってこえーよ！　じゃあ希実ちゃん！　ちょ、なんで一番年下に振るわけ？　アンタたち大人でしょ⁉

けっきょくその日は、しばらく様子見をしようということで落ち着いた。先送り感は否めないが、それでもソフィアに伝えるのは、西嶋に関する疑惑に確信が持ててからのほうがいいだろう、という結論に達したのだ。

「実際のところ、家族とどうなってるのかーー。ちょっと調べてみるからさ」

斑目のその言葉に希実は頷いたが、しかし嫌な感触は拭《ぬぐ》えずにいた。何しろ西嶋のあの姿を、希実は目の当たりにしていたのだ。

実際のところがどうであっても、あの人は家族を愛してる気がする。夕暮れの中で笑っていた家族の姿を思い出しながら、希実はぼんやり思っていた。触れ合う手や、交わし合う目線、笑顔、そんなもので、あの家族は強く結ばれているように感じられたのだ。

あるいは家族というものは、得てしてそういうものなのか。

でもだとしたらーー。希実は薄く唇を噛んでしまう。だとしたらやっぱり、はじき出されるのはソフィアさんてことに、なるんだろうな。何しろ希実は知っているのだ。だって家族って、そういう仕組みになってるはずだ。

店内では、ソフィアが楽しげに話し続けている。そうだ！　沙耶ちゃんも明日、一緒にお祭りやりましょうよ？　ウィッグかぶってメイクすれば、変装したみたいなもんだし！　そうですかね？　私だってバレません？　大丈夫！　全然イメージ変わるから！じゃあ、行ってみようかな。そうこなくっちゃ！　ずっとおうちの中にいても、体に毒だもの～。

沙耶と話すソフィアはいつも通り明るく、けれど今日はその明るさが、希実には少し辛かった。

納涼祭当日、希実は率先して露店の設営部隊に立候補した。下手に店に残ったら、おかしな目にあってしまいそうだったからだ。

ソフィアの仕事仲間を名乗る女性——男性かも知れない——がやって来たのは、十五時過ぎ。そろそろ会場に向かい、露店の設営に入ろうかという話が出た頃だった。

「ソフィア、お疲れ～！　お浴衣、持って来てあげたわよ～」

ババ美でぇす、と名乗った彼女は、言葉通り数着の浴衣を持参し現れた。聞けばババ美さん、ソフィアが勤める店のコスチュームを、わざわざ持って来てくれたらしい。やった、さすがババ美さん！　ありがとう！　助かる～！　そうしてソフィアは、納涼祭露店の割引券をバベ美さんに渡したのである。まあ、なんだかんだで、うちの店のが一番イケメンだけど〜。でも、豆腐屋の息子とカレー屋のオーナーも意外といい体してるわよ。オススメ！　あと渋く攻めるなら喫茶店のマスターね。どうやらそれなりのギブ&テイクはあったようだ。

そうして届けられた浴衣を前に、ブランジェリークレバヤシに集まっていた女性陣、ソフィアや沙耶はもちろん、織絵や綾乃も、にわかに色めきたった。えっ⁉　あたしたちも着ていいんですか〜？　まあー、浴衣なんて何年ぶりかしらー。そうして一瞬の攻防の末、それぞれの浴衣が決まったのである。

完全に出遅れた希実に渡されたのは豹顔柄の浴衣で、それはあくまで文字通り、豹の顔が柄になってちりばめられているという、実にトリッキーな一着だった。それで希実は逃げたのだ。布を腹で留めただけの浴衣なる装いにも、そもそも興味はなかったのに、その上豹顔柄を着てみろとか、罰ゲームにも程がある。

「私、露店の設営やるから、浴衣とかパス！　動きやすい格好のほうがいいし！」

そんな言い訳を口にして、同じく設営担当の多賀田とともに、そそくさとブランジェリークレバヤシをあとにしたのだ。

本来であればそこに斑目もいるはずだったが、野暮用が出来たとのことで、まだ姿を現していなかった。恋人である綾乃の弁によれば、ゆうべからネットと携帯で、どこかと通信しっぱなしなの～、とのことだった。あるいは西嶋について調べているのか。

かくして逃げるようにして設営会場に到着すると、そこには安田の姿があった。なんでも沙耶から、斑目の遅刻を電話で聞いたらしい。

「それで、男手がないのは大変かもって思って……。来ちゃったんだけど……。迷惑だったら、帰るけど……。出来ることがあれば、手伝わせてもらいたいなと……」

あるいはソフィアに会えることを、少しは期待していたのか。それで希実は、うっかり思ってしまったのである。やっぱりこの人には、抑え投手でいてもらうべきなんじゃ……？

しかし現状、そんな話をしている余裕はない。三人は力を合わせ、すぐに露店の設営を開始したのだった。

あれ？　このパイプを繋げてけばいいのか？　ネジはどこですか？　あと六角レンチ！　ねえ、この枠って、どっちが前だっけ？　去年の設営は暮林がひとりであっという間にこなしたというのに、今年は三人がかりで汗をかきかき四苦八苦だった。不器用さに定評のある暮林だが、大物の扱いは得意なのかも知れない。

どうにかこうにか露店が形になったのは、おおよそ一時間ほどが経過した頃だった。

その段で安田は、これから仕事があるんで、と慌ててその場を去ろうとした。

だから希実は咄嗟《とっさ》に、ソフィアさんの浴衣姿、写真に撮って送ってあげるから！　と宣言してしまったのだ。あ、あと……さ。これからは、お店にも来ていいよ？　弘基がなんか言ってきたら、私が今日のこと説明するし！　弘基、義理堅いとこあるから、こういう恩はちゃんと返そうとすると思うし……！

すると安田はどこか寂しげに微笑み、ありがとう、と言ったのだった。ごめんね、希実ちゃん。そしてそのまま行ってしまった。

弘基たちが姿を現したのは、そのすぐ後のことだ。浴衣に着替えた面々は、それぞれクーラーボックスを抱え——沙耶だけは台車を押して——露店のほうへと向かって来たのである。

「おお！　ちゃんと出来てんじゃん！　立派、立派」

満足そうに弘基は言って、露店の中へと入って行く。その姿に、周囲の露店の女子たちが、釘付けになっているのがわかる。無理もないよな、と希実は思う。何せ彼は、さらりと豹顔柄の浴衣を着用していたのだ。しかし彼にとってそれは罰ゲームではない。信じがたいが、おそらくオシャレのつもりなのだ。何せ極楽鳥センスな男なのである。ただその鳥を見守る女の子らが、うっとりしている気もしないでもなかったが、気のせいだろうと希実は首を振った。あの柄の浴衣で、さすがにそれはないだろう。いや、あるのか？

ソフィアの浴衣姿も圧巻だった。背の高い彼女は、大輪のあやめが描かれた藍色の浴衣を着ており、希実でもそれとわかるほどの女の色香を漂わせていた。アップにしたうなじも、息をのむほど色っぽい。ただしその両手には計四個のクーラーボックスが抱えられており、そんなあたりのたくましさは健在だった。写真を撮ろうかと思った希実も、やっぱり後にしておいたほうがよかろうと、そっと取り出した携帯をポケットにしまったほどだ。きれいはきれいだけど、やっぱ、ちょっとな……。

いっぽう、織絵と綾乃もそれぞれシンプルな花柄の浴衣を着ており、ふたりと手を繋いで歩くこだまは、だいぶご満悦な様子だった。跳ねるように歩く足の動きに、喜びが滲んでいる。美人に挟まれて嬉しいのは、男子の本能なのか。

そんな中、ひときわ異彩を放っていたのは沙耶だった。紺色の地に花火の模様が描かれた浴衣をまとった彼女は、黒いボブスタイルのウィッグをかぶり、しっかり眉毛を描かれていた。その姿は、金髪マユナシとは明らかに別人のようになっており、希実はしみじみ思ってしまった。――ああ、座敷童子《ざしきわらし》。普段はたっぷりしたジャージを着ているためわからなかったが、どうやら彼女はかなりの幼児体形らしく、浴衣になると一目瞭然、お腹がポッコリ出てしまっているのだ。

沙耶のそんな存在感には、弘基も満足げに評していたほどだ。うん、なんつーか、幸せを呼びそうだ！　商売繁盛の匂いがプンプンするぜ！　要は彼にも、座敷童子に見えているのだろう。

しかし当の沙耶はといえば、あんがい嬉しそうに口元をゆるませていた。そ、そうですか？　まさか誉め言葉と受け取ったのか――？　じゃあ、いっぱい売れるように頑張ります。――受け取ったらしい。

そうして浴衣の面々が露店に入って行く様子を前に、多賀田は眩しそうに目を細くし呟いた。

「……なんかいいね。従業員まで浴衣っていう、こういう趣向」

そんな言葉に、希実も露店の様子に目をやる。浴衣の一同はぎゃあぎゃあ言いながら、露店に食材や調理器具を並べていく。おい、アイスデニッシュは冷凍庫！　発電機はここでいいですか～？　ちょっと、コード踏んでるし！　お鍋ここに並べておきますねー。スゲー、なんかお店みたい！　だから、店なんだっつーの！　賑やかに準備を進める浴衣姿の彼らは、確かに他の露店と比べ人目を引く。何より楽しそうだ。

それで希実はこっそり訊いてしまった。多賀田くんも着たかった？　すると多賀田は苦く笑い首を振った。俺が着たら、夏祭りどころか、任侠《にんきょう》ものになるからね。……確かに。

気付くと陽が傾きはじめていた。空の青もだいぶ薄くなって、ほんのり夜の色をまといはじめているようにも見える。希実はそんな景色を前に、去年の納涼祭をぼんやりと思い出していた。ブランジェリークレバヤシにやって来て、初めての夏。去年もやはりこんなふうに露店の設営をして、そのあと暮林と一緒になってふたり並んでパンをかじった。

あれから、一年か。ゆっくりと流れていく雲を見あげながら、希実は思う。色々あったけど、あっという間だったなぁ。

そうしてあらかた店の準備が終わったのち、弘基がシフトの確認をしてきた。

「店番は二交替制。六時から八時までが第一班で、八時から九時、および店の撤収までが第二班。時間厳守。俺は通しでいるから、なんかあったら連絡くれ」

ちなみに希実は二班だったので、そのまま他の露店でも見て回ろうかと、店をあとにしようとした。しかしそれを、ソフィアに止められた。

「――ねえ、希実ちゃん！　お願いがあるんだけど！」

何かと思えば、シフトを交替して欲しいとのことだった。

「実は、これから銀行に行かなきゃなの！　それで、ちょっと時間がかかりそうで……」

　もちろん希実は、いいですよ、と軽く返した。今日はどの道、納涼祭の予定しかないし。するとソフィアはホッとしたような笑みを浮かべ、ありがと～！　と手を合わせてきた。今度、何かお礼するから！　そうしていそいそと、足早に会場をあとにしてしまったのである。

　一班の面子《メンツ》は、こだまに織絵、沙耶、そして多賀田に弘基というものだった。すでに露店内に入っていた一同は、希実がやってくると不思議そうな表情で言ってきた。あれ、希実ちゃん？　ソフィアさんは？　それで希実はサクッと返した。

「シフト替わって欲しいって、言われたんだ。なんか、銀行に用事があるんだって」

　するとソースの仕込みに入っていた弘基が、やはり不思議そうに首を傾げた。

「は？　マジで？　ソフィアさん、自分で前半がいいって言ってきたんだけどな……」

　そんな弘基の言葉に、こだまが手をあげる。俺！　俺が、前半がいいって教えてあげたんだよ！　後半は、大道芸の最後でスゲーのがあるからって！　すると大人たちは、大道芸？　と声を揃える。こだまはそんな一同を前に、キシシと笑いながら応える。

「今年は奥の会場で、大道芸やるんだって！　そしたらソフィアさん、でーとにはちょうどいいわね～って、言ってたんだよ！」

その発言に、希実と弘基のみが強く反応してしまう。デ、デート!?　しかしこだまは屈託なく返すばかりだ。うん！　そう！　でーとって何!?　けっきょくその質問には、多賀田がうなりながら答えてやっていた。それは、求め合う男女が行動を共に……。

いっぽう、希実と弘基は慌てながらコソコソ言い合う。デートって、やっぱりあの男と？　だな。他に、思い当たる節《ふし》もねぇし。でもあの人には、奥さんがいて……。まあ、嫁がいても別の女とデートする男はいるしよ。うわ、サイテーだわ、それ。あれ？　けどソフィアさん、お前とシフト替わったんだよな？　あ、そっか。じゃあ、デートは中止？　それか、繰り上げとか。でもソフィアさん、銀行に行くって……。そうして答えのでないまま、納涼祭ははじまりを迎えたのである。

午後六時を回った瞬間、時を告げる夕焼け小焼けが流れはじめた。その音楽にかぶせ、祭りのはじまりもアナウンスされる。あーあー、これよりー、第二十六回、――商店街納涼祭を開催いたしますー。みなさまー、お誘いあわせのうえー……。

沿道に飾られた提灯《ちょうちん》に、明かりがぼんやりと灯りだす。ぼんやりなのは、まだ周りが明るいからだ。それでも浴衣を着た若者たちの姿が、ちらほらと通りに増えていく。

弘基がソースを火にかけると、甘い香りがあたりに広がりはじめた。おかげですぐに客も店の前で足を止めはじめる。いらっしゃーい！　こだまの呼び声に、早速カップルからの注文が入る。レモン味、ください。あたしは、ブルーベリー。そしてそのお客が呼び水となって、新たな客がまたまた声をかけてくる。すみませーん。おかげで店は、すぐに慌ただしさを見せはじめた。

希実の携帯が震えだしたのは、そんな頃合いだった。慌しい中の着信に、希実はやや乱暴に反応してしまう。ったく、こんな時に誰よ？　ポケットから携帯を取り出すと、ディスプレイには斑目の名前が表示されていた。それで希実は、さっさと電話に出たのである。

「――はい、もしもし？　斑目氏？　納涼祭、もうはじまって……」

しかし電話の向こうの斑目は、めずらしく希実の言葉を遮り、ほとんど叫ぶように言ってきたのだった。

「希実ちゃん！　ソフィアさんは!?　近くにいる!?」

その緊迫した声に、希実はすぐさま眉をひそめる。えっ？　いないけど……？　そんな答えに、斑目は落胆の声をあげる。ああ、そんな！　斑目の強い反応を受けて、希実も若干焦りを覚えながら訊く。どうしたの？　ソフィアさんに、何かあった？　すると斑目は、悔しさを滲ませ言ったのだった。

「西嶋耕市の正体がわかったんだよ！　もうこれ以上、ソフィアさんをアイツに会わせちゃいけない！　いや、それでも、もう遅いかも知れないけど……！」

めずらしく取り乱した様子の斑目に、希実は嫌な予感を覚えつつ確認する。それ、どういう意味？　西嶋耕市の正体って、いったい……？　そんな希実の問いかけに、斑目は大きくため息をついて言った。

「詐欺師だよ」

「え――？」

「家族のこと調べてたら、わかっちゃったんだ！　西嶋耕市は詐欺師だったんだ！　ソフィアさん、ホントのホントに騙されてるかも知れない！」

西嶋耕市の罪状について、電話の向こうの斑目は絞り出すような声で説明した。

「あの男、新しい会社興そうとして、それに奔走してるって言ってたんだけど。それって、投資詐欺のことだったんだ。株とかマンションとか、なんかそれっぽいもの全般を、今買えば値上がりするとかって売りつけて――」

しかし当然というべきか、それらのほとんどが値上がりはせず、むしろ買い付けた当初より価格が下がるか、無価値になってしまうケースが多発しているらしい。

「まあ、投資なんて先がどうなるかわかんないものではあるし、今のところ買い手の自己責任てことで片づけられてるみたいだけど。でも口頭で説明してる内容と、実際の契約書の内容に齟齬《そご》があるってことで、被害者たちが動き出してるそうなんだ」

斑目の話によると西嶋は商品販売の際、必ず儲《もう》かりますよと口約束するのだそうだ。大丈夫です。万が一何かあっても、私が補塡しますから——。

しかしいっぽうで、契約書のほうには、逆の文言が記されているのだという。利益が出るとは限らない。弊社は一切の補償をしない。そしてもちろん、問題が生じた際は、契約書の内容が優先されてしまう。投資にリスクはつきものだ。あなたは自己責任で商品を購入した。そんなふうに手のひら返しされて、補償は一切なされない。

「そのやり口が、確信犯的なんだ。契約書をきちんと読ませないまま、話の勢いで契約させてしまう。口で約束したところで、証拠としては立証しづらいからね。だから彼は、いくらでも口約束してみせるんだ」

そこまで語って、斑目は大きなため息をついた。おそらくここからが、話の核心なのだろう。

「被害者は、過去の友人知人にも及んでる。昔勤めてた、バイト先の女の子なんかも、何人かお金を引っ張られたみたいなんだ。だから、もしかしたらソフィアさんも……」

だから騙されてるかも知れない。きっとそういうことなんだろう。

斑目の話を聞きながら、希実はずっと昨日見た西嶋の姿を思い出していた。娘と息子と妻に囲まれ、満ち足りた様子で微笑む西嶋は、それなりに誠実で、それなりに優しい男に見えた。

でもそれと同じ顔で、誰かを騙したりもするんだな。そう思うと、耳の後ろあたりがジンと痛んだ。パパ頑張ってるからなと言ったその口で、人を陥れたりも出来るんだ。

「しかも俺、さっきソフィアさんが銀行から出てくるとこ、見ちゃったんだよ。これは、もしかするともしかするからさ……」

斑目のその報告には、希実も唇を噛むしかなかった。何しろ銀行に向かったことは、希実だって知っていたのだ。私のバカ！　なんであの時、もっとヘンに思わなかったのよ……!?　そう悔《く》やむ希実に、斑目は語気を強めて言ってくる。

「彼女が向かった方角からすると、また会場に戻ってると思うんだ！　それでもし、そこにあの男がいるんだったら……。ヤバいんだ！　ソフィアさんをあの男に会わせちゃ絶対ダメだ！　西嶋に会う前に、ソフィアさんを止めないと……！」

そう希実に伝えた斑目は、俺もすぐそっちに向かうから！　と電話を切った。納涼祭がはじまって、まだ数分しか経っていない頃合いのことだ。

空は先ほどより、少し暗くなりはじめていた。露店のあちこちから威勢のいい声が飛んでくる。いらっしゃーい！　さあ、寄ってってー！　沿道に飾られた提灯の明かりも、その光を濃くしている。気付けば人もどんどん増え、どこからか賑やかな楽器の演奏も聞こえてくる。大道芸の前座か何かか。おかげで人々の声も自然と大きくなり、辺りはいっきに祭りらしい喧騒《けんそう》に包まれていく。

希実はすぐに弘基に事情を説明し、弘基ともども露店をあとにした。もちろんソフィアを捜すためだ。露店の営業は多賀田たちに任せた。何しろ弘基が明言したのだ。

「パンもソースも出来てんだし、任せたって大丈夫だ。それより今は、ソフィアさんだろ！」

弘基と二手に分かれ、人混みの中、ソフィアを捜しはじめた希実は、すぐにソフィアの携帯を鳴らした。しかし何度コールすれども、ソフィアが電話に出ることはなかった。だから大急ぎでメールを送った。

ソフィアさん！　もしかして今、西嶋って人と会ってる？　会ってるんだったら、その人の話に乗らないで！　お願いだから断って！

しかし当然というべきか、ソフィアからの返信はなかった。男との話に夢中なのか、あるいは敢えて返事を寄こしてこないのか。まさか、携帯を取り上げられてるなんてことは、ないと思うけど――。じんわりと蒸し暑い人混みの中、希実は息を切らしながら走り続ける。ないと思うけど、あったらどうしよう……!?

希実が見て回った露店の通りに、けっきょくソフィアの姿は見つからなかった。弘基も同様だったらしく、希実と合流するなり、そっちはどうだった？　と訊いてきた。希実が首を横に振ると、弘基は苛立った様子で息をついた。クッソ……！　どこにいんだよ……！　斑目が姿を現したのは、ちょうどそんなタイミングだった。

「希実ちゃん！　弘基くん！　ソフィアさんは、見つかった、かい……？」

ぜいぜい言いながら走ってきた斑目は、Tシャツの上半分の色を変色させていた。おそらく限界を超えるほど走ったのだろう。頭も顔も水を浴びたようにびしょ濡れだった。しかし斑目は汗を拭おうともせず、携帯を取り出しブツブツ言い出す。ツイッターで目撃情報乞《こ》おうか？　写真のっけて、この人捜してます的な……。そんな斑目の携帯を、弘基が怪訝そうにのぞき込む。はあ？　なんだよ？　その便利機能……。

するとその時、バサバサバサッ！　という羽音が辺りに響いた。音のほうを見あげると、一羽の白いハトが夜空に向かって飛び立っていた。それとほぼ同時に拍手と歓声が沸きあがる。どうやら向こうで、すでに大道芸らしきものが行われているようだ。白バトを飛ばしたくらいだから手品だろうか？　マジシャンらしき老紳士を取り囲むようにして、たくさんの人が集まっている。

「あ、れ……？」

だがそんな人の山に背を向け、ひとり佇んでいる男の姿に希実は気付いた。男は賑やかな場所からやや離れ、じっとしたまま立ち尽くしている。いつもと同じように、どこか思い詰めたような目をしながら――。

そんな中、人山の向こうからまたハトが飛び立つ。今度は三羽だ。バサバサバサバサッ！　するとまた拍手と歓声が沸く。すげー、どんだけ出てくんだよー！　盛り上がる人々を背に、しかし男はじっと俯いたままだ。え？　まだいるの？　ウソでしょー？　そんな誰かの声が聞こえてきた瞬間、弘基が人だかりを指さし、ああっ！　と大声をあげた。

「――いたっ！　ソフィアさん！」

男が顔をあげたのは、その次のタイミングだった。おそらく弘基の声が聞こえたのだろう。彼は人の山を一瞥すると、そのまま走って人混みの脇を逸《そ》れ、暗がりの中へと逃げるように入って行った。それは西嶋耕市で、希実は反射的に彼を追いかけた。

「えっ!?　あれ？　希実ちゃん!?」

斑目が叫ぶ声が聞こえたが、希実は迷わず地面を蹴って、西嶋と同じ暗がりの中へと飛び込んでいった。捕まえなければと思ったのだ。逃げるには逃げるなりの、理由があるはず――。

しかしそうして飛び込んだ暗がりで、希実はすぐに西嶋を見失った。敵の逃げ足は想像以上に速かったのだ。あるいは逃げようという思いが、希実のそれより強かったということか。それで仕方なく希実は、再び大道芸の人の山のほうへと戻ったのである。

すると今度は人山の先で、若い男が火を吹いていた。またすごいことになってるな、希実はそんなことを思いながら、急ぎソフィアたちの姿を捜す。

「あ……」

彼らはすぐ見つかった。人山から少し離れた植木の脇で、何やら話し込んでいたのだ。

「ソフィアさん!」

希実が名前を呼ぶと、一同はハッと顔をあげ希実のほうを見た。弘基と斑目は浮かない顔をしていたが、しかしソフィアだけは笑顔だった。その美しい笑顔は、藍色の浴衣によく映えていた。アップにしたまとめ髪も、やはり息をのむほどよく似合っている。

「ごめんね~。なんだか色々心配かけちゃったみたいで~」

希実が駆け寄るとすぐ、ソフィアはそんなふうに言って手を合わせてきた。弘基にも斑目さんにも謝ってたとこなの~。ホントごめんちゃい。しかしそう言うソフィアの顔は明るく、それで希実は安堵の息を漏らした。そしてそのまま、なんのてらいもなく訊いてしまったのだ。

「ううん、別に……！　てゆうか、じゃあソフィアさん、大丈夫だったんだね？」

　希実のそんな問いかけに、しばしの間が空いた。おかげで、ブーと火を吹く男の声と、おーという観客の声が、希実たちを包む。ブッブブー！　おー！　ブッブブー！　けっきょくソフィアが口を開いたのは、男が五度火を吹いたのちのことだ。

「……ええ、大丈夫だったわよ」

　笑顔でソフィアはそう言った。しかし希実は悟ってしまった。——嘘だ。何しろ傍らの弘基や斑目も、そろって憮然とした顔をしている。そもそも本当なら、あんなに間を空けて返事なんてするわけない。そんな希実の思いと呼応するように、弘基も切り出す。弘基も弘基で、どうにも我慢ならないといった様子だ。

「じゃあ、金は？　さっき、銀行でおろしたんだろ？　斑目が見てたんだよ」

　そんな弘基の物言いに、ソフィアはギッと斑目を睨む。斑目はそこでようやく汗を拭い、いや、あの、おろしたところまでは見てません、とあたふた言いはじめる。俺が拝見しましたのは、ソフィアさんが銀行から出て来たところだけでして……。だが弘基は追及の手を緩めない。

「やっぱ、おろしてたんだな。じゃあ今、金持ってるよな？　大丈夫ってそういうことだよな？　そうだろ？　ソフィアさん」

　するとソフィアは、やはり笑った。笑って、肩をすくめてみせた。

「……まったく、敵わないわね。あなたたちには」

　そうしてペロリと舌を出し、おどけるように言ったのだった。

「お金、渡しちゃったの～。でもでも～、騙されたっていうか～、むしろあげちゃった、みたいな？　なんか困ってるみたいだったから～。ソフィアさんの人助け的な？」

　言いながらソフィアは笑っていた。いつも通り屈託のない、しかし美しい笑顔だった。そんなソフィアの笑顔を前に、希実はなんと言っていいのかわからず、ただ口をぎゅっと結んでしまう。

　確かにソフィアは笑っている。いつも通り、きれいな笑顔だ。でも、やっぱり違うと希実は思う。違う。これは、大丈夫なんかじゃない――。

　安田が現れたのは、そのすぐあとのことだった。ソフィアが再び手を合わせつつ、だから大丈夫なの。でも心配かけちゃって、ごめんね～、などと詫びはじめた頃、彼は暗がりの中からふいに現れたのだ。その登場に、希実は悲鳴のような声をあげてしまった。

「――えっ!?　や、安田氏……っ!?　なんで、ここに……っ!?」

何しろ彼は、仕事があるからと、少し前に祭り会場をあとにしたばかりなのだ。それなのにここにきてこの登場。やっぱりこの人、まだストーカーやめてなかったの⁉　すっかり狼狽《ろうばい》した希実を前に、けれど安田はピクリとも表情を変えなかった。悪びれた様子もなく、かといって苦笑いのひとつでも見せるでなく、希実たちのほうへと向かってくる。

おかげで希実は、内心叫んでいたほどだ。な、なんなの？　あの態度……！　まさかストーカーとして、開き直っちゃってるわけ……？　それとも彼の中で、何かが壊れたとか――？

だが彼は、何も壊れていなかったのである。やって来た安田は淡々とソフィアの前に立ち、胸ポケットからパスケースのようなものを取り出した。取り出して、パカッと開いてみせた。

「警視庁捜査二課の、安田といいます」

全員が絶句したのは言うまでもない。しかし当の安田はといえば、眉一つ動かさず、無表情なまま話を進めたのだった。

「西嶋耕市の詐欺行為について、詳しくお話ししていただけないでしょうか？」

話が込み入りそうだし、店にでも行くか？　弘基のそんな提案を受けて、希実たちはブランジェリークレバヤシへと向かった。

店に着くと弘基は、無言のままパンとコーヒーを用意しはじめた。その行動に対し、安田が声をかけた。申し訳ないですが、職務中なのでそういったことはちょっと。

しかし弘基は腹立たしげに安田を睨みつけ、吐き捨てるように言ったのである。

「はあ？　今さら何言ってやがんだよ？　テメェこれまでも、職務中に散々コーヒー飲んできただろうが！」

しかし安田は、ごく冷静に返してみせていた。ええ、ですから、コーヒーに留めておいたんです。職務中だったので――。つまり頑なにパンを食べなかったのは、そういう理由だったらしい。そしてそのうえで、頭を下げたのだ。

「西嶋耕市の内偵のため、長らくあなたがた周辺をうろついていました。不審がられたこともあるかと思います。その節は、申し訳なかったです」

刑事安田が言うことには、ブランジェリークレバヤシの前で張り込みをしていたのも、沙耶の恋人を騙《かた》り店に入り込んで来たことも、すべて西嶋の動向をうかがうためだったのだという。しかもあろうことか、ソフィアへの告白に関しても、西嶋に不審がられないための、咄嗟の言い訳だったというのだ。

「あの時は、柳《やなぎ》くんに迫られて、あれしか思いつかなかったんだ。申し訳ない」

さらりとそんなことをのたまった安田に、摑みかかったのは弘基だった。テメェ！　刑事じゃなかったら殴ってたとこだぞ？　しかし安田も安田で大真面目に返していた。ですよね。では、時間外にどうぞ。今だと、公務執行妨害になりますので。

おかげで弘基は本当にそのまま、安田に殴りかかりそうになった。それを希実と斑目でどうにか止めたのだ。お、落ち着いて！　弘基くん！　そうだよ！　こんな人、殴る価値もないよ！　そう言いながら、希実だって相当に腹が立っていた。何しろ、先ほどの、ありがとうとごめんねの意味が、ここにきてハッキリしたのだ。

あるいはもしかしたら、納涼祭の準備の手伝いも、こうなることへの罪滅ぼしのつもりだったのかも知れない。しかし希実には、とてもそんなことで辻褄が合うとは思えなかった。お礼なんて言われたって、謝られたって、こんなの許せるはずがない。

しかし安田はと言えば、そんな希実たちの憤りをほぼ無視するかのように、どこか飄々としたままだった。本来は、こういう人間なのか？　今までの安田は、希実たちを欺《あざむ》くための姿だったのか？

訝る希実をよそに、やはり安田は冷静なまま切り出す。

「西嶋耕市は、とある大きな企業の所得隠し事件に関与した疑いがあるんです。といっても、ダミー会社に名前を貸したくらいのものですが……。しかし彼から山が崩せる可能性は十分にあるということで、しばらく内偵を続けていたんです」

そんな安田の説明に、ソフィアは黙ってコーヒーを飲んでいた。特に取り乱した様子や、ショックを受ける様子もない。彼女は先ほどから、安田のあらゆる告白にもまるで動じず、平静を保っているのである。安田はそんなソフィアの様子を知ってか知らずか、ただただ事務的に話を進めていく。

「ただ敵も用心深くて、なかなか本丸の関係者との接点を摑ませない。それで長期戦に持ち込もうとしてたんですが――。海外逃亡の恐れがあると、上に判断されてしまった。それでひとまず、別件で引っ張ることになったんです」

安田は淡々と語りながら、じっとソフィアを見詰めている。しかしソフィアは目を逸らしたままだ。ひとりぼんやり、暗い窓を眺めている。安田はそれが不満なのか、わざとらしい咳払いをひとつして、ソフィアに詰め寄った。

「別件逮捕は、時間の問題だと思われます。西嶋は投資詐欺を繰り返していますからね。それでソフィアさんにも、協力していただきたく……」

そんな安田の物言いに、斑目が口を挟む。

「……つまり、騙されたって証言しろってこと？」

　すると安田は、また小さく咳払いをして、うやうやしく頷いた。

「嚙みくだいて言うと、そういうことになりますね。どうでしょう？　ソフィアさん」

　問われたソフィアは黙ったまま、今度はアイスデニッシュを頰張りだす。そしてまたコーヒーを口に含み目を見開く。ヤダ、これコーヒーにも合う〜。あ〜ん、コーヒーソースも作ればよかったわ〜。ほら、アフォガートっぽい感じで〜。明らかに話を逸らそうとしているソフィアに、しかし安田は容赦《ようしゃ》なく詰め寄っていく。

「騙されておいて、このままにする気ですか？　あなたはあの男に、つけ込まれたんですよ？　過去の思いを利用された。優しさを、踏みにじられたんですよ？」

　挑むような安田の言葉に、ソフィアは一瞬言葉を詰まらせる。その目に、はじめて動揺の色が滲む。それでもソフィアは小さく息をつくと、またふっと柔らかな笑みを浮かべたのだった。

「……証言なんて、するわけないわ。だってアタシ、騙されてなんかいないもの」

　だが安田も怯まない。無表情なままさらに続ける。

「いや、騙されたんです。悪いが、西嶋とあなたの会話は、いくつか聞かせてもらってる。その中で、彼があなたに嘘の投資話を勧めていたという事実は摑んでるんです」

　その頃には、ソフィアもはっきりとした憤りをみせた。身を乗り出し安田に詰め寄るようにして、腹立たしげに言ったのだ。

「だから！　騙されてないって言ってるでしょ⁉　こっちにはこっちのネットワークがあるんだから！　あの人の現状なんて、がってん承知の助子ちゃんだったの！　それでもいいと思って、アタシはあの人にお金を渡したの！　それのどこが詐欺なのよ⁉」

　なんでもソフィアが言うことには、西嶋との再会以降、ソフィアはバベ美さんはじめ様々な友人の伝手《つて》を辿り、最終的にほぼ正確に西嶋の状況を把握したそうだ。ここ最近、あやしげな仕事をしていること。しかしそれでもどうにか再起を果たし、妻の実家にいる妻子を、一刻も早く東京に呼び戻そうとしていること。彼が家族を、何より大切にしていること。そのすべてを、ちゃんと知っていたらしい。

　その事実を前に、希実のほうがたじろいでしまった。全部知ってて、それでもソフィアさん、お金、渡しちゃったわけ？

「昔からあの人、本当にいい人だったの。お客さんに嫌なこと言われて、控え室で泣いてる女の子に、焼きそば持って来てくれたり……。ちなみにアタシの焼きそばには、こっそり目玉焼きまでのっけてあったんだから」

　過去をいとおしむように言うソフィアに、安田が苦々しい顔で問う。

「……好きだったんですか？　あの男のこと」

するとソフィアは苦く笑って首を振った。

「まさか、そんなわけないでしょ。ご存じの通り、こっちはワケありなんだから――。自分の想いが報われるなんて、そんな夢見るほど、間は抜けてないつもりよ？」

しかしその笑顔に、希実の心はじくりと痛んでいた。なんなの？　それ……。それってけっきょく、好きだってことじゃないの？　だがソフィアは、そんな希実の思いに気付くことなく、柔らかなものに包まれたように、ふわふわと笑顔で話を続けた。

「お店やめて、ちゃんと就職して、長く付き合った彼女と結婚して、子どもを持って、家族を守って――。あの人らしい人生だわって、いつも思ってたわ。優しいあの人に、相応しい人生だって……」

だからソフィアは、再会した西嶋が自分を騙そうとしていると知っても、そう動じることはなかったのだそうだ。

「むしろ、感心したくらいよ。だってあの人、なりふり構わずなんだもの。このソフィアさん相手に、お金を引っ張ろうなんて一生懸命になっちゃって――」

言いながらソフィアは、笑っていた。

「家族のために必死なんだって、すぐにわかった。あの人は優しい人だから、守るべきものは、やっぱりなにがなんでも守ろうとするのよ」

その言い分に、安田が声を低くして言う。

「優しい、ですか？　それが？」

だがソフィアは、迷うことなく真っ直ぐ返す。

「ええ、そうよ。大切なもののためなら、なんだって切り捨てられる。何かを守るって、そういうことでしょう？」

強い眼差しに、安田は言葉を詰まらせる。それは希実も、弘基も斑目も同じだった。それでも安田はどうにか言葉を見つけたらしく、苦し紛れに言葉を続ける。

「……でも、あなたは、その切り捨てられた側なんですよ？　それなのに、どうしてあの男に、力を貸したりしようだなんて……？」

するとソフィアは、当たり前のように答えた。

「そんなの決まってるじゃない。優しいあの人でいて欲しかったからよ。守るべきものを、ちゃんと守り抜いて欲しかった——。アタシには何もないから、余計にそう思っちゃったの」

そうして店内には、しばしの沈黙が訪れた。希実も弘基も、もちろん斑目も、黙ったまま立ち尽くす。いっぽうテーブルのソフィアと安田も、やはり口をつぐんだままじっと席についていた。

最初に言葉を発したのはソフィアだった。彼女はふうと息をついて、再びコーヒーを口に運ぼうとした。そしてそのまま安田に声をかけたのだ。安田さん。アイスデニッシュ、早く食べないと溶けちゃうわよ？　まあ、溶けてもおいしいけど……。

するとと次の瞬間、ガバリと安田が立ちあがった。立ち上がって、椅子に座るソフィアを上から睨みつけた。

「な、何よ……？」

少々うろたえながらソフィアが言うと、安田は唐突に拳を振り上げた。

「や、安田氏……っ!?」

そうして振り上げられた拳は、そのまま安田自身の頰を勢いよく殴りつけたのである。

「へ……っ？」

思わぬ安田の行動に、一同はポカンと口を開ける。そして安田の姿を見守る。

いっぽう、自分で自分の頰を殴った安田は、おあ！　痛いっ！　などと当たり前のことを言って、殴ったその手で頰を押さえた。口元に滲んだわずかな血は、安田が本気で自分を殴ったことをうかがわせる。下手をしたら、このまま右頰が腫れあがる可能性もある。てゆうか、この人何やってんの？　自ら負傷した安田を前に、希実は目をしばたたかせてしまう。何を唐突に、自分のこと殴っちゃってるわけ——？

しかし安田は、頬を押さえながら腹立たしげに言ってきたのである。

「どうです!? 痛そうでしょう!?」

あまりの安田の迫力に、ソフィアはもちろん、希実も弘基も斑目もうんうん頷く。しかし安田の暴走はこれに終わらない。彼は口元を痛そうに歪めつつ、眉根を寄せて言葉を継いだのである。

「本当は、あんまり腹が立ったんで、あなたを殴ってやろうかと思った！ でも、出来ませんでした。だから、自分を殴りました。ご想像通り、痛いです！ もう、ズキズキ痛みます！ 明日には顔が腫れるかも知れない。もう最悪です！」

いやでもそれは、自業自得なのでは？ そう思う希実をよそに、安田はソフィアに詰め寄っていく。

「だって、聞いてられないですよ！ 騙されてるのわかってて、お金を渡すなんて……！ それで騙されてないだとか……。僕はね、そんなの許せないですよ！」

しかしソフィアも反撃に出た。若干及び腰ではあったが、キッと安田を睨み返し言い放ったのだ。

「許すとか許さないとか、あなたには関係ないでしょ？ これはアタシの問題よ？」

だが安田は一歩も引かなかった。ソフィアの反論など、ペイッと片手で払いのけるようにして、うめくように言い募った。
「関係ありますよ！　あなたの心が、あなただけのものだなんて、思わないでくださ
い！　だいたい、あなたがそんな勝手に、傷ついたり悲しんだりしたら、あなたを思っ
てる人間はどうしたらいいんですか⁉」
その言葉に、ソフィアの視線がふっと泳ぐ。しかし安田は、そんなソフィアの目を離
すまいと、すがるように必死で言い継ぐ。
「……どうしたらいいんだよ？」
まるで、殴られて泣いている子どもみたいだ。
「あなたを思ってる、俺の気持ちは——」
瞬間、店内は水を打ったように静まり返った。その景色を前に、希実は軽い既視感を
覚えていた。なんか、こんな状況、ちょっと前にもあったような……？
目の前の安田は、自分が口にしたことに驚いた様子で、目をぱちぱちさせている。そ
んな中、店のドアが勢いよくバン！　と開いて、こだまが店内へと飛びこんできた。
「お！　みんないた！　パン、売り切れちゃうから、早く新しいの持って来てよ！」
するとと安田は、やってきたこだまを盾にするようにして、あわあわドアのほうへと回
りこんだ。そしてどさくさに紛れて、脱兎のごとく店を飛び出して行ってしまったので

ある。あの、その、そのあの、す、すみませんっ！　二度もすみませんっ！　失礼しました〰〰〰っ!!

安田が去った店内は、嵐が去ったのちのようにシンと再び静まり返る。そんな様子を前に、こだまは少々面喰らった様子で首を傾げる。

「んんん〜？　なんだ？　今の」

するとソフィアは小さく笑い、こだまの頭を撫でて呟いた。

「……おかしなオジさんだったでしょ？」

しかし希実には、その声が少し震えているように聞こえた。

「なんだかずいぶんと、おかしなこと言ってたわ――」


こだまに言われた通り、希実たちは追加のアイスデニッシュをクーラーボックスに詰め、急ぎ納涼祭会場へと運んだ。

その途中、希実は納涼祭会場で目撃した西嶋についてソフィアにこっそり伝えた。

「あの西嶋って人、迷ってたんだと思う。ソフィアさんにお金を返すかどうか……」

会場で見かけた時は、何をしていたのか判然としなかった。しかししばらく考えてみて、彼のあの行動はソフィアのもとを立ち去る戸惑いのように感じられた。でなかったらあんな場所で、あんな顔で突っ立っているはずがない。

「ソフィアさんがいるほうに背を向けて、あの人、しばらくじっとしてたんだ。なんか、思い詰めたみたいにさ……」

そんな希実の発言に、ソフィアは、そう、と弱く笑った。なんとなく、あの人らしい気もするわ。

それで希実は言ったのだ。ちょっと言わずには、いられなかった。

「でも私、だったら最初から騙さないでよって思った。過去に何があったか知らないけど、今のソフィアさんは今のソフィアさんじゃん。なのに昔の人が急に出て来て、勝手なことしないでよって……。思った」

言いながら、自分でも何を言っているんだろうと思わないでもなかった。過去は今に繋がっているのに、昔の人とはずいぶんな言い草だ。しかしそれでも言ってしまう。

「だって弘基も、パンよりソフィアさんだって、ソフィアさんのこと捜したんだよ？　あの弘基が、パンよりって言ったんだよ？　斑目氏だって、走ったんだよ？　Tシャツびしょびしょになるくらい汗かいて、ソフィアさん捜すために……」

口を尖らせている希実に、ソフィアは、そう、と小さく答える。我ながら駄々っ子みたいだなと希実は思う。聞きわけがいいことには、定評がある子どもだったはずなのに、なんで私、こんなにぐずぐず言ってんだろう？

「私だって……」

隣のソフィアの下駄の音が、カランコロンと夜道に響く。希実はそんなソフィアの浴衣の袖を、なぜかとっさに摑んでしまう。そして小さく続けたのだ。ソフィアだけに聞こえる、大きさの声で――。

「……だから、アタシには何もないなんて、言わないでよ。私たちが、傍にいるんだから……。もう、言わないで」

勝手なことを言ってしまった、と咄嗟に希実は後悔した。それでも、カランコロンと軽やかに音は鳴り続ける。カラン、コロン。

「あの、ソフィアさん……？」

すると摑んでいた浴衣の袖から、ソフィアの手がすっと伸びて、希実の手を当たり前のように握った。それはとても柔らかな手で、希実は少し驚いたほどだった。

そうしてソフィアは、希実の手を引いて歩きながら、小さな声で返してきたのだ。ごめんね。少し困ったような、照れたような笑みを浮かべて、言ったのだ。

「――ごめんね。もう言わない。約束するわ」

希実たちが露店へ戻ると、沙耶と彼女を送っていった多賀田以外の面々は、連れ立って大道芸を見に行った。聞けば孝太郎が出演するらしい。

「オオトリっていうの、やるんだって！　腹話術マジックショー！　希実ちゃんも、見においでよ！　孝太郎くん、きっと喜ぶよ？」

こだまのそんな発言に、希実は思わず苦い笑いを浮かべてしまった。そういやあの人、こだまに取り入るために、腹話術覚えたんだったよな。念願かなって何よりだわ。それで希実は、時間があったらね、とこだまに約束し、取り急ぎ露店パンの販売に入ったのである。

冷たいパンという物珍しさも手伝ってか、アイスデニッシュはよく売れた。特に弘基の前には女の子の行列が出来ていたし、気付けばソフィアの周りにも男が群がってしまっていた。おかげで希実と斑目は、パンにソースをかけシートに包み——といった裏方作業に終始させられた。目が回りそうなほどの忙しさの中、斑目は予言していた。客寄せパンダがふたりもいちゃあ、売り切れちゃうのも早そうだね。

斑目の予言は的中し、納涼祭終了時間を待たずして、パンは売り切れてしまった。すると斑目は、露店の撤収作業もそこそこに、今日はこのまま行かせてくれ！　と懇願しはじめた。

「考えてもみて欲しい！　今日は綾乃ちゃんとの、初めての夏祭りなんだよ!?」

そしてそのまま、走って大道芸会場へと向かってしまったのである。そんな斑目を目の当たりにしたせいか、弘基も希実に言ってきた。

「お前も行っていいぜ。大道芸。せっかくこだまが誘ってたんだしよ」

それで希実は弘基たちよりひと足早く、露店を離れたのである。そうして急いで向かった大道芸会場付近で、希実は思わぬ人に呼びとめられた。ババ美さんだ。

「あ！　希実ちゃん！　ちょうどよかった！　ちょっと、お話ししたいことがあったの！」

人でごった返す中、彼女はそう声をかけてきたのだ。そんな彼女の思わぬ行動に、もちろん希実は首をひねった。え？　ソフィアさんじゃなく、私にですか？　するとババ美さんはやや神妙な面持ちで頷き、声を落として言ってきたのだった。

「そうなの。さっき、浴衣を着つけてあげた子……。沙耶ちゃんて、あなたの従姉妹なんでしょ？　それで、まずはあなたに話したほうがいいんじゃないかなって……」

だが希実としては、いったいなんのことだか判然とせず、はあ、と曖昧に応えるしかなかった。沙耶が、どうかしましたかね？　するとババ美さんは少々表情を硬くし、希実の耳元に顔を近付けてきたのである。

「実は、あの沙耶ちゃんて子ね……」

それは思いがけないような話で、希実は矢も楯もたまらずそのままバベ美さんの前をあとにした。す、すみません！　あの、お話ありがとうございました！　そしてそのまま、全力疾走でブランジェリークレバヤシへと舞い戻ったのである。

大道芸はもちろんパスした。こだまには悪いが、今は沙耶の状況の確認のほうが先決だろうと思われたのだ。まさか、沙耶が、そんなバカな——。半ばパニック状態で希実は走った。ちょっとそんなの、あり得ないんですけど……！　いや、でも、辻褄はけっこう合っちゃうかも……。

そうして辿り着いたブランジェリークレバヤシは、明かりが落とされていて真っ暗だった。おそらく沙耶は、もう眠りに入ってしまったのだろう。

そのため希実は、店の電気はつけず、息を殺し二階へとあがっていったのである。何しろこの場合、沙耶には眠っていてもらったほうが、もろもろの調査はおこないやすい。

そうして向かった二階の部屋で、沙耶はやはり寝息をたてて、ひとりベッドで熟睡していた。薄暗い中そんな様子を確認した希実は、携帯の明かりを頼りに部屋の中を物色しはじめる。もちろん、調べるべきは沙耶の荷物だ。

沙耶の荷物はごく少なく、着替えが少々とあとはトートバッグがひとつだけしかない。

そのため希実は、まずそのトートバッグを見つけ、ゆっくりとその中身を取り出しはじめたのだった。

希実がまず手に取ったのは、手帳だった。続いてノート、そして一冊のハウツー本。しかしその本を前に、希実の動きはピタッと止まってしまった。

「うぐ……」

なにしろそれは、見つけるべきものであるのと同時に、出来れば見つけたくなかった一品でもあったのだ。これが、ここにあるということは、やっぱり――。本を手に、希実は静かに戦慄する。

暗い中でも、その表紙に綴られた大きな文字は、ちゃんと読める。おそらくそれがタイトルなのだろう。太い赤文字で、いかにもおめでたそうに書かれている。なんてことだ。希実は思う。でもこの感じだと、ババ美さんの言ってたことって、間違ってないのかも――。

部屋の明かりがパッと点いたのは、その次の瞬間だった。突然の眩しい光に、希実はびくっと飛び上がる。ひっ！　そして後ろをふり返ると、部屋の隅に沙耶が立っていた。

「……何、しとるん？」

眉のない顔で凄んでくる沙耶に、希実はごくりと息をのみ手に力を込めた。そしてそのまま、手にしていた本を沙耶に見えるよう突き出した。

「これっ！　これ、どういうことっ⁉　なんでこんなもの、沙耶が持ってるのっ⁉」

希実の叫びに、沙耶は動じることなく返してくる。

「……必要じゃけぇ。初めてのことで、わからんことだらけで。教えてくれる人もおらんけぇ、本に頼るしかなくて……」

そしてじっと希実を見据え、低く言葉を継いだのである。

「私だって、こんな本に頼るばっかりじゃ、不安だし……。だから早く律子おばさんに会いたかったんよ。ひとりで希実を産んで育てた律子おばさんなら、きっと私の気持ちもわかってくれるって思ったけぇ――」

どこか淡々と言ってくる沙耶に、けれど希実は息をのんでしまう。そうなのだろうと、もうあらかた覚悟はできている。何しろバベ美さんだって言っていた。着付けした時に、気付いちゃったのよ。あれでもけっこう、タオル詰めたりして誤魔化したけど……。でもあの子のあの体形、たぶん間違いないと思うのよね。あたし、お姉ちゃんが三人いて、色々見てきた女だし〜。

だが従姉妹の希実としては、それでもなお飲み込めない気持ちもあるのだ。いやいや、まさか、沙耶が――。あの小さかった沙耶が、むしろ今でも小さい沙耶が、そんな……。

飲み込めない言葉は混乱になって、希実に不具合を起こさせてしまう。

「え？　あの、その……？　えーっと？」

言い淀む希実に、沙耶はスッと手を掲げ、指を四本立ててみせる。そして静かに、言ったのだった。

「――うん。しとるよ、妊娠。今、四ヵ月」

ごく端的なその返事に、希実はがくんと首を倒す。しかし倒した先には先ほどのハウツー本の文字が躍っているのである。こんにちは赤ちゃん♪　初めての妊娠と出産。だから希実は目を閉じて心の中で叫ぶ。うそでしょっ⁉

妊娠て出産て、アンタまだ十八歳じゃん……‼

＊　＊　＊

若い頃、ソフィアはずっと思っていた。恋だけが、人生を変えてくれると。

実際、恋人が出来れば生活は変わった。暮らしのスタイルや、食べ物の嗜好《しこう》、好みの小説、音楽、洋服、あとは行動範囲、等々。知識も言葉も増えたし、感情の幅も広がった。人の心の陰影も、少しは知れたような気がしている。

でも、人生は変わらなかった。それはソフィアの実感だ。何しろ彼女は逃れられなかったのだ。自分はひとりなのだという、息が詰まるような感覚から――。

恋は終わるものなのだと、気付いたのはいつだっただろう。永遠に寄り添える誰かなど、自分には用意されていないのだと、気付くのにはそれ相応の時間がかかった。だからそれまでは必死になって、恋というものにすがっていたのだ。わかり合うとか信じ合うとか、そんなことを本気で求めていた。

でも、終わるのだ。アタシのような女なら、なおのこと――。いくら恋を重ねても、最期はきっとひとりだろう。

そのことに気付いてから、ソフィアはまるで恋をしなくなった。漫然とした冷えた孤独は、抱えていくしかないと覚悟も決めた。それはもう、魂の一部のようなもので、癒えることもなければ、まして消えることもないのだ。アタシは、ひとり。

だけどそんなふうだから、昔の記憶にすがっちゃったのかしらね〜。西嶋との再会について、ソフィアはそんなふうに思っている。未来には、もうすがれないとわかっているから、思い出の中に逃げてみたのかも知れないわねぇ。

若い時代、彼にはたくさん助けられた。あの頃のソフィアは、まだ水商売の世界に飛び込んだばかりで――。泣かない日はなかった。自分の選んだ道だから、人前では堪えたが、それでもどうしようもない時は、トイレにこもって三分間。ちちんぷいぷいと呟いて、どうにか自分に魔法をかけた。ちちんぷいぷい、アタシよアタシ。もう、泣くな。彼女の魔法はあんがい効いて、だからいつもすぐに、笑顔で外に向かうことが出来ていた。

でも彼は、そんなソフィアの赤くなった鼻の頭に、毎回目ざとく気付くのだった。気付いてポンポンと肩を叩いてきた。焼きそばは、自分の魔法が効かない日の、とっておき。泣きながら頬張ると、いつもむせて大変だった。大変だけど、温かくておいしくて、けっきょく余計に泣いてしまった。

だから、まあいいかと思ったのだ。ここはひとつ、ソフィアさんがちょっくら騙されてあげちゃおうかしらね～。何しろ彼には、ちゃんと家族を守って欲しかったのだ。そういう、優しい人でいて欲しかった。

そんなふうに思ってしまったのは、やっぱりちょっとバカだからなのかしらね～。先ほどの安田の言葉を思い出しながら、ソフィアはそんなふうに思う。確かにバベ美も言ってたもんね。アンタってばいつもそう！　何度も虎《とら》の子《こ》空にして！　もう、大バカちゃんだわよ！　十年来の仕事仲間に言われるのだから、やっぱりちょっとバカなのかも知れない。でもバカだから、バカをやると気持ちが晴れ晴れとしてしまうのだ。だからまあ、あのバカは、自分のためでもあったのだろう。

彼といると少しだけ、昔に戻れたような気がした。いつか誰かと生きられると、まだ信じていられた、淡い貴い青い日々。その優しい手が、もう自分の手を摑むことはないと、そんなことはよくわかっていたつもりだったが——。それでも、摑めたかも知れない過去を思うと、少しだけ胸を、温かくしてくれたのだ。

だけど、それより驚きだったのは、希実ちゃんの手のほうだったかもね〜。薄暗い夜の住宅街で、彼女の手を握ったことを思い出し、ソフィアは小さく笑ってしまう。小さな子どもがするように、浴衣の袖を引っ張られ、だからソフィアはついうっかり、彼女の手を握ってしまったのだ。そうしてそのまま、納涼祭会場までの道を、ふたり手を繫ぎながら歩いて行った。

まあ、女同士で繫いだって、トキメキもへったくれもないけど……。夜道でのやり取りを思い出しながら、ソフィアはまた少しだけ口の端をあげる。でも、思い出しちゃった。人の手って、けっきょくのところ——。繫げば、ちゃんと温かいのよね。

露店の片づけがあらかた終わると、弘基が大道芸を見に行こうと言い出した。希実たちの様子が気になるのだろう。あるいは彼らと記憶を共有したいのか。それでソフィアも頷いたのだ。ええ、そうね〜。行きましょう〜。

安田が再び現れたのは、ちょうどそんなタイミングだった。あるいは露店が終わるのを、待ち構えていたのだろうか。

「あ、あの――。少し、話、よろしいですか？」

すると弘基は、気を利かせたのかなんなのか、じゃあ、俺先行くわ！　とさっさとその場から駆け出してしまった。あとは、ふたりでごゆっくりな！　自棄《やけ》を起こさず、ちゃんと話し合うんだぞ⁉　そうして取り残されたソフィアは、面妖《めんよう》な表情で立ち尽くす安田に、だから声をかけてみたのだ。

「……今は、勤務中なの？　それとも時間外なの？」

すると安田は、うっと言葉を詰まらせた。その様子からソフィアは察した。勤務中ではあるようだが、話したい内容は時間外的なことなのだろう。あーあ、勤め人って面倒くさいわねぇ。ソフィアは固まったままの安田を見て思う。どこまでが職務で、どこまでが職務外なんだか、わかりゃしない。だから先手を取って言ってしまった。

「――いいわよ。西嶋くんの件、ちょっとくらいなら証言しても」

ソフィアの言葉を受け、安田は驚いた様子で目を丸くする。え？　どうして……？

けれどソフィアは苦く笑って返したのだった。

「だって、家族を守るにも、度が過ぎたんなら償《つぐな》ったほうがいいだろうし……。何より騙されたままにしておくと、みんなに怒られちゃいそうだし？」

ソフィアは思っていた。恋だけが人生を変えてくれる。あんがい人生というのは、変わっていくものなのかもしれない。

でも、もしかしたらそれ以外のものでだって、あんがい人生というのは、変わってい
くものなのかも知れない。もちろん変化は、ごくささやかなものだろうが——。

「……傷つけたくないのよね、あの人たちのこと」

遠くから歓声が聞こえてくる、大道芸のクライマックスなのだろうか。浴衣の少女たちが、足早に声のするほうへと向かっていく。暗い夜が明るく華やぐ。祭りが終われば、消えてしまう明かりでも、人はそれを求めて集まっていく。

安田は情けないような顔をしたまま、ソフィアの前に突っ立っている。だからソフィアはその腕を取って、アタシたちも行きましょうか？　と声をかける。安田はへどもどしながら、あの、自分、勤務中なのですが……、などと言い出す。しかしソフィアはそれを無視して、いいじゃな～い、と歩き出す。アタシ、腹話術マジックショー見たいんだもの～。

これは恋になるのかしら？　安田の腕を取りながら、ソフィアはそんなことを考える。でもだとしたら、だいぶ前途多難な感じだわねぇ。

ソフィアがそう感じるのも無理はなかった。何しろ安田のようなタイプとは、付き合

ったこともないし、そもそも好きになったこともない。先ほどの店での告白には、正直キュンとこないでもなかったが、しかしそんな気持ちだけで、何がどうはじまるというのか――。

そしてその頃合いで、ソフィアはハタと気付いたのだった。え？　ちょっと待って。そんなことよりアタシ、もう何年も恋愛してないんじゃない？　そうして慌てて指を折る。は!?　ウソでしょ！　アタシったら、もう十年近くキュンしてないじゃない！

おかげでソフィアは少々愕然としつつ、しみじみ考えてしまったのである。ああ、十年も何やってたのかしら、アタシ……。誰のことも、まともに好きにならないで――。そして思い至ったのだ。そういう意味では、アタシも眠り姫だったのかもねぇ。

眠り姫というのは、沙耶の受け売りだ。浴衣に着替えたのち、ソフィアにメイクをされながら、沙耶はそんなことを言ってきたのだ。

キッカケは、沙耶の消えた眉毛だった。どうして全部剃っちゃったの？　ソフィアがそう訊くと、沙耶は少し言い淀み、けれど最終的には答えたのだった。

「……呪いから、解かれるため、です」

その突飛な答えに、内心ソフィアは目をむいた。とはいえ本人の前では、なるべく平静を装っておいたのだが――。しかし当の沙耶は大真面目な様子で、淡々と言い継いだのだ。

「都合のいい娘にしておくための親の呪いから、解かれようと思って……」

聞けば眉毛だけでなく、金髪もその一環だそうだ。

「悪い呪いをかけられて、眠り姫みたいにずっと——。ずっと眠っとったんです。本当の自分を眠らせてた」

それでソフィアは悟ったのだ。なるほど。じゃあ、紫のジャージも中退も駆け落ちも、呪いを解くためのアイテムってわけなのね。

でも、とソフィアは思う。あの子は知っているかしら？　呪いって、人がかけるばかりじゃない。自分がかけてるってことも、多々あったりするもんなのよね。アタシだって、それで十年も恋を前に眠りこけてたわけだし——。

帰ったら、もう少し沙耶ちゃんの話、聞いてみよ〜っと。大道芸を見ながら、ソフィアはそんなことを考えていた。

今日はもう寝てるだろうから、明日にでも腹を割って話してみよう。本当に今は目覚めてるのかどうか、よく寝るあの子に訊いてみないと——。

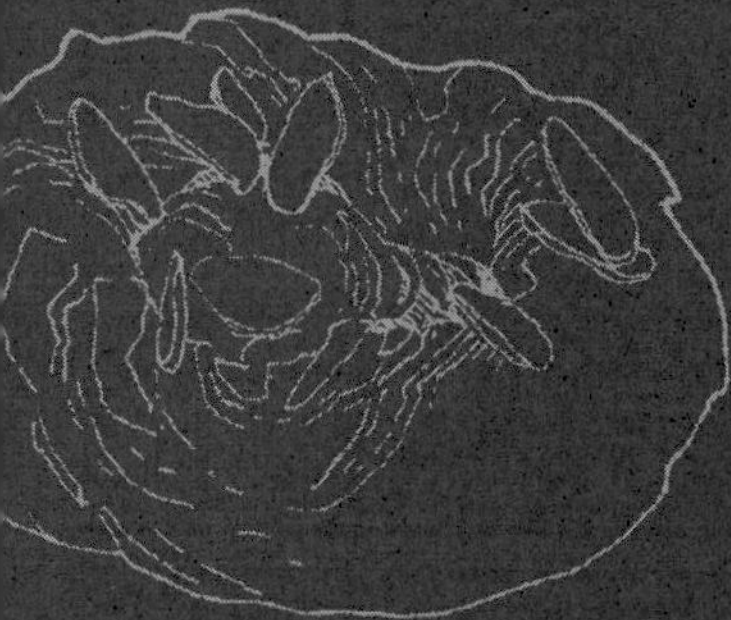

Tourage & Façonnage

——折り込み&成形——

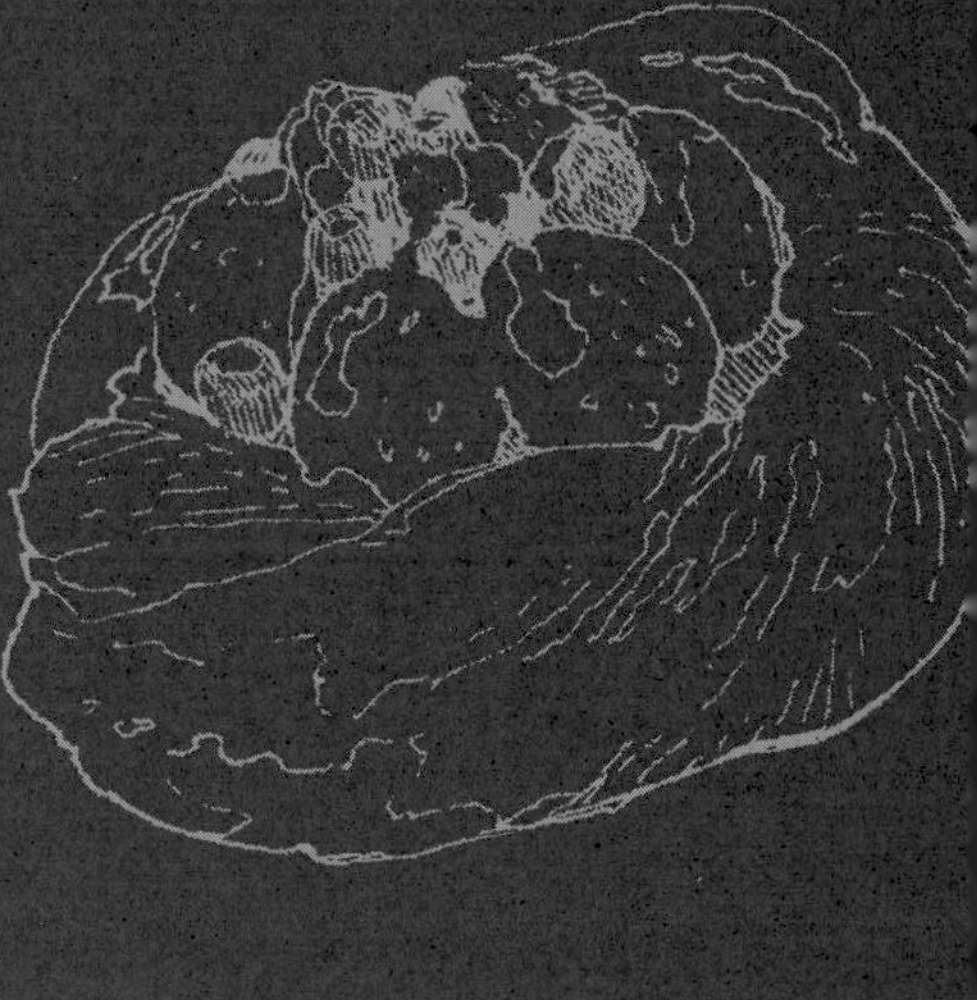

ブランジェに必要な資質とは何か。

誰かにそう問われるたび、弘基の師匠であるアシルは端的に返していた。やる気だな。それに勝るものはない。

初めてそれを聞いた時、弘基は少し意外に思った。そんな日本人じみた精神論を、フランス人のアシルが持ち出すとは思ってもなかったからだ。しかしアシルは繰り返した。やる気だ。それを生涯、パンに捧げていられるかだ。

パン職人とは、生活をパンに捧げる仕事だ。アシルはしばしばそうも口にしていた。その仕事を選ぶことで、生活時間が変わり、付き合う人間も変わり、つまりは人生が変わってしまう。

確かにアシルの言う通り、彼のもとで修業をはじめ、弘基の生活時間は大きく変わった。何しろ朝の——あるいは深夜のというべきか——二時頃から、パンの仕込みははじまるのだ。そうして一日の仕事が終わるのは夕方過ぎ。そしてそこから、今度は自主練に入る。生地捏ねや成形を繰り返し、温度と時間と力加減により、変化していく発酵の感触を指先や手のひら、そして視覚嗅覚に叩き込んでいく。

そんなことをしていれば、家に帰るのはほぼ夜で、短い睡眠をとったらもう出勤だ。睡眠時間が短くてすむようになったのは、あの頃の暮らしの賜物《たまもの》だろうと弘基は思っている。ま、実際問題、体にいいかどうかは知んねーけどな。

パン屋をやっていたら、普通の生活サイクルでは暮らせなくなる。だからおのずと友人も減り、恋人も往々にして去っていく。その点、弘基はパーフェクトだと、アシルはよく彼を賞賛していた。

「お前は、多くの友人も、決まった恋人も必要としていない。だから目の前のパン生地に、人生を捧げてしまえるんだ。人間としてはどうかわからんが、ブランジェとしてはパーフェクトだよ。まったく素晴らしい」

オッサン、誉めてねーだろ、それ。弘基はそう思っていたが、しかしアシルの言うことは、ある意味的を射てはいたのだった。何しろ彼に必要だったのは、究極的に言ってしまえば、美和子ひとりだけだったのだ。しかも彼女に肩書きはいらなかった。恋人でなくともかまわなかった。傍にいられれば、それだけで充分だった。

弘基と同じく、フランスでパン修業をしていた美和子は、しかしあんがい友人の多い人だった。何しろ日曜日になると、彼女の狭いアパルトマンには、必ず誰かしらがやって来ていた。

日曜日、パリはたいてい閑散としている。多くの店が平気で休んでしまうからだ。弘基の修業先のパン屋も、美和子のそれも同様で、だから弘基は日曜が来るたび、何かと理由をつけては美和子の部屋を訪れていた。

日曜日の美和子の行動はほぼパターン化されていた。平日同様早く起き出し、いそいそ市場へと向かう。そこであれこれ食材を買い込み、部屋に帰って料理をはじめるのだ。彼女にとってはどうやらそれも、パリでのパン修業の一環らしかった。

「日本でお店をやるんなら、やっぱり惣菜パンが必須でしょ？　だからパリにいる間に、パリならではの惣菜パンを作ってみようと思うんだよね。日本に戻った時、何かのヒントになるかも知れないし」

彼女が語る通り、彼女が購入する食材は、あまり日本では見かけないものが多かった。例えばビーツにアーティチョーク、クレモンティーヌにポロネギ、ホロホロ鳥やパテ、フロマージュ、等々。どういう基準で選んでいるのかは、同行した弘基にも謎だったが、彼女は機嫌よく食材を選び、そして機嫌よく調理をはじめるのだった。

そのどれもがおいしかったかと言えば、実のところそうでもない。アーティチョークサンドは微妙だったし、驚くほど生臭い牡蠣《かき》パンを食べさせられたこともあった。リエットのマカロンも評判が悪かったし、確かウィークエンドシトロンパンも、美和子の自信とは裏腹に、周囲の反応はイマイチだったはずだ。それで弘基は言ったのだ。

「……これ、パン・ド・ミじゃなくて、デニッシュにしたらうまいんじゃね？」

そんな弘基のアドバイスに、美和子はなるほどね！　と手を打っていた記憶がある。じゃあ、今度作ってみるから、ヒロくん食べてね！　そしてけっきょく忘れ去られたのだ。美和子さんて、そういうとこあったよなぁ。弘基は苦く思い出す。けど俺も、なあなあにしてたんだ。今度なんて、いくらでもあると思ってたから――。

そうして作られた美和子の料理は、やって来た美和子の友人知人によって片づけられた。弘基と似た生活パターンを送っているはずの美和子は、しかし気付けばどこからか、人を集めてしまうのだった。

集まっているのは、日本人が比較的多くはあったが、割合いにしたら五人にひとりくらいのものだったはずだ。だから部屋の中は多国籍状態で、交わされている言葉も、どこのものだか知れないこともよくあった。そして美和子といえば、そんな集まった人々を、キッチンから眺めているのが好きなようだった。何しろその表情は、いつも眩しそうで楽しげだったのだ。

あれって、美和子さんのどういう知り合いだったんだろうな。今でも弘基には、そのあたりが判然としていない。いったいなんで繫がっているのか、まるでわからない人々との集い。しかし料理と会話があって、時間は和やかに流れていく。

毎週のように顔を合わせる者もいれば、一度だけしか会わない人もいた。部屋に入りきらないほど、人が集まってしまう日もあれば、美和子とふたりきりになるような日もあった。まあ、ふたりっきりなんて数えるほどで、たいていは邪魔者がいたけどさ。クソ。

ブランジェリークレバヤシは、あの頃の美和子さんの部屋と少し似てる。いつからか弘基は、そんなふうに思うようになっていた。なんの繫がりもない人たちが、夜ごと集まる妙な店。長く居座る者もいれば、すぐに帰って行く人もいる。常連になる者もいれば、一見《いちげん》で来なくなる客もいる。それでも留まる者たちは、ささやかな会話を楽しんで、そして時間がやってくれば、それぞれの日常へと戻っていく。要するに美和子さんは、こういう店が、こういう場所が、作りたかったのかも知れねぇな。暗い夜の中に、小さく明かりを灯すように——。

だから彼は、余計に思ってしまうのだろう。この店を、守りたい。あの人が望んでいたものなら、尚のこと。そしてだからこそ、暮林が店をしばらく離れたいと言ったことにも、強く反発してしまったような気がしている。またかよ。また大事なもんから、アンタは離れていくのかよ？

　暮林という男が、利他的な人間であることは重々承知していた。店を休んだところで、休養をとるわけでも遊びに出かけるわけでもないだろう。むしろ休む間もないほど、おそらく何かをしているはずだ。あるいは誰かのために、身を削って奔走しているかも知れない。しかしだからこそ、腹が立った。アンタが守るべきなのは、この店じゃねーのかよ？　希実じゃねーのかよ？　美和子さんから託されたのは、俺じゃなくてアンタのほうだろうが――。

　とはいえ、暮林がなんの考えもなく行動に出たとは思えない。あれで食えねーオッサンだからな。きっと何か、企《たくら》んでんだろ。俺はバカだし学もねぇから、何が何だかさっぱりだけどよ。出来ることとなんつったら、目の前の大事なもんを守ることと、パンを作ることとくれーのもんだしよ。

　それでも納涼祭の新作パンに、ウィークエンドシトロンを思い出したのは、彼にとってなんらかの啓示だったのかも知れない。何しろウィークエンドシトロンには、大切な人と週末に食べるケーキという意味がある。それを美和子がパンにしたのは、週末に集まる人々を、やはり大切に思っていたからなのだろう。そして、弘基も――。

　ブランジェリークレバヤシは、あくまで暮林の店だった。美和子が彼に、残した店。

弘基はあくまでその店を、サポートする立場でしかないつもりだった。いずれ時期がきたら去ればいい。そんなふうにさえ、どこかで思ってもいたはずだった。

それなのに彼は、ブランジェリークレバヤシの新作パンを考える中で、ウィークエンドシトロンを思い出してしまったのだ。大切な人たちと食べるパン。なぜかそんなものを、彼は無意識のうちにイメージしてしまった。つまり店を守りたいという思いは、おそらく美和子だけが理由でもなくなっているのだろう。あるいは、もしかしたら希実のことも——。

そう思い至って、弘基はふと思考を止める。ま、そりゃねーか。アイツは美和子さんが残してった、でっかい置き土産みたいなもんだしな。

そしてそのでかい置き土産は、最近少し様子が変だ。暮林がいなくなったせいかとも思ったが、どうもそれだけではなさそうだ。何しろその少し前から、耳栓をするようになっている。あれは何かのまじないなのか？

しかもやって来た従姉妹の前でも、どうも態度が妙なのだ。一言えば十で返してくるような女なのに、なぜか従姉妹にはまるで反論しない。借りてきた猫のように、おとなしく言うことを聞いてやったりしてもいる。なんていうか、まったくアイツらしくねーんだけど。

それに、ヤギ公園——。その公園のことを、希実は覚えていないはずだ。何しろ彼女は子ども時代の記憶を、一部失くしているのだ。だからいつかの遠い昔、弘基とそこで会っていたことも、まったく覚えていないはずなのだ。

しかしその公園で、希実は昔とまるで同じ行動に出た。ベンチから立ち上がった弘基の服の裾を、行くなとばかりに摑んでみせた。——アイツ、無意識にやったのかな？　以来弘基は、しばしば考えている。無意識だとしたら、ちょっとマズくねーか？　記憶が勝手に、戻りかけてるってことじゃ……？

忘れていた記憶が戻れば、希実は苦しむことになるかも知れない。そんなニュアンスの話を、弘基はトンチキ医者から聞かされている。トンチキの言葉がどこまで正しいのかはわからないが、しかし美和子の残していったものならば、守り切らなければならないとも思っている。

失いたくはないのだ。大切な人が集うこの店も、屈託なく笑うようになった希実も——。

＊　＊　＊

去年の納涼祭後もそうだったように、その日のブランジェリークレバヤシは臨時休業となっていた。そしてやはり去年と同じく、店の大人たちは納涼祭打ち上げに参加、ほろ酔い加減で店に帰還したのである。

おーい、希実〜、沙耶〜、もう帰ってんだろ〜？　ほ〜ら、土産だぞ〜、焼きそばだぞ〜。顔を赤くしてへらへらのたまう弘基の傍らで、ソフィアもほんのり頬をピンク色に染め、キャピキャピ声をあげる。アタシからもお土産よ〜。オジサマたちに、色々もらっちゃったの〜。綿菓子でしょ〜、リンゴ飴でしょ〜、お面でしょ〜。いっぽう弘基と肩を組んだ斑目は、ほわんと遠くを見詰めにやにやしていた。いやー、売れたねー！　パン売れたねー！　あー、俺も売れたいなぁー。そんななんとも楽しげなご一行に、遺憾ながら希実はびっしゃり冷や水を浴びせることになったのである。

「あのー。みなさんに、折り入ってお話があるんですけれども――」

イートイン席に座る一同を前に、希実は隣に沙耶を従え切り出したのだ。

「……妊娠、してるんだって」

ただしもちろんというべきか、一同の反応は鈍かった。彼らはテーブルに突っ伏したり、頬杖をついたりしながら、へらへら笑って返してきたのだ。ああ？　なんの話だよ？　わかった、あれだ？　豆腐屋のワンちゃんが妊娠したっていう……。へえ、あのお宅のトイプードルちゃんが？　それで希実は、傍らの沙耶に手を向け答えたのである。

「――いや、こちらの沙耶ちゃんが、妊娠してるんだって……」

　その後、少なくとも十五秒間は沈黙が続いた。無理もない。希実だって、先ほどその告白をかまされた後は、冷静さを取り戻すのに三十分程の時間を要した。だから彼らが混乱しつつ、長らくあわあわ叫び続ける姿も、ちゃんと温かく見守ることが出来た。なっ⁉　妊娠っ⁉　沙耶ちゃんがっ⁉　ええっ⁉　ちょ、ちょっと、よくわかんないんだけど！　ああ、全然飲み込めない！　ゲホゲホゲホッ！　おい！　斑目、大丈夫か⁉　の、飲み込めなさ過ぎて、喉が……。おい、希実、水！　ゲホゲホ！　み、水を……！

最後のほうはほとんど阿鼻叫喚《あびきょうかん》のようになっていたが、水を出してやると彼らも若干冷静さを取り戻し、ようやく事の認識に努めはじめたのだった。そうか、妊娠か……。なるほどね、どうりでよく寝るな～って……。ああ、レモンもやたら食ってたしよ……。ごはんも、ものすごく食べてたよね……？　各々そんなことを沙耶に確認し、なるほど、と硬い石ころをようやく飲み込んだような、やや複雑な表情を浮かべていた。なるほど、妊娠――。

　さらに言えば、くだんのお腹のでっぱりも、単なる幼児体形などというものではなく、妊娠による腹部の膨らみであったらしい。

「……今、四ヵ月です」

だぼだぼのジャージのうえから、沙耶がお腹に手をやり言ってみせる。そう言われて見てみれば、やはりかなりはっきりと、お腹のあたりだけが膨らんでいる。その様子に、一同は静かに息をのむ。出てるな……。出てるね……。赤ちゃんが、いるのね……？

そしてその段でようやく、弘基が怪訝そうに訊いた。

「つーか、妊娠がわかったのはいつだよ？　もしかしてここに来た時にはもう……？」

その問いに、沙耶はこっくりと頷く。そして消え入りそうな声で続けたのだった。

「……広島を出る時には、もうわかってました。今まで秘密にしとって、ごめんなさい……」

しょぼんと背中を丸め詫びる沙耶に、一同は困惑の表情を浮かべ顔を見合わせる。こんなにしょげ返られては、そう責める気にもなれないのだろう。だからか弘基も、ただ困ったような顔でまた訊いたのだ。

「まあ、謝られるようなことでもねーけどよ。でも、なんで今まで黙ってたんだよ？」

すると沙耶は、少々弱ったような表情を浮かべ、傍らの希実を見あげた。そんな沙耶の態度に、希実はなんとなく彼女の苦渋を察し、仕方なく代わりに答えてやる。

「――ここにいるのは、私以外みんな他人だし、信用が出来なかったんだって」

端的に返した希実に対し、弘基たちは、ん？　と顔をしかめる。信用って……？　何がだよ？　受けて希実も渋々返す。だから、他所《よそ》でそのこと喋られたり、情報を売られたりしたら、困るってこと。そんな希実の発言に、斑目は不思議そうに首を傾げる。何だい、それ？　もしかして沙耶ちゃんの妊娠て、人に知られちゃまずいことなの？　そう問われた沙耶は、どこか覚悟を決めた様子で頷いた。

「私、元彼に命を狙われとるって、前にお話ししたと思うんですけど……。でも実は、狙っとるのは元彼じゃなくて、他の人かも知れん……」

そこまで言って沙耶は、また希実を見あげてきた。おそらく、言い出し辛いという意味合いなのだろう。私が話したって、容疑者が変わるわけでもないのに。希実はそんなことを思いながら、やむを得ず沙耶の話を引き受けてやる。まあ、恋人の家族のことは、極力悪く言いたくないのかもだしなぁ。

「実は沙耶を狙ってるの、村上くんのお母さんかも知れないんだって」

希実の言葉に、再び一同は目を丸くする。えっ⁉︎　村上くんて、沙耶ちゃんの恋人のっ⁉︎　アイツのお袋が、なんで、沙耶を……？　だから希実は、話していいんだよね？　と沙耶に確認を入れる。すると沙耶はこっくりと頷き、希実に話の舵《かじ》を取らせた。……お願い、します。それで希実は一同に、先ほど沙耶から聞いたばかりの、ちょっとひどい話をはじめたのだ。

「話は、広島時代に遡《さかのぼ》るんだけど——」

沙耶が妊娠に気付いたのは、初夏の頃だったらしい。その時期、元彼に復縁を迫られ困っていた沙耶は、だからそのことを彼に打ち明けた。そうすれば諦めてもらえると、少々単純に考えていたのだ。しかし結果は、彼の怒りに火をつけただけで、彼の付きまといはエスカレートしたのだという。

「お前を殺して俺も死ぬ！　的な？　そんな感じだったらしくて。しかも、本当に危ない目に遭いはじめて？　それで慌てて、村上くんと一緒に上京した、と」

ちなみに本来の予定では、もう少し村上少年の状況が整ってから、東京に向かう手はずだったそうだ。何しろ相手は高校生。妊娠がわかったからといって、右から左で結婚出来るわけがない。親の説得、進路の変更、住居、資金、等々、当然問題は山積していた。

そんな希実の説明に、弘基たちはうんうんと頷く。まあ、そらそうだわな。父親が高校生じゃねぇ……。するとそこで、沙耶が口を開いた。どうやらそこは、自らちゃんと言いたかったらしい。

「でも村上くんは、ちゃんと親御さんを説得してくれとって……。どうしても向こうが許さんのだったら、高校辞めてすぐ働き出すって言ってくれとったんです……。親には、縁を切られてもかまわんって……。それは、上京してからも同じで……」

受けて斑目が感心したような声をあげる。若さ故《ゆえ》のパッションだなぁ。それには希実も同意してしまった。確かに情熱的な話だ。けれど若い彼らの行く手には、そんな情熱を上回る、更なる熱情があったのである。

希実の説明は続く。

「……それでひとまず、ビジネスホテルに泊まってたって話は、こないだ沙耶がした通りなんだけど。そこからが、ちょっと話が違ってて……」

すると沙耶はまた俯いてしまう。あまり思い出したくない話なのかも知れない。しかし希実は構わず言い継ぐ。何しろこんなところで怯んでいては、守るべきものなど守れるはずがない。

「どうも東京に着いてからも、おかしなことが続いたみたいなんだよね。コンビニで買い物してるとこ、誰かに見張られてたり。尾行されてるかもって思って逃げたら、案の定追いかけられちゃったり……」

追ってきたのは見知らぬ男たちで、だから沙耶は最初、元彼の差し金かと疑ったそうだ。しかしよくよく考えれば、彼は一介の大学生でしかなく、見知らぬ大人を使ってまで、沙耶を追い回すとは考え辛かった。

それで沙耶は、村上少年に相談してみたのだそうだ。なんでか東京でも、人に追われたりするんじゃけど……。すると村上少年は、顔を青くし告げたらしい。それ、うちの母が、やってることかも――。

「村上くん、沙耶の居場所を、親御さんに教えてなかったんだって。今の段階で会わせたら、沙耶に何を言い出すかわからないって。それで、沙耶の居場所を探ってたんじゃないかって……。向こうの親御さん、結婚には強固に反対してたみたいで……」

希実がそう言い淀むと、斑目が疑問の声をあげた。

「でも、それは少年の推論でしょ？　本当に親御さんが、そんなことしてたのかい？」

しかし希実は苦く頷く。

「確かに、推論なんだけど。でもやっぱり、お母さんの差し金だと思われるんだよね」

何しろ沙耶の話によれば、村上少年の母というのは、どうも人並み外れた性格の女性のようなのだ。

「こないだ沙耶、村上くんが急にいなくなったみたいに言ってたでしょ？　だから、自分は、捨てられたんだと思ったんだって……。でもアレって、嘘だったんだって」

希実の言葉に、弘基とソフィアが、えっ!?　と目をむく。そうだったの？　お前、なんでそんな嘘……？　しかし沙耶は、やはり黙ったままだった。しっかり俯き唇を噛み、毛のない眉毛を力いっぱい寄せている。どうやらまだ、だんまりでいくつもりのようだ。それで希実は息をつき、またその先を続けたのだった。

「本当は村上少年、いなくなったんじゃなくって、さらわれたんだって。お母さんの、差し金で――」

それは、沙耶が宿泊していたホテルの前で起こったそうだ。沙耶がコンビニから戻ってくると、ホテルの前で数人の男たちが何やら揉み合っていた。その真ん中にいたのが村上少年で、彼は男たちに向かい、抵抗しながら叫んでいたようだ。放せ！　母の指図は、受けない！　しかしそんな言葉も空しく、少年は男たちに腕や背中をあちこち摑まれ、そのまま駐車してあった車の中に、無理やり押し込められたそうだ。

その現場を目撃した沙耶は、すぐに理解したのだという。ああ、そうか。村上くんのお母さんは、力ずくでも私たちを許さんつもりなんだ――。

最悪の事態はさらに続いた。ホテルのロビーに沙耶が向かうと、部屋はすでにチェックアウト済みで、つまり沙耶が戻れる場所はなくなっていた。しかし途方に暮れてもいられなかった。少年を取り押さえていた男のうちのひとりが、ホテル内へと戻ってきたのだ。狙いは自分なのだろうと、もちろん沙耶は察して逃げた。男もそんな沙耶に気付き、すぐ追ってきた。

しかし身重《みおも》の沙耶が逃げ切れるわけもなく、彼女はホテルの駐車場で、あっさりと捕まってしまった。

「……沙耶が抵抗しようとしたら、その男、子どもに障るぞって言ってきたらしい。それでおとなしくしたら、本当に妊娠してるのかって、ちょっと驚かれたみたいで……」

男は自らを、村上少年の叔父だと名乗ったそうだ。そして沙耶をまじまじと見回し、こんなガキみたいなのが、よく子どもなんて作れたもんだ、と忌々《いまいま》しそうに言ったらしい。うちの甥っ子も、どういう趣味してるんだかな？　けっきょくその叔父からは、隙をついてどうにか逃げ果《おお》せることが出来たが、それでも連れ回された間に、だいぶ嫌なことを言われたようだ。

希実のそんな説明に、弘基が舌打ちをして顔を歪める。

「――んだよ、それ。じゃあマジで村上の母親が噛んでんのかよ？」

その問いかけに、希実も苦く頷く。

「噛んでるどころか、指示を出してる張本人がお母さんだったみたい」

そして沙耶も、それを自覚してしまったからこそ、もう誰も信用してはいけないと、自分に言い聞かせるようになったらしい。

何しろもし自分が妊娠していると知られて、しかもそれが村上少年の子だとわかってしまったら——。心ない人間なら、自分の居場所を村上母に売りつけに行く可能性もある。彼女はそんなことまで想定して、だから妊娠についてはひた隠しにしたのだ。村上少年が恋人であることについても、可能な限りは秘密にしておきたかった。安田を恋人と偽っていたのにも、そういう理由があったのだ。

沙耶はやはり、うなだれたままだった。希実はそんな彼女を横目に、思わず薄く唇を噛む。何しろこれから口にしようとしているのは、あまり気分のいい話ではないのだ。それでもみんなに話して欲しいと、言ってきたのは沙耶なのだ。ひとりで抱え込んでても、どうにもならないってわかってきたし……。このお店の人たちなら、信頼できるってわかってきたから——。それはたぶん彼女なりの、決意の一歩なのかも知れない。だから希実も口を開く。どうにも気分の悪い話を、敢えて口にしてみせる。

「叔父さん、沙耶に言ったらしいの。妊娠なんかして、うまく甥っ子を誑《たぶらか》したつもりかも知れないけど、うちの財産はお前には渡さない。結婚も認めないし、もちろん子どもの認知もしない。母親もそう言ってるって……」

受けてソフィアが眉をひそめる。うちの、財産……？　その呟きに、斑目も乗じる。う、うん。さっきから、なんか話がでかいけど……。その村上少年て、いったい何者なのさ？　それで希実は眉をあげて答えてみせた。

「村上少年は、単なる高校三年生。だけどお母さんのほうが、美容関係の会社をいくつもやってる女社長らしくてさ」

その答えに、斑目は妙に納得したような表情を浮かべた。ああ、なるほどねぇ。いっぽう弘基やソフィアのほうは、若干辟易《へきえき》した様子で頷いている。ああ、それで財産。それで息子を拉致監禁かよ……。そんな彼らの反応に、希実も小さく息をつき、なんとも言えない気分で続ける。傍らの沙耶は、心なしか少しだけ顔をあげている。

「まあ、金持ちの考えることは、よくわかんないけど。でも、渡したくないくらい、お金があるってことなんじゃないの？　それで沙耶のこと、財産目当てみたいに言ってきたんだよ」

すると沙耶は、絞り出すように言ったのだった。

「……でも、違うんです」

そうして、溜まっていた水がこぼれ出すように、打ち明けた。

「私、村上くんが、そんなおうちの子だって、知らんかったし。ただ、好きで、一緒におりたいって、思うようになっただけだし。財産とか、やらん言われても、別にそれでええし。ただ、この子を、産ませて欲しい、だけなのに――」

お腹に手をやりながら、沙耶は苦しげに顔を歪める。おそらくその時のことを、思い出しているのだろう。

「あの男の人、言ったんです。子どもに相続権がいくようなことは、絶対させないからなって。どんな手を使っても、そうするって。うちの姉は、言ったら必ずやる人なんだって……」

そしてそのまま、まるで悪いものを吐き出すようにして言ったのだった。

「それ聞いて、私、わかったんです。この人たちは、この子が生まれたら、困るんだって。それで、思い出したんです。広島におった時、危ない目に遭うようになったんは、村上くんに、妊娠のこと伝えてからだったって——」

沙耶のその言葉に、弘基たちの表情にもわずかな緊張が走る。んだよ？　それ……。それって、つまり……？　沙耶の小さな唇は、わずかばかり震えている。希実はその唇を前に、小さく息をつき言ってしまう。

「要するに、沙耶の命……いや、この場合は子どもの命って、言ったほうがいいのかも知れないけど。それを狙ってるのは、元彼じゃなく……」

ただし本当のことを言えば、希実の唇だって震えていた。しかし、気付かれないように続けたのだ。

「——本気の本気で、村上くんのお母さんかも知れないってことです」

希実がそう言い切ると、弘基たちはだいぶ衝撃を受けた様子で、さすがに黙り込んでしまった。

いっぽうの希実は、そんな一同を前に静かにひと息ついた。何しろ沙耶と話し合って、そこまでは伝えようと決めていたのだ。言うべきことを言い切って、一同の反応を待とうというひと息でもあった。

そう、言うべきことは言ったのだ。だから傍らの沙耶が、黙り込んでいる一同を前に、再び口を開きはじめたのにはだいぶ面喰らった。

「……じゃけぇ、私、決めたんです」

は？　何を？　とその隣で身じろぎしたほどだった。しかし当の沙耶のほうは、ハッキリと覚悟を決めた様子で、唐突に宣言してみせたのである。

「――私、シングルマザーになろうと思うんです……！」

その言葉に、弘基たちは、しっ!?　と叫んだ。だが希実はひとり、きっ！　と漏らしてしまっていた。続く言葉はもちろん決まっていた。きっ、聞いてないし、それ！

「わっけわかんない！　なんなのよっ!?　シングルマザーって!!」

夜更けのイートイン席で、希実は弘基の土産である焼きそばを頬張りながら叫んだ。

「だいたい、なんでそもそも先に言わないの!? 妊娠してること、ひとりじゃ皆に説明し辛いから、一緒に言ってなんて頼んどいて！ なんで一番言い辛そうなこと、最後の最後にひとりでペロッと言っちゃうわけ!? もう、わっけわかんない！」

焼きそばを頬張る傍ら、ソフィアの土産の綿菓子、リンゴ飴にもかじりつく。がぶり！ 完全にやけ食いである。なんなのよ！ もう！

目の前の弘基はそんな希実を前に、そういうことは、沙耶がここにいる時に言えよ、と呆れ顔を浮かべている。しかし希実には言えないのだ。沙耶を目の前にすると、小さい頃の自分が首をもたげて、やはり怯んで黙ってしまう。だから希実は、その反動のように弘基に言い返す。なによ！ 弘基だって、妊婦だからって沙耶に甘い顔しちゃってさ！

希実の怒りの矛先《ほこさき》は、もちろんと言うべきか先の沙耶の発言だ。シングルマザーになろうと思うんです。その唐突な発言に、希実は虚を衝かれ呆然とし、我に返ってうろたえて、あわあわしながら言い出したのである。ちょ、ちょっと、待った、沙耶……。怒鳴ったり摑みかかったりは出来ないが、しかし質問くらいは出来るのだ。それで柔らかく訊いてしまった。あの、その、シングルマザーって、それ、どういう……？

しかしその優しさがよくなかったのか、沙耶はごく当然のように返してきたのである。

じゃけぇ、ひとりで産んで、ひとりで育てるゆうことよ？　おかげで希実は心で叫んでしまった。わかってるっつーの！　こっちは、どういうつもりでそんなこと言ってんだって、そのあたりを訊いてんでしょうが！　だがそうは言えない希実は、どうして？　と困り笑顔で訊くしかなかったのだ。どうして、シングルマザーになろうなんて……？

するとと沙耶は特に気負った様子もなく、淡々と理由を挙げ連ねた。それは、村上くんちの事情っていうか、物語の続きみたいになるんは嫌だし。あと、律子おばさん！　律子おばさんがやってきたことなら、きっと私にも出来ると思うし。律子おばさんて、うちの親よりずっといい顔しとったし――。

だが希実のほうは、内心その屈託ない物言いを論破し続けていた。物語の続きってなんだそりゃ？　意味わかんないし！　しかも、母がやったから私も出来るって、それうちの母なめ過ぎ！　あと、あの人がいい顔に見えるのは、化粧がうまいだけだから！　スッピンひどいから！

けれど当の沙耶はといえば、そんな希実の心の叫びに気付くこともなく、あらかたの告白を終えてしまうと、ずいぶんすっきりした様子で言い出したのだった。

「色々聞いてもらって、ありがとうございました。今日はもう疲れたし、お腹の子に障るかも知れんけぇ、もう寝ます。おやすみなさい」

妊婦の印籠《いんろう》、お腹の子に障る、を出され、意見出来る者は当然いなかった。それで弘基たちは、どうぞどうぞと実に物わかりよく沙耶を二階に促したのである。色々気付かなくてごめんね！　確かに、お祭りの後で疲れてたわよねぇ？　クーラーで寝冷えすんなよ！　あの、じゃ、おやすみなさい……！　そしてその後、希実の怒りのやけ食いがはじまったというわけだ。

「――しかも、甘いんだよ！　あの子は！　なんだかんだでお嬢さん育ちだから、現実が全然見えてない！　そりゃ、若いうちはいいよ？　うちの母もどうにかなってたし。でも先々、体壊すことだってあるし、年取ったなんて理由で時給さげられたり、クビにされたり店潰れたり、もう色々あるってのに……！」

言いながら焼きそばを平らげる希実に、ソフィアもしみじみ頷いてみせる。まあねぇ。でもそういうのって、見聞きしないと実感わかなかったりするのよね～。そんなソフィアの物言いに、弘基はしれっとかぶせてくる。だから、希実が言ってやりゃあよかったんだよ。沙耶の考えは甘《あめ》ぇって。それで希実は、綿菓子に顔を埋めながらうめくように返す。だからあの子の前だと、言いたいことが言えなくなるんだってば……！

斑目がふと疑問を呈してきたのは、そんな頃合いだった。

「……でも、なんでシングルマザーなんだろう？」

彼は見えないパズルのピースをはめようとするかのように、宙に手をやりながら呟き出したのだ。

「村上少年は、親に縁を切られてもかまわないって、言ってたっていうし。沙耶ちゃんだって、財産はいらないって言い切ってた。だったらふたりで、親の目の届かないところに逃げればいいだけの話じゃないかな？　親子三人で生きていくという選択肢のほうが、シングルマザーを選ぶより、遥かに自然な流れに思えるんだけど……」

そんな斑目の発言に、希実は若干の冷静さを取り戻し、そういやそうだね、と頷き返す。うっかり発言そのものに憤っていたが、確かに落ち着いて考えてみれば、シングルマザーという選択はそもそも妙だ。それは弘基やソフィアも同じだったようで、ああ、そういえば……。言われてみりゃ、そうだよな……。と納得の表情を浮かべている。

……なんで、敢えてシングルマザーなんだ？

そうして一同がそれぞれ考え込んでいた最中、ソフィアが何か思い出した様子で、小さく声をあげたのである。

「――そういえば沙耶ちゃん、さっき物語の続きがどうとかって、言ってたわよね？」

その問いかけに、希実は頷き返す。ああ、うん。なんか、物語の続きみたいになるのは嫌だとかって……。するとソフィアは頬に手を当て、じゃあやっぱり、眠り姫のこと、言ってるのかしら……？　などと言い淀む。でも、続きっていうのが……。

なんでもソフィアの話によると、沙耶は自らの境遇のことを、眠り姫になぞらえていたそうなのだ。

「悪い呪いにかけられて、ずっと眠らされてたって……。沙耶ちゃん、そんなふうに言ってたのよ。だから、物語っていうからには、眠り姫のことかと思ったんだけど……。でも、眠り姫に続きなんてないものねぇ？」

　そんなソフィアの説明に、希実も頭をひねってみたが、しかし眠り姫の続きなどというものには、まるで思い当たる節《ふし》がなかった。それでそのまま言おうとしたのだ。そうだね、ちょっと意味がわからないかも……。しかし希実が言うより早く、斑目が小さく叫んでみせた。

「わかった！　眠り姫の続き！　ああ、なるほど、そういうこと……。確かに状況は、リンクしてるもんねぇ……」

　突如ひとり納得しはじめる斑目に、一同はすぐさま食いつく。え？　何？　何かわかったの？　教えろよ、斑目！　そんな皆の反応に、斑目は少々困惑したような表情を浮かべる。え？　でも……。これは、単なる俺の推理でしかないし……。

　しかし一同は、それでもいいから！　お願い！　と詰め寄った。すると斑目は、そーお？　などとまんざらでもない顔になり、じゃあ、話しちゃおっかな？　とついに切り出したのである。あくまで、あくまで俺の推理だけどね――。

　斑目がまず持ち出してきたのは、眠り姫という物語の概要についてだった。

「眠り姫っていうのは、眠れる森の美女とも、茨姫《いばら》とも呼ばれてる。そもそも民話がベースになってるから、物語には色んなパターンが存在してて、一般的に知られてるのは、グリム版のものになる。それだと、目覚めたお姫様が王子様と結ばれて、物語はそこで終わる」

　斑目の説明を聞きながら、希実はうんうんと頷く。何しろ希実が知っていたのも、そのパターンの物語だったのだ。寝て起きてハッピーエンドとは、だいぶお気楽なお姫様だなと、読んだ当時に思ったような記憶がある。

　しかし斑目の話によると、そのエンディングからさらに物語が続くバージョンも存在しているのだという。

「それが、ペロー版、眠れる森の美女なんだ。そっちの話でも、お姫様は目覚めて、ちゃんと王子様とも結ばれるんだけど――。そっからまた長い話が続いてね」

　言いながら斑目は、ケホンと咳払いをしてみせる。おそらくここからが本題なのだろう。斑目は一同を見渡しながら、それでね、と言葉を継ぐ。

「王子は姫との間に子どもをふたり授かり、幸せな日々を送るようになる。でも王子は、自らの父である王や、母である王妃に、姫や子どもたちの存在を隠し続けるんだ」

そんな斑目の説明に、希実は少々嫌なものを感じてしまう。何しろ物語の状況が、沙耶の現状と少しダブっているように思えたのだ。それは弘基たちも同じだったのだろう。彼らは眉をひそめながら、斑目に疑問を投げかけていた。つーか、なんで隠すんだよ？他に許嫁《いいなずけ》でもいたってわけ？

しかし斑目は首を振り、もっとグロいよ、と苦く笑った。そして静かに続けたのだ。

「王子が姫たちを隠したのは、母である王妃——実は継母《けいぼ》なんだけど、その母が、人喰いの種族だっていう噂があったからなのさ。だから王子は、母に姫や子どもを襲われないよう、強く警戒してたんだよ」

だから希実たちは、思わず顔を見合わせてしまった。人喰い？母親が……？そしてコソコソ言い合う。けどさすがに、村上の母親は人を喰ったりはしねーだろ？しねーけど、沙耶ちゃんの命は、狙ってるのかも知れないわけよね？それが人喰い？ある意味そうでしょ。てゆうか、やっぱ話と現実が似ててキモいんですけど——。

すると斑目は、ここからは似てないから大丈夫だよ、と前置きし話を進めたのだった。

まあ、グロはグロだけどね。でもそこはペローチ氏だから。

姫と子どもを隠したまま暮らしていた王子は、父の死去に伴い王位を継承。そうして姫や子どもを公にしなくてはならなくなる。おかげで王太后となった人喰い母にも、彼らの存在が知られてしまう。そこまで話して斑目は、苦く笑って言い足した。

「ちなみに作者のペローって人は、元々残虐な物語を書く傾向にあるんだ。他の話でも人喰いや殺人鬼が出てきたりするし。でもまあ、童話って元は口伝の民話だし。そこにある残虐さは、人間の本質に近かったりもするんだよね。良くも、悪くも――」

斑目のそんな注釈通り、眠り姫の作中でも、やはり残虐な展開ははじまる。姫や子どもの存在を知った人喰い、もとい王太后が、彼らを食べてしまおうと行動に出るのだ。

ただし周囲の人々の協力により、姫も子どもも九死に一生を得る。そして自らが人喰いであると王子にバレた人喰い母は、逆上し姫たちの目の前で自ら命を絶ってしまう。

かくして姫と子どもの命は、救われたのである。めでたしめでたし。めでたし――？

そこまで聞いたソフィアは、めでたしでいいのよね？　と確認を入れる。人喰い母が蘇るとか、亡霊になって呪いをかけてくるとか、そういう展開はないのよね？

すると斑目は、ああ、それは大丈夫、と告げたのだった。人喰い母は、そこで間違いなく死ぬ。しかしそう言い切ったのち、ただ自死という形で、残してはいったのかもね、と小さく付け足した。

だから希実は訊いたのだ。何？　何を、残していったの？　受けて斑目は、なんとも言えない表情で続ける。うーん、新しい呪いの棘、かなぁ？　もちろん希実は、意味がわからず首を傾げる。へ？　何それ……？　すると斑目は、苦く笑って続けたのだった。

「確かに、人喰い母は死ぬんだけど。王子はそれでも、彼女の死をちゃんと悲しむんだよね。彼女はそれでも、母親だったから——」

斑目のその語りに、店内は一瞬シンとなる。いっぽう黙り込んだ一同を前に、斑目は少しおどけた様子でお手上げのポーズをしてみせる。

「……母親っていうのは、中々に複雑な存在だってことだよね。恐ろしくもあり、不可解でもあり、なのにその繋がりから逃れることもできない」

そうして斑目は、沙耶の心境を改めて推理してみせたのだった。

「だから沙耶ちゃんとしては、村上くんのお母さんから逃げたくもあり、村上くんの気持ちを慮《おもんばか》ったところもありで——。結果ふたりから離れて、シングルマザーでやっていくっていうのが、正解に思えたんじゃないのかな……？」

あくまで俺の推理だけど——と斑目は前置きをしたが、しかし一同はその発言に概《おおむ》ね納得していた。そしてそのうえで、村上家について調べてみようという話になったのだ。

「アイツの母親が、なんかヤベーってことはわかったけどよ。父親の話は出てこねーし、村上自身が何考えてんのかもわかんねーし。つーか、まだ親に自宅監禁されてっかもしれねぇんだろ？　全く状況が見えねぇっつーのもなんだからよ」

とはいえ、けっきょく斑目が調査をすると決まっただけの話だが――。

当の斑目はといえば、原稿も一段落してるし、けっこう興味深そうな親子関係だから、頼まれなくても調べたいくらいだよ、とほくほくの笑みを浮かべていた。まったく頼れる変態である。

「……まあ、それでちょっとは状況が摑めりゃ、こっちも動きようはあんだろ」

だが弘基がそんなふうに言った矢先、物語は動いてしまったのである。つまり人喰い母のほうが、呼んでもいないのにやって来たのだ。


その日希実は、いつもより早く図書館をあとにした。

朝から降り続いていた雨が、夕方過ぎから勢いを増すと、天気予報で言っていたからだ。確かに外に出てみると、午前中より雨雲の色が濃くなっているように感じられた。風も出てきて、これからの荒れ模様を思わせた。

店へとひとりで帰った希実は、もちろん耳栓をしていた。黄緑色の釣り鐘形。雨の日にそれをつけて歩くのは、希実にとってもうすっかり違和感のないものになっていた。

しかしやはり、ちゃんと音は阻《はば》んでいるのである。ブランジェリークレバヤシの前に着き、傘をたたみそのままドアに手をかけた希実は、自分が耳栓をしていた事実を思い知らされた。何しろ突然、背後から赤い爪に肩を摑まれたのだ。

「え……っ!?」

驚いて振り返るとそこには、自分より背の高い女が、真っ赤な傘をさして立っていた。希実も上背があるほうだから、相手もずいぶんな長身といえる。年齢は三十代半ばから、四十代前半あたりだろうか。美人だが顔に険がある。眉毛がひどく吊り上がっているのは、顔立ちの問題なのか、あるいは怒りをたたえているからなのか。柔らかな雰囲気のクリーム色のスーツや、優しい風情を漂わせた茶色いボブスタイルが、その眉毛により完全に印象を相殺《そうさい》されている。なんというか、ただただキツイ。怒っているのか？　と希実が見詰め返すと、グロスで光った唇が動き出した。

「あなた、いい度胸ね？　人のこと無視して……!」

どうやらやはり怒っているようだ。くぐもって聞こえるその声に、希実は慌てて耳栓をはずす。

「——あ、ごめんなさい。ちょっと耳塞いでて……」

そんな希実の行動に、女は怪訝そうにぎゅっと眉根を寄せる。しかしひとまず、希実が無視をしたわけではないと気付いたようで、耳栓を確認すると少しだけ表情を和らげた。ただし、文句は言われたのだが——。

何？　どうして耳栓なんて？　責めるように言われたので、希実は苦く返す。まあ、色々とあって……。しかし答えながら思っていた。てゆうか、誰？　しかし向こうは希実を知っていたようで、まあいいわ、と小さく呟いたのち、ふいに微笑み告げてきた。

「……あなた、篠崎希実ね？」

その問いかけに、希実は一応素直に頷いておく。あ、はい……。しかし心では思っていた。なんで呼び捨て？　なんで私のこと知ってんの？　てゆうか、ホント誰なの？

すると女は、希実を値踏みするかのように見回して、ふうん、と頷き出したのだった。

「その制服、桜ヶ原高校のね。意外とちゃんとしてるじゃない。あの女の従姉妹だっていうから、どんなのが出てくるかと思ってたけど——」

そんな女の物言いに、希実はかすかに後ずさる。何しろ彼女が何者であるか、その段階でなんとなく察しがついてしまったのだ。すると女のほうも、希実の態度の変化に気付いたのか、底意地の悪そうな笑みを浮かべ言ってきた。

「嫌ね、怯えたような顔して。安心なさいな。別にあなたを、取って食おうなんて思ってないから」

取って、食おう？　その単語に、希実は思わず息をのんでしまう。なんというか人喰い母に、相応しい言葉のように思えてしまったからだ。しかし女のほうは悠然と、赤い爪で顎に触れながら言ってきた。

「あたし、村上良子《りょうこ》です。村上淳也の母親の――」

告げてくる彼女に、わかってます、と希実は答えそうになる。何しろそのビジュアルは、人喰い母である王妃《おうひ》を彷彿とさせなくもない。そうしてやって来た赤い爪の王妃は、ぎゅっと希実の肩を掴み、静かに耳元で囁いたのだった。

「篠崎沙耶を出しなさい。あなたを悪いようにはしないから」

反対側の耳からは、雨音が流れ込んでくるかのようだった。


店内にも雨の音は響いていた。

先ほどよりどうも雨脚が強まっているようだ。その音が不快で、希実はしきりに耳に触れる。フラッシュバックがこないよう、耳の周りでわざと音を立てていたのだ。そしてそうしながら、目の前の村上母にチラチラと目をやっていた。

彼女は優雅にコーヒーを飲みつつ、自ら選んだザクロのデニッシュを口に運んでいる。なんか喋りなさいよ、と希実は思うが、彼女は飲食中は話をしない主義なのか、黙ったまま悠然とデニッシュにかじりついている。

そのマイペースぶりには、希実の傍らの弘基やソフィアも、ずいぶんな呆れ顔を浮かべている。当然だ。何しろ彼らは仕込みの手を止め、わざわざイートイン席に来ているのだ。

ちなみに沙耶はここにはいない。なんらかの僥倖《ぎょうこう》か、彼女は現在バベ美さんに連れられ、マタニティーヨガの見学に行っているというのだ。なんでも浴衣の回収に来たバベ美さんが、沙耶の妊娠を確認するなり、よかったらいらっしゃいよ〜、と誘ったらしい。姉がやってる教室なんだけど、経産婦がゴロゴロいるし。うちの姉も四児の母だし？色々話が聞けると思うわよ〜？　それで沙耶もウィッグを装着、眉毛もちゃんと描いて出かけていったのだそうだ。

運のいい奴め——。希実はそんなことを思いつつ、目の前の村上母をじっと見詰める。彼女はザクロデニッシュを頬張りつつ、うっとりとした恍惚《こうこつ》の表情で咀嚼している。その満ち足りた様子を前に、やはり希実は人喰いを連想してしまう。何しろザクロは血のように赤く、彼女の爪も同じく赤いのだ。まるで指先が、血に染まっているように見える。まるでうっとりと、人の肉を食べているようにすら——。

「——ごちそうさまでした」

希実が慄然と見守る中、彼女はごく満足げに手を合わせ、小さく頭をさげてみせた。大変、おいしゅうございました。そして口元をナプキンで拭いながら、興味深そうに言ってきたのである。

「真夜中営業のパン屋だなんていうから、物好きがお遊びでやってるお店なのかと思ってたのに。ずいぶんいい味出すじゃない？　なんで昼間にやらないのよ？」

思いがけないような村上母の言葉に、けれど弘基は憮然としたまま返す。

「……真夜中営業は、オーナーの奥さんの遺言みてーなもんなんだよ。元々彼女が、この店をやるはずだったから……」

すると彼女は赤い爪を頬に添え、ふうん、と頷き愉快そうに笑った。なんだかちょっといい話ね。男が女の我がままを、ちゃんと叶え続けるって――。あたし、そういうの嫌いじゃないわ。

そうして彼女は残っていたコーヒーを飲み干すと、そろそろ本題に入らなきゃね、とハンドバッグの中から封筒を取り出した。そしてきわめて事務的に、それをテーブルに置いたのである。

「五十万円入ってます」

言いながら彼女は、封筒を希実のほうへと滑らせてきた。白い封筒に添えられた指先は、やはり赤い血を連想させる。彼女は封筒を希実の前にまで寄せると、すっとその手を離し言い継いだ。

「篠崎沙耶に渡してください。直接会って話したくて、部下に追わせたりもしたけれど、逃げ足の速いお嬢ちゃんに振り回されるのは、こっちもううんざりなの。だからこれでケリをつけましょ？　これが、こちらの出来る許容範囲です」

にわかには理解しがたい彼女の言葉に、希実は、え？　と眉根を寄せる。出来得る範囲って？　そんな希実の呟きに、村上母は当然のごとく言ってきた。

「産むにしろ堕ろすにしろ、ここまでがうちの許容範囲だって言ってるの。これだけあれば、妊娠中期の中絶でも足りるはずだから。ただし、やるなら早くなさいと伝えてね。子どもが大きくなれば、母体への負担も大きくなるし」

淀みなく語る村上母に、希実はもちろん目を見開く。何を、言ってるんだ？　この人は——。そんな希実の傍らで、腕組みをした弘基が冷ややかに切り出す。

「要するにアンタ、ガキは堕ろせって言いに来たのか？」

するると村上母は楽しげに笑って、別にそうは言ってないでしょ？　と髪をかきあげ続けたのだった。

「でも、そうするのが賢明かも知れないとは思うわ。だってこちらはこれ以上のことをする気はないし。子どもを産んだところで、認知をするつもりもない。もちろん息子とそちらの従姉妹の結婚なんて、絶対に許さないし——」

挑むように言ってくる彼女からは、好戦的な雰囲気が漂ってくる。先ほどのように眉は吊り上がっていないのに、それでも顔には険があるから大したものだ。

「そんな状態で子どもを産んだら、そちらの従姉妹、ひとりで子どもを育てることになるのよ？　並大抵のことじゃないわよ？　あの年頃の女の子が、ひとりでそんな——。シングルマザーなんて、聞こえはいいけどやるのは過酷なの。だったら堕胎っていう選択も、現実問題そう悪くないんじゃないって言ってるだけ」

その言い草に、口を挟んだのはソフィアだった。希実の隣のテーブルについていたソフィアは、悪びれる様子もなく足を組む村上母を前に、ドン！　とテーブルを叩いてみせたのだ。

「ちょっとアナタ、何言ってるの？　ふざけるのも、大概にしなさいよ？」

ドスのきいた低音でソフィアは言って、テーブルに身を乗り出すようにしながら、ぐいと村上母に詰め寄る。

「堕胎が賢明？　現実問題？　言っとくけど、沙耶ちゃんのお腹の子は、アンタの息子の子でもあるのよ⁉　それをいけしゃあしゃあと、何他人事みたいに言ってんのよ？」

だが村上母も村上母で、ソフィアの気迫に怯むことなく、悠然と微笑んで返す。

「あら？　だって他人事ですよ？　あたしはお腹の子どもを、息子の子どもだとは認めてませんから」

そうして彼女はハンドバッグの中から、数枚の写真を取り出しテーブルに投げ置く。

「そちらの従姉妹、広島じゃあ男と一緒に暮らしてたそうじゃない？　それでうちの息子の子どもを妊娠しただなんて、それこそよくいけしゃあしゃあと言えたもんだわよ」

彼女が投げた写真には、どれも沙耶と若い男が写っていた。マンションの前で、何か話している雰囲気の写真ばかりだ。おそらくこの男が、沙耶の元彼なる人物なのだろう。金髪で、猫背の小柄な男だ。

その写真たちを前に、ソフィアは声をあげる。こっ、これは違うわよ！　この男と、沙耶ちゃんはもう別れてて……！　ただ行くところがなくて、彼の家に……！　しかし村上母は、フンと鼻で笑って冷たく返す。そういうの、世間じゃ一緒に暮らしてるっていうんじゃないの？　その言葉にソフィアはグッと言葉を詰まらせ、そのまま唇を噛んで押し黙る。

いっぽう村上母はといえば、そのまま腕組みをしキッパリと言い切った。

「お腹の子は、うちの息子の子どもじゃないわ。あたしには、わかるの。絶対に違う」

そんな村上母の物言いに、弘基は呆れた様子で返す。

「んだよ、それ？　うちの子に限ってってやつか？」

するとの村上母は、おかしそうに笑って頷いたのだった。

「――ええ、そうよ。うちの息子は、女の子を妊娠させるなんて、そんなヘマはしないのよ」

しかしそんな物言いが、堪えていたソフィアの怒りにまた火をつけた。彼女は勢いよく椅子から立ち上がり、テーブルにバン！　と両手をついて、村上母のほうへと身を乗り出すようにして言い出したのだ。

何？　その言い草！　あなたそれでも人の親なの？　もちろん村上母も負けてはいない。彼女もすぐさま立ち上がり、ソフィアに挑むように言い返していく。

ええ、人の親よ？　だから息子を守りに来たんでしょうが！　わけのわからない小娘に、人生を捻じ曲げられないように！　おかげでふたりは摑みかからんばかりの勢いでもって、互いにテーブルの上に体を乗り出し顔を突き合わせる。

言っとくけど、沙耶ちゃんの人生を曲げたのはアンタの息子のほうでしょっ!?　フンッ！　そういう女だけが被害者みたいな物言いやめてもらえます？　同じ女として不愉快だわ。でも事実そうじゃない！　妊娠で傷つくのは基本女のほうなのよ!?　だからそれが被害者面だっていうの！　セックスは両者の責任の上でするべきだわ！　男の言いなりになったみたいな、昭和な言い草うんざりだわ！

激しい言葉の応酬を前に、希実はじっと無言を貫く。こんな大人なやり取りに、入っていけるわけもない。てゆうかソフィアさん、私より全然女扱いな感じだな。まあ、当たり前といえば当たり前か——。

雨脚も強まっているようで、ふたりの怒鳴り合う声を背景にしても、ちゃんと雨音は聞こえている。ザアザアザア。

希実は口出し出来ない怒鳴り合いを前に、なんとはなしにテーブルの上の封筒に目を落とす。ザア、ザアザア。

五十万が入っているはずのその封筒は、わずかばかり膨らんでいた。しかし、わずかばかりだった。

ザアザア。五十万って、こんなもんなのか、と希実はひそかに思ったほどだ。中絶とか、大そうなことが出来る割に、こんなに薄いものなのか。ザアザア。こんな薄いもので、命がねぇ……？　命が——？　ザアザアザアザアザ——。

そんなことを、ぼんやり考えたのがいけなかったのだろう。気付けば頭の中に、雨音が響き渡っていた。ザアザアザアザアザ——。

ヤバい、と思って耳を塞いでももうダメだった。ザアザアザアザアザ――――。

頭の中で断続的に、知らない光景が映っては消えていく。

ザアザアザアザ――――。

それは、女の人がふたり、怒鳴り合っている光景だった。ザアザアザアザアザアザ――――。部屋の中で、彼女らは言い合っている。ザアザアザアザアザ――――。

雨音が聞こえる。

声の大きいほうが、母だ。相手の女の人を、責め立てている。他人だか……そんな甘いことが言えるのよ……！　ザアザアザアザアザ――――。

いや、これは、村上母の声？　そんな……偽善だわ……！　ザアザアザアザ――――。無責任でい……れるから、優し……出来るだけ……しょう……!?

それともやっぱり、母の声なの……？　ザアザアザアザアザ――――。希実は
……渡さな……から……！

その時、ハッキリと顔が見えた。

母だった。

叫んでいたのは、まだ、若い頃の――。

希実が立ち上がったのは、次の瞬間だった。

「うっわ――――――っ！」

ほぼ無意識のうちに、勢いよく立ってしまったせいで、椅子は後ろにガタンッ！　と倒れ、それとほぼ同時にテーブルにも腿《もも》を打ち付けた。

「――うい痛いっつっ!!」

おかげでテーブルの上の皿やコーヒーカップが床に落ちて景気よく割れる。ガシャ――ンッッ!!　しかし希実は打ち付けた腿を押さえ、中腰のまま痛みを堪え低くうなる。

「痛うう、ううう……」

そんな希実の突飛な行動に、当然というべきか村上母とソフィアの言い合いはやみ、傍らにいた弘基も、心配というよりはむしろ怪訝そうに声をかけてきた。

「……お、おい。大丈夫か？　何か、あったか？」

だから希実は返したのだ。

「……だ、大丈夫。ちょっと、立ちくらみで……」

おかげで店内は、また一瞬沈黙に包まれた。しかしそれも仕方がないことだった。何せ希実は健康過ぎて、この場合誤魔化《ごまか》すのに相応しいと思われる、手頃な病名が思いつかなかったのだ。だから咄嗟に、立ちくらみ、などと答えてしまった。

だからもちろん、弘基にも言われた。……は？　つーかお前、今、むしろ立ち上がっただろ？　日頃の健康を憎いと思ったのは、たぶんこれが初めてのことだった。

けっきょく村上母は、それで興を削がれたのか、今日のところはこれでお暇《いとま》するわ、と言い出した。あなたたちと話しても、あんまり埒《らち》があかなそうだしね。

そうして彼女は最後に言い連ねたのだ。

「あなたたちが何を思って、篠崎沙耶をここに置いてやってるのか知らないけど。でも、他人が施すきれい事ほど、無責任なものってないの。自覚がないみたいだから教えてあげるけど、あなたたちのやってることって、まさにそれよ？　おきれいな無責任」

そうして希実ではなく、弘基とソフィアを交互に見やり尊大に続けたのである。

「近くにいる大人なら、あの子にちゃんと考えさせなさい。子どもを産んで育てるって、いったいどういうことなのか。自分たちのもとにおくなら、そのくらいの責任はお持ちなさいな」

言いたいことは言い切った様子の村上母は、そのままヒールをカツカツいわせ、店を出て行こうとする。そんな彼女を、咄嗟に止めたのは弘基だった。

「――ちょっと待てって」

ごく冷静に弘基は言って、テーブルの上の封筒を掴みとり村上母に押しつけた。

「これは、とりあえずテメーの息子に持ってこさせろ。こっちも沙耶にそれなりの責任持ってやるからよ。だからそっちも、ちゃんとガキのやらかしたことには責任持て。あと、沙耶にはぜってー手を出すな。もちろん腹のガキにもだ。そっちが仕掛けてくるんなら、こっちも出るとこ出るからな。そこはちゃんとわかっとけよ？」

するど村上母は、しばらく黙り込んでみせたが、ふっと笑みを浮かべ封筒を受け取ったのだった。

「……わかったわ。まあ、息子にも責任の一端はあるし。あたしも経営者ですから、妙なリスクは避けたいしね」

そうしてにっこり笑って言い足してみせた。それに、あなたちょっといい男だし。少しは聞く耳もってあげる。

かくして村上母は、嵐のように去って行ったのである。

雨はまだ降り続いていた。ザアザア。だから希実は大慌てで、床に落とした皿やコーヒーカップの破片を集め、大きな声で言い出した。

「あー、ごめん！　割れちゃった！　掃除機かけとけばいい？」

何しろ話しはじめなくては、また雨音が耳の中に入り込んできそうだったのだ。ザアザア。会話は耳栓になる。賑やかな自分の声だって、それなりに――。

「てゆうか、村上母、マジで感じ悪かったね？　ザクロ鬼食いとか、鬼子母神《きしもじん》かっつーのねぇ？」

だから話す必要があったのだ。思い出したくなかったのだ。

ザアザア。

まだ若い頃の母が、誰かを必死に怒鳴っていたあの姿を――。


村上母が店にやって来たという報告に、沙耶は顔を強張らせた。ヨガ見学から帰ってきてすぐは、だいぶスッキリした表情を見せていたのに、村上母の話が出た途端、その表情が抜け落ちたのだ。そしてあらかた話を聞いた頃には、もうすっかり青ざめてしまっていた。

「……そうですか。この場所も、あの人にバレたんですか……」

どうやらまた襲われるかも知れない、という恐れを抱いたようだ。しかしそんな沙耶に対しては、弘基がよくよく言い含めていた。

「――大丈夫だよ。手は出さねぇように、クギは刺しといたし。そもそも夜は店が営業してんだし、なんなら昼間も俺が泊まり込んでやっから。ここにいりゃ大丈夫だ」

ごく当たり前のように彼は言って、縮こまった様子の沙耶にレモネードを渡す。

「それに向こうだって、いよいよ正体を明かしてきたんだ。命を狙うような派手な真似、そうそうしてこねぇんじゃねーの？」

そんな弘基の意見には、斑目も納得の表情で同意していた。

「だろうね。少年の母って、かなりやり手の実業家なようだから、企業イメージに傷がつくようなスキャンダルなんて、まず起こさないだろうし。顔見せしてきたってことは、むしろ安心要素だと、俺も思う」

斑目はそんな持論を展開させながら、わずかばかり眉をあげる。

「……そもそも、今回の息子の拉致監禁にしても、これまでの彼女の行動パターンから考えて、相当に異例なもののようだしねぇ」

村上母について調べると約束していた斑目は、さっそく一日分の成果を携え、暴風雨の中わざわざ店へとやって来たのである。ずぶ濡れになって現れた彼は、弘基に借りたピッタピタのジャージ——弘基が着るとだいぶ余裕があるのだが——に着替え、タオルで頭をわしわし拭きつつ、いつものごとく流れるように報告をはじめた。

「彼女と村上少年の関係は、非常に良好なものだったらしいよ。仕事で忙しい母親を、息子が家事でフォローしてたり。かといって、ベッタリ仲良し親子っていうんじゃなくて、適度に距離もあったみたいで……。あ、これは、村上少年の元カノたちの証言ね」

その言葉に、沙耶がピクッと反応する。受けて希実は、斑目氏、余計な情報を——、と思うのだが、彼はタオルで前が見えないのか、平然とその部分についても続ける。

「どうも彼、子どもの頃からモテてたみたいでねー。いっつも女の子に囲まれて、ハーレム状態だったらしいよ。といっても、優しくて女の子みたいな性格だったからのようだけど」

おかげで希実は、その部分が早く終わるよう促してしまう。あの、斑目氏。出来れば、村上母のほうの話を……。すると斑目は、ああ、とようやくタオルを頭からはずし、そういえばそうだったね、本腰を入れるかのようにして話しはじめたのだった。

「とにかく村上親子の関係は、理想的なものだったようだよ。少なくとも周囲からは、そういう声しか聞けなかった。ただしそこには、ひとつの重大な要素が絡んでる。彼らが円満な関係なのは、そのせいじゃないかって、大抵の人は口を揃えてた」

少々思わせぶりに言いながら、斑目は沙耶に視線を送る。その目はなんとなく、君にはわかっているよね？　と問いかけているようだ。だからか沙耶も小さく息をつき、その蕾のような口を開いたのだった。

「……本当のお母さんじゃないんですよね？　村上くんの、お母さんて……」

沙耶のそんな発言に、斑目は笑顔で頷く。正解！　そうしておもむろに身を乗り出し、立て板に水で言い継いだ。

「少年の実の両親は、彼が三歳の頃離婚している。そしてその一年後、父親が今の母親と再婚。ただし幸せな時間はそう長くも続かず、父親は彼が七歳の時に病死してしまう。以来彼女は、少年を女手ひとつで育ててきたってわけだ」

そんな斑目の発言に、ソフィアがフッと口を開く。じゃあ、あの人もシングルマザーなの？　すると斑目は大きく頷いた。そういうことになるね。しかも、育ててるのは実の子どもじゃない。濡れた髪を撫でつけながら、斑目は大きく眉をあげる。だから、関係は良好なんじゃないかって、周囲は漏らしてたよ。お互い気遣いがあるがゆえの、家族円満なんだろうってね。

いっぽう希実はそんな斑目の話を聞きつつ、少し納得していたのだった。ああ、だからか。村上母が語っていた言葉だ。シングルマザーなんて、聞こえはいいけどやるのは過酷――。だからあの人はあんなこと、当たり前みたいに言ってきたんだ。そしてその納得は、次に続いた斑目の説明により、さらに深いものとなった。

「ちなみに今の会社は、夫から引き継いだもので、元々は小さな健康食品の会社だったらしいんだけど、彼女の手腕で急成長させたらしい。なんでも夫の病気の治療費で、借金が相当残ってたみたいでさ。彼女も必死だったようだよ。途中で軌道に乗ってからは、それほどでもなかったらしいけど、最初の頃なんて、家計も火の車だったみたいで……」

過酷とはつまり、そういうことだったのだろう。

「だから、彼女にとって財産は、単なる財産以上の意味合いがあるのかも知れないし――。息子への思いも、ひとかたならぬものがあるのかも知れない。それが沙耶ちゃんの妊娠をキッカケに、むき出しになっちゃったってことなのかもね」

ただしそれでも、ソフィアは納得していないようだった。でもだからって、あの言い草はないわよ！　とこぼしていたのだ。いくら苦労したからって、他人を傷つけていい理由にはならないわ。それにこれは、沙耶ちゃんと村上くんの問題でしょう？　母親があそこまで言うなんて、どうかしてるわよ。

その意見に対しては、斑目も少々困り顔で頷いていた。まあ、確かにそうなんだよねぇ。ただ、そもそもクレバーな女性だから、そういう感情論的なアプローチは、本来しない人っぽいんだけど……。

しかし、沙耶は言ったのだった。

「……どうか、しとるんですよ。きっと、母親いうもんは――」

その発言に、店内は一瞬静まり返った。何しろ沙耶の横顔が、ひどく思い詰めたもののように見えたからだ。けれど彼女は、そんな周囲の様子をすぐに気取ったのか、ハッとした様子ですぐに取り繕いはじめた。いや、その、村上くんのお母さんがってことじゃのぅて、どこの親も、そうなんじゃないかなって、いう意味ですけど……。

それでも希実は、ぼんやりと思ってしまっていた。どうか、しとるんですよ。沙耶にとって母親というのは、もしかしたら、そういうものなのかも知れない――。

斑目の報告があらかた終わった頃には、雨も弱くなっていた。斑目が語った内容について は、沙耶もほぼ納得した様子で、特に憤るということも訝るということもなかった。そうして彼女は、村上母の言葉を受け止めると明言したのである。

「お腹の子が、村上くんの子じゃないって、向こうがそう言っとったなら、そういうことでいいです。私、てっきり、子どもは絶対に堕ろせって、言われると思うとったけぇ……。それに比べたら、ずっとありがたい」

そう語りながら、笑みまで浮かべていた。どこか安堵したように、お腹に触れるその様子からは、嘘や偽りは感じられなかった。

「認めてくれんでも、別にいいです。村上くんとも、このまんま別れる。それで安心してこの子が産めるんなら、なんも怖いことないです」

どうやら彼女は、本気でそう思っているようだった。

安田が車で迎えに来たのは、再び炎天が戻った日のことだった。

停まった車の運転席から、クマのひどい顔がのぞくと、不思議と懐かしいような気すらしてしまった。それは安田も同じだったようで、店の前に立つ希実を見るなり、笑顔を見せて言ってきた。

「――やあ、希実ちゃん。久しぶり」

とはいえ約十日ほどぶりの再会に過ぎないのだが。しかし会っていた間の印象が強過ぎるせいか、この短期間でもずいぶんと時が流れたように感じられてしまう。あるいはこの短期間で、状況が目まぐるしく変化したせいか。

希実が車に乗り込むと安田は、カーナビを操作しはじめた。ふたりが車で出かける理由は、もちろんただひとつ、律子捜しだ。希実がゆうべ沙耶から仰せつかったところによると、今日の聞き込み相手である律子の顧客は五名。やはりそれぞれのお宅に伺うことになっている。一番遠方は千葉の銚子《ちょうし》だ。つまり今日の律子捜しは、一日がかりの予定なのである。聞けば安田、事件が無事解決したおかげで、比較的時間に余裕が出来ているのだとか。おそらくそこを、沙耶につけ込まれたのだろう。

車を発進させるなり、安田はやはり音楽はどうするかと訊いてきた。それはいつものパターンで、だから希実は、松山千春しかないんでしょ？　とすぐに返した。しかし安田はなぜか毅然と、首を振って返してきたのだ。いや、今日は中島《なかじま》みゆきもあるよ。とはいえ北海道からは、どうにも離れられない仕様ではあるようだが——。どっちでもいいけど、と希実が答えると、安田は究極の選択を迫られたようになり出した。うえー、困ったな。僕もどっちとかは選べないなぁ……。いや、私はどっちでもいいだけなんだけどさ。

そんなどうでもいいことを話しながら、しかし希実たちはどこか互いに距離を測り合っていた。何しろ希実のほうから見れば、安田が刑事とわかって以来、初めての対面なのである。彼がヘビーストーカーなどというものではなく、単なる捜査熱心な刑事であったとわかった以上、以前のような感覚ではどうにも接し難《がた》いように思われた。

ただし、嘘をつかれていた、という腹立ちは、実のところあまりない。おそらく彼の最後の叫びには、それほどの破壊力があったということだろう。ほとんど愛の告白といっていい彼の言葉に、希実としては色んなものが流されてしまった。……てゆうか、あれ、告白だったよね？

それに何より、今日の安田との面会については、ソフィアにもちゃんと了解を取ってあった。

沙耶に頼まれて、うちの母捜しの延長戦なんだけど——。安田氏と一緒に、行って来ていいかな？　ゆうべそう訊いてみたところ、ソフィアはあっさり頷いてみせた。あら、そんなのモチのロン子ちゃんよ〜。しかもよくよく聞いてみると、あろうことかふたりは、例の納涼祭の一件以来、メールのやり取りをする仲になっているというのだ。

捜査協力も兼ねてだってば〜。別に、深い意味はないわよ〜。ソフィアはウィンクをしてそう言ってきたが、大人というのはワカラナイ、と希実は秘かに思っている。何より安田にメールを打つソフィアは、あんがい楽しそうですらあったのだ。

しかしそれ以上話を詰めるのは野暮《やぼ》だろうと、希実は言わず聞かざる考えざるで通すことにした。てゆうか、付き合うとか言い出したら、それこそリアクションの取りかたわかんないし——。怖い物には蓋だ。

そうして希実は安田とふたり、延々と関係のない話を続けたのである。とりあえず、千春でいいよ。じゃあ、みゆきの立場は？　先輩だよ？　じゃあ、みゆきからにすればいいじゃん。そうしているうちに、徐々に距離も詰まって来た。

安田が沙耶について切り出してきたのは、二人目の顧客の自宅を出てすぐのことだ。

「……。……そういえば沙耶ちゃん、元気にしてる？」

出だしの含みに迷いを感じた。案の定希実が、充実した妊婦ライフを送ってるよ、と答えると、安田はむうっと妙な声をあげてみせた。

「……やっぱり、本当に妊娠してたんだ……」

なんでも安田、律子捜しの再開を求めた沙耶の電話で、妊娠の件についても告げられてはいたようだ。――そういうわけで、どうしても律子おばさんを捜したいけぇ、光くん、よろしくお願いします！　しかし安田としては、にわかには信じ難く、疑念を抱いたまま今日の日を迎えたらしい。

「しかも、充実した妊婦ライフを……」

ハンドルを握りしめたまま、遠い目をしてみせる安田に、希実もため息混じりで返す。そうなんだよねぇ。このところ、毎朝早起きして、散歩とかしてるし。そんな希実の告白に、安田はぎょっと目を見開く。ええっ⁉　あの寝てばかりの沙耶ちゃんが⁉

しかし希実の言葉に偽りはなかった。沙耶は妊娠を打ち明けて以降、実に前向きに出産に向け行動しはじめたのだ。

どうやら沙耶、読んでいた妊婦本の内容について、かなり偏《かたよ》った捉えかたをしていたようで、例えば食事についても睡眠についても、取れば取るだけいいと信じていたらしい。おかげで胃もたれしたり、夜眠れなくなったりと、徐々に支障が出はじめていたのだそうだ。

そのあたりを、ババ美さんのお姉さんに指摘されまず直した。早朝散歩もその一環だ。もちろん体と相談しつつだが、軽い散歩程度なら動いても平気だし、早朝なら車も少ないから事故の恐れも低い。早起きが習慣になれば、生活のリズムも整いやすい。そんなふうに言われた沙耶は、早速行動に移したのである。

しかもそれを単なる散歩に終わらせず、お百度詣《ひゃくどもう》でにするなどと言っているから抜かりがない。彼女の早朝散歩コースは、蛇崩《じゃくず》れ緑道の脇にある神社までの往復なのだ。沙耶の計算によれば、雨の日を避けて散歩に行っても、出産までには百回のお参りが出来るらしい。もちろん願いは安産祈願。一石二鳥じゃろ？　と沙耶は得意げに言っていた。

もちろんボディーガード代わりにお供役を仰せつかっている希実としては、もう何鳥でもいいんですけど、といった心持ちだったのだが――。しかしそうして傍で見ていると、沙耶の様子は明らかに変わっているのだった。

きれいなものが、たくさん見たい。沙耶は緑道を歩きながら、そんなことも言っていた。お腹の中のこの子にも、同じものが見えとるかも知れんけぇ。とはいえ彼女が目に出来るのは、朝のささやかな景色くらいのものなのだが――。朝焼けの空の色。緑道に連なる緑の木々。歩道の真ん中でお腹をでろんと見せてくる猫。花壇に咲く花。すれ違う老夫婦。そんなものを見かけては、きれいだねと沙耶は言う。あるいはお腹の中の誰かに、そっと言い含めているようですらあった。

だから、大丈夫。だから、安心して出ておいで。

彼女のそんな変化には、おそらく周囲の対応も影響しているのだろう。例えば弘基は、地元の仲間たちに声をかけ、シングルマザーをやっている女の子たちを、何度も店に招いている。それで沙耶に、彼女たちの話を聞かせていたのだ。全員の話がためになるわけでもねーだろうけど。十人いたらひとりくれぇ、なんか役に立つこと教えてくれんじゃねぇの？　それは弘基の弁だ。だからアホみてぇな量の、他人ってヤツがいるんだろ？

店に現れたシングルマザーの中には、一応織絵の姿もあった。そちらは希実が呼んだのだ。とはいえ彼女の話のほうは、それほど参考にはならなかったようだが——。何せ織絵、あれで一応、家持ち資格持ちの身ではあるのだ。しかし同席したこだまのほうには、だいぶ何かを刺激されたようだった。生まれてきたら、俺、絶対一緒に遊ぶ！　何して遊ぼう？　何が好きかな？　そうだ！　カエル平気かな？　うちの庭にいるんだ！　キシシと笑うこだまの言葉に、沙耶も嬉しそうに言っていた。……たぶん、好きじゃと思う。生まれたら、仲良くしてやってね？

いっぽうソフィアのほうはといえば、バーのお客でもある弁護士さんに相談して、村上母に何か対抗出来る手はないか、あれこれ画策中のようだった。だって、このまま泣き寝入りとか、悔し過ぎるじゃな〜い？　やはり単に沙耶が身を引くというのには、どうも納得がいっていないようだ。アタシ、女を泣かせるのだけは、絶対絶対イヤなのよ〜〜〜！　その心意気はほとんど王子様のようですらあった。

ちなみに来週の頭には、はじめての健診に向かうらしい。保険証持ってないから、病院には行ってない。そんなふうに告白した沙耶に、バベ美さんが激怒して病院を紹介してくれたのだ。もう！　母親になるんだったら、しっかりしなさいよ！　出産まで母子手帳がないとか、ホントあり得ないからね！　そのことに関しては、弘基もソフィアも怒られていた。身近な大人も、ちゃんと知識入れときなさい！　どうやらそういうことのようだ。

安田はそんな希実の説明を聞きながら、初めこそ驚いたような顔をしていたが、しかし徐々に、妙に納得したような笑みを見せるようになっていった。そうして希実が話し終えると、小さく笑って言い出したのだった。

「……なるほどねぇ。沙耶ちゃんも、土壇場《どたんば》で正しい逃げ場所を選んだんだなぁ」

「え？」

「だって、あのお店の人たち、皆なんだかんだで優しいじゃない？」

そう安田に微笑まれた希実は、薄く笑って返してしまう。いやでも、村上くんのお母さんには、おきれいな無責任とか、言われちゃったけどねぇ。しかし安田も、笑って首を振ってみせたのだった。いいじゃない？　言われなくても厳しいことなんて、世の中いっぱいあるんだし。無責任な人くらい、きれいごと言ってたっていいんじゃないかな？　たぶん――。

けっきょくその日は、五名の聞き込みでも取り立てて有力な情報は得られなかった。しかしそのいっぽうで、以前話を聞いた老人から連絡が来た、という報告は受けた。

「玄関の建てつけ直したおうちのご主人、覚えてる？　一昨日、彼から連絡があってね。彼の友だちに、律子さんの常連客がいたらしいんだ。なんでも二十年来のお客さんらしい。だからもしかしたら、その人が何か知ってるかもってことなんだけど――」

帰りの車の中でそんなことを言い出した安田に、希実はわずかに身を乗り出してしまった。マジで？　そんな人いたの？　すると安田は苦く笑って、少し言い辛そうに言葉を続けたのだった。

「ただ、体調を崩してて。実家がある島根に戻ってるっていうんだよ。東京からじゃ、ちょっと話を聞きに行くって距離でもなくてね……。でも入院してらっしゃるっていうから、それを電話で済ませるっていうのも、申し訳が立たないというか……」

だからお見舞いがてら、ひとりで島根に行ってこようと思うんだけど、と安田は提案してきたのだった。

「一仕事終えたばかりだし、ちょうど休みもとりやすい。それで旅行がてら、行ってみるのもいいかと思って……。どうかな？」

どこか遠慮がちに言う安田に、希実は目を見張り言ってしまった。どうしてわざわざ、そこまでしてしてくれるの？　すると安田は、気持ち悪がらないでね？　と前置きして言い継いだのだった。

「職業柄、いったん捜しはじめた人を見つけないままにしておくのは、どうも……。ストレスがたまるというか……」

そんな安田の説明を受けて、希実はなるほどと若干納得はしたものの、しかしいっぽうで思ってもいた。まあ、けっきょくこの人も、優しいんだろうな。

そういう意味では、沙耶は確かに土壇場で、非常に正しい選択をしたということになる。あるいは、お腹の子どもの導きだったのか——って、まさかね。

けっきょく島根には、安田ひとりで行ってもらうことになった。だから希実は東京で、おとなしくその連絡を待てばいいはずだった。

しかし希実の選択の先には、むしろ波乱が待ち構えていたのである。それともそちらに関しても、なんらかの導きに因《よ》るものだったのか——。

あるいは何を選んでも、そうなる運命だったのか。とにかく彼女は、その選択の先に向かうこととなったのだった。

その日、沙耶はバベ美さんと共に、水天宮《すいてんぐう》まで安産祈願をしに行くと言い出した。「今日、戌《いぬ》の日なんだって。お腹の子どもも、もうほとんど五ヵ月くらいだし。ちょうどええかなと思って」

希実には何がちょうどいいのかさっぱりだったが、しかし本人が乗り気なので快く送り出すことにした。ああ、そう、はいはい、行ってらっしゃい。

ちなみにこのところ店で寝起きしている弘基も、大あくびをかましつつ、沙耶に付き添いを買って出た。この店にいても大丈夫だと言った手前か、彼はあんがい律儀に、日々沙耶の警護に務めているのである。

「ま、仕込みもあるし、四時半くらいには戻ってくっからよ」

弘基がそう言い置いて、沙耶らと店を出て行ったのがおおよそ十三時。そうして希実も出かける支度をし、ひとり図書館へと向かおうとしたのである。

外に出ると、空には鉛色の雲が垂れ込めていた。湿気もひどく蒸し暑い。夜には雨が降るという予報だったが、もしかしたらもっと早くに降り出すかも知れない。そんなことを思った希実は、スカートのポケットから耳栓を取り出し、そのまま耳の奥へとねじ込んだ。転ばぬ先の杖というやつだ。そうして店のドアの鍵をかけ、店を後にし歩き出した。

男に突然腕を摑まれたのは、そのすぐのちのことだった。背後からやって来たらしいその男は、希実の二の腕あたりを捕らえてきたのだ。

男はこの暑さの中、なぜかデニムのブルゾンを着込み、首にはストールまで巻いていた。しかもカーキ色のキャップを目深にかぶり、度の強そうな眼鏡とマスクまでしている。

だから希実は迷わず思ってしまった。出た、変態！　それで男の手から逃れようと、勢い手を振りあげてみせたのだ。だが次の瞬間、変態はサッとマスクを外し、慌てた様子で言ってきたのだった。

「ま、待って！　僕です！　村上淳也です！　沙耶の恋人の……！」

そうして聞こえてきた彼のくぐもった声に、希実は慌てて耳栓を外した。おそらくまたこれのせいで、声をかけられたのに気付かなかったのだろう。しかも耳栓を外してみると、彼の声はだいぶかすれてしまっているとわかった。

「……もしかして村上くん、風邪？」

希実が訊くと、村上少年は満面の笑みで頷いた。

「はい！　おかげで病院へ行けることになったんで、これはチャンスだなと思って、お店の近くの病院に来たんです！」

　しかもよくよく見てみれば、額には冷却シートが貼ってある。帽子を目深にかぶっていたのは、これを隠すためなのか。厚着もあるいは、寒気を感じているからなのか。しかしそんな病人村上少年は、鼻水をすすりながら嬉々として言ってきたのである。

「それで、見張りの人と一緒だったんですけど、薬を処方してもらってる隙をついて、逃げて来ました！」

　受けて希実はわずかに怯んでしまう。見張りの人って――。どうやら村上少年、相変わらずあの人喰い母に、今も自宅監禁されているようだ。そんな彼が大人を出し抜き、ここまでやって来た理由は訊くまでもなかった。だから希実は、問われる前に答えたのである。

「……でも沙耶、今日は戌の日だからって、水天宮行っちゃったけど？」

　すると村上少年は目をむいて、わかりやすいほどがっくりと肩を落としてみせたのだった。そ、そんな……。こんなチャンス、もうないかも知れないのに……。そんなことをブツブツ言ったかと思うと、困惑と憔悴《しょうすい》の入り混じった表情で希実に泣きついてきたのだ。

「そこを、どうにかなりませんか？　なんとか沙耶を……！」

それで希実は、すぐに沙耶の携帯を鳴らしてやったのだった。しかしタイミング悪く、ちょうど地下鉄に乗ってしまったあたりなのか、呼び出し音はすぐ留守番電話に切り替わってしまう。それは弘基の携帯も同様で、だから希実は少々残念なお知らせを、少年に告げるよりほかなかった。

「水天宮に着けば、さすがに連絡もつくはずだから。そこで連絡とってそのまま引き返してもらえば、一時間後くらいには戻ってくるかと……」

しかしそんな希実の提案に、村上少年はさらに顔を青くしたのだった。

「——一時間後？　僕、そんなに待てません！　母が二時には家に戻る予定なんです！　それまでに僕が戻ってないとわかったら、彼女、何をするか……！」

そんな村上少年の叫びを前に、だから希実は言ってしまいそうになる。だったら、帰るしかないいんじゃないの？　しかし村上少年は、そうとも決められない様子でぐるぐると希実の周りを歩き出す。どうしたらいいんだ——？　でも、ここで沙耶にちゃんと話さないと……。このままじゃ……。熱に浮かされたように彼は言うが、あるいは本当に熱にやられているのかも知れず、希実はその動向をじっと注視する。大丈夫か？　この人……。

するとと次の瞬間、村上少年がハッと何か閃《ひらめ》いた様子で立ち止まった。そしてそのまま首を曲げ、じっと希実を見詰め返してきたのだ。そのうえなぜか、希実のつま先から頭の先までを、食い入るように眺めながら切り出してきた。

「……希実さんて、沙耶と違って、だいぶ背が高いですよね？」

受けて希実は、見りゃわかるでしょ、という言葉を飲み込み、まあね、とだけ返しておく。すると村上少年は、感心したようにまた告げてくる。

「――しかも、肩幅が広い！」

そちらに関しては、言われなくてもわかってるよ、と思わず漏らしてしまったが、しかし村上少年は、希実の返答などまるで気にしていない様子で、まるで機械の強度を確かめるかのように、ポンポンと希実の肩を叩いてきたのだった。

「うん、女の子なのに中々……。僕と同じくらいだ。これなら、いけるかも……」

そうして村上少年は、やにわに希実の腕を摑み、意味不明な説明をはじめた。

「実は僕の見張り役の人は羽賀《はが》さんといって、先週から僕についた方なんです。とても穏やかないい人なんですが……。でもちょっとぼんやりしていて、だから僕の声や顔や雰囲気の印象も、まだ曖昧なままだと思うんですね」

だから希実は、わずかに後ずさりながら答える。へ、へえ、そう。でも、知らない人の話されてもねぇ……。何しろ嫌な予感がしたのだ。しかし村上少年は、希実の腕を離さない。分厚い眼鏡の向こうから、じっと希実を見据え言い募ってくる。

「だから、お願いできないでしょうか？　母は僕の姿さえ確認すれば、そのまま会社に戻るはずです。しかも今の僕は病気だから、ベッドの中で眠ってるふりをしてくれるだけでいい。母もまず、顔までは確認してきません。だから希実さん――」

そうして思わず、何を？　と返してしまった瞬間だった。村上少年はそれと呼応するかのように、そのまま地面に膝をつき、土下座のポーズをしてみせたのである。

「――お願いです！　僕の身代わりになってください！」

その言葉に、もちろん希実は声をあげる。

「は、はあっ!?」

しかし彼は希実の反応などどこ吹く風で、ガバリと頭を下げ言ってきたのだった。

「こうでもしないと、僕は沙耶と話し合えない！　お願いです！　どうか――！」

希実がそんな彼の申し出を引き受けたのは、彼の熱意に打たれたからでも、沙耶の気持ちを慮ったからでもない。ただ、店の前で大声で土下座をされるという状況に、耐えられなかっただけだ。無論、ご近所の目もある。わかった！　わかったから、もうそれやめてよ！

そうして足を踏み入れた店内で、村上はじゃかじゃかと服を脱ぎだし、希実に押し付けてきたのだった。はい！　じゃあ、これで！　それはつまり自分に変装しろという意味合いで、希実は自室に戻って渋々村上少年の服に着替えた。しかも大変遺憾なことに、サイズはぴったり。帽子をかぶりストールを巻けば、確かにどこぞの少年に見えなくもなかった。

おかげで姿見の前で、希実は静かにうなったほどだ。……薄々気づいてはいたけれども、私、だいぶ見た目が男子だな——。

希実のジャージに着替えた村上少年も、希実の変装には太鼓判を押した。さすが希実さん！　これなら羽賀さん、絶対気付きませんよ！　希実としては、そんな判は押すな、という心持ちだったが、話すと長くなりそうなのでやめておいた。するとそんな希実に、村上少年は眼鏡と財布を押し付けてきたのである。

「病院には、タクシーで行ってください！　五分ほどで着きますから！　着いたらまず、インフォメーションで村上淳也を名乗って、羽賀さんを呼び出してもらって……。気分が悪くてトイレに行ってたって、あらかじめ看護師さんに話しておけば、たぶんそのまま伝えてもらえると思いますし……。希実さんは、とにかく気分が悪そうに、ぐったりしてくれてればきっとなんとかなりますから！」

村上少年はそう言ったが、しかし希実は乗り込んだタクシーの中で、さすがに懐疑的になっていた。いくらうっかり者だといっても、羽賀さんて人の目だって節穴じゃないんだから――。女子高生が村上くんの代役じゃ、やっぱり変に思うんじゃないのかな……？

しかし辿り着いた病院のロビーで、希実は羽賀氏なる人物の目が、いいだけ節穴だとすぐに思い知らされた。何しろインフォメーションに向かうまでもなく、あちらから声をかけてきたのである。

「――坊ちゃん！　どこに行かれてたんですか!?　捜しましたよ……！」

おかげで希実は、どこに行っていたかの説明を余儀なくされてしまった。万事休す。しかし彼の節穴っぷりは相当なもので、気持ち悪くてトイレで吐いてた、と声を低くして述べたところ、おやまあ、それはそれは、と心配そうに背中を撫でてくれた。

「では、早くおうちに戻りましょう。お薬を飲めば、きっと少しは良くなるはずです」

しかも、ずいぶんな善人でもあるようだ。おかげで若干の罪悪感を抱いてはしまったが、それでも希実は無言のまま、羽賀氏が運転する車に乗り込むことが出来たのだった。

「……ああ、よかった。この時間なら、奥様がお帰りになられるまでには戻れそうですよ」

車を発車させてすぐ、節穴はホッと安堵したようにそんなことを言ってきた。それで希実は眼鏡をずらし、後部座席から少しだけ身を乗り出すようにして、車のダッシュボードにある時計を確認した。しかしそこには一時五十二分と示されており、思わず体をさらに前にやってしまった。えっ？　村上母って、二時には戻るんだよね――？

するとそんな希実の気配を察したのか、羽賀氏はご陽気に報告してみせたのだった。

「どうかご安心を。会議が三十分ほど長引いているそうで、お帰りもそのくらい遅くなられるそうですから」

羽賀氏のそんな言葉に、希実はわずかに安堵してシートに体を沈める。どうやら天は村上少年に味方したようだ。そうして希実は、自分が風邪っぴき設定だと思いだし、声を低くして咳き込んだり、うずくまる様な仕草を重ねておいたのだった。

車の窓からは、背の高いビルと、その向こうに垂れ込める鉛色の雲が見えた。前の席では節穴羽賀氏が、ひと雨きそうですねえ、などと呟いている。シートはあくまで柔らかく、希実はそこに飲み込まれるような感覚に襲われる。

その時、希実の携帯が震えだした。それで希実は大急ぎで電源を切った。何しろ村上少年は、携帯を持っていなかったはずだからだ。ここで携帯を持っているとバレたら、入れ替わっていることもさすがにバレてしまう。

ちなみに電話をかけて来ていたのは弘基だった。おそらく時間を考えるに、水天宮前駅に着いたくらいなのだろう。

ひとりになったら、メール打とう。そんなことを思いつつ、希実はさらに呟き込む芝居を打ってみせる。そしてそうしながら、段々と自分の置かれた現状に、現実味を感じはじめていた。

なんか私、とんでもないことしてるのかも——。しかし今さらそう思っても、ここまできたら後の祭。希実は車が流れていく大通りの中、時折咳き込む芝居を打ちながら、そのとんでもないことの最中《さなか》へと、するする流されて行ったのである。


村上少年の自宅は、通りに面したいかにも広そうな一軒家だった。白く高い塀の向こうには、数本の木が枝葉を伸ばしているのが見える。おそらく庭も広いのだろう。家の脇の駐車スペースにも、軽く三台は車が停められそうで、しかも停まっていた一台は、わかりやすく外車だった。そんな全体像を前に、希実は思ってしまったほどだ。あー、いかにも女社長が住んでそうな家だわー。そして希実は、そんないかにもな邸宅に、坊ちゃん然として侵入したのである。

広い吹き抜けのある玄関で、羽賀氏に中へどうぞと促された希実は、とりあえず足元をふらつかせ、苦し紛れに言ってみた。か、肩、貸してください……。こうして軽くよろけておけば、羽賀氏に部屋まで導いてもらえるだろうと画策したのだ。

　案の定羽賀氏は、大丈夫ですか？　坊ちゃん、とあっさり希実の肩を抱きかかえ、そのまま村上少年の部屋へと連れて行ってくれた。信頼の節穴ぶりとも言える。つまり作戦は成功だったのだが、しかしここまで密着して、女と気付かれない自分はなんなのか、とも少々訝ってもしまった。そんなに骨太だったたか、私――。

　村上少年の部屋は男の子らしいシンプルな部屋で、ベッドの脇にはエレキギターが置かれていた。希実をベッドに座らせた羽賀氏は、薬を飲む前に食事をと進言してきたが、希実は必死にしゃがれ声を出し、薬だけ飲んで寝るからいい、とどうにかそれを辞したのだった。それで羽賀氏は、心配そうな表情を浮かべながら、薬と水だけ置いていったのだ。

「……では、どうか安静になさってください」

　かくして無事村上宅に乗り込んだ希実は、眼鏡をはずし目の間をギュッとつまむ。何しろ度の強い眼鏡のせいで、実際目が眩《くら》みそうにはなっていたのだ。ついでにストールも帽子もはずし、ブルゾンも脱いで机に投げ置いた。

　そうして改めて部屋を見回すと、壁に掛けられた制服に目が留まった。おかげで悪気はないものの、咄嗟に希実は思ってしまった。あーあ、超有名付属高の制服だよ。さすがお坊ちゃんですなぁ。しかし同時に理解もしていたのだ。まあ、なんにせよ努力もしなきゃ入れないいんだろうけど——。

本棚にはほとんど漫画が収まっていたが、しかし一番下の段だけには、なぜか医学関係の本ばかりが並んでいた。図解人体解剖、遺伝医学、ゲノム医療のこれから、等々、そんな小難しい文字が目に飛び込んでくる。

もしかして村上少年、医学部志望とか？　本棚をまじまじと見つめ、希実は思わず顔をしかめてしまう。医学部志望の息子が、田舎のヤンキー少女妊娠させて結婚するとか——。人喰い母じゃなくても、親なら確かに怒髪天《どはってん》をつくかもな……。

部屋のドアがノックされたのは、ちょうどそんな頃合いだった。コンコン。そして柔らかな声が届いた。

「淳也？　入るわよ」

それで希実は一目散に、ベッドへともぐりこんだのだ。そして少しでも姿が見られないよう、思いきり頭にまで布団《ふとん》をかぶった。そこまでするのは不自然だったか？　という思いが脳裏《のうり》をよぎったのは、部屋のドアが開き村上母がさらに声をかけてからだ。

「……淳也？　あなた暑くないの？　大丈夫？」

それで希実はどうにかこうにか、うんうん頷き事なきを得たのだった。村上母はあんがいあっさりしたもので、布団の中身が反応したことでもう満足したのか、まあ、平気ならいいわ、と部屋をあとにしてしまったのだ。

希実が布団から再び顔を出したのは、足音が階段を降りていったのを確認してからだ。それでホーッとひと息ついたのち、大慌てで携帯を取り出し急ぎ電源を入れた。電源を切っておいたのは、先ほど弘基から電話があってからのおおよそ三〇分。しかしその長くもない時間の間に、弘基からは十通近いメールが入っていた。さすがストーカー気質だけある。

最初は、どうした？　からはじまり、続いて、返事しろ、そして、電話でもメールでもどっちでもいいから連絡寄こせ、なる長文が入ったかと思ったら、あとは短く、おい！　大丈夫なのか？　返事しろ！　希実!?　という細切れメールが続いていた。そうして最終的に、村上と連絡とれた。状況はだいたいわかった。これからそっち行くから待ってろ、なる宣言メールで幕を閉じた。

おかげで希実は声をあげそうになってしまった。えっ!?　そっちに行くって……!?　それで急ぎ返信を打とうとしたのだ。大丈夫だって！　てゆうか弘基が来たら、話が余計ややこしくなる！　しかしそれを送信するより早く、再び部屋のドアが開いてしまった。ガチャリ。

「入るわよ」

そんな村上母の声を背中に、希実は布団の中で息をのむ。さっきは、ノックしたのに！ てゆうか、すぐに会社に戻るんじゃなかったの……!? そうしてそのままおとなしく寝たふりを続ける。大きく呼吸をして、布団のうえからでもその動きがわかるよう努める。すう、はあ。地味だが今の希実には、これ以外に戦う術《すべ》がない。すう、はあ……。

しかし村上母は近づいてくるのである。足音でそれを察した希実は、嫌な汗をかきながらそれでも呼吸を続ける。すう、はあ……。いっぽう村上母は、ベッドの際にどっかり腰をおろしてくる。すう、はあ……。希実は携帯を握りしめ、祈るようにして思う。出て行って、会社に行って、お願いだから——。すう、はあ……。

村上母は布団に向かって、淡々と声をかけてくる。あなた、暑くないの？ さっきから……。希実は迷いながら首を振る。すう、はあ……。すると村上母は、布団に手を置き続けてくる。嘘よ、暑いはずだわ。クーラーも入れてないんだし……。そしてそのまま、布団をはがそうとする。だから希実はその縁を摑み、はがされまいと力を込める。すう、はあ……。

すると村上母は小さく笑い、そんなに布団の中がいいの？ などと言ってくる。すう、はあ……。いいわけではないが、今はこうするよりほかないのだ。それで希実は大きく頷いてみせる。すう、はあ……。

彼女の赤い爪が見えたのは、次の瞬間のことだった。希実の目の前に現れたその手は、布団の縁をグイと掴み、そのまま布団を奪おうとしたのだ。もちろん希実は大慌てで、腕を咄嗟にクロスさせ布団を体に巻きつける。しかし相手も力ずくだ。いい加減にしなさいよ！　などと声を荒らげながら、ぐいぐい布団を引っぺがそうとする。ここまで来たら、呼吸とかもうどうでもいい。希実は歯を食いしばり、どうにか布団を守ろうとする。うぐぐ……。しかし、次に続いた彼女の言葉により、希実の力は奪われた。

「――わかってるのよ！　あなた、篠崎希実でしょう⁉」

そしてそのまま布団をはがされ、白日の下にさらされてしまったのである。

「あ……」

呆然とする希実の前で、布団を手にした村上母は悠然と微笑む。

「あなたからは、おいしそうなパンの匂いがするから――。すぐにわかっちゃったわ」

しかし悠然と微笑んではいるが、赤い爪はギリギリと布団を握りしめている。そうして彼女はひとつ息をつき、グシャグシャになっている髪を整えながら切り出したのだ。

「……さあ、出かけるわよ」

当たり前のように言う彼女に、希実は目だけで訴えてみる。な、なんで？　どこに？　すると村上母は、まるで心を読んだかのように告げたのだった。

「あたしの大事な息子をさらったんですもの。それ相応の償いはしてもらわないとね？」

相変わらず悠然と微笑んではいたが、その目は少しも笑っていなかった。


希実が弘基の電話をとったのは、車で十五分ほど走った頃のことだった。

「――希実？　お前、今どこにいるんだよ？」

その問いに希実は弱く返した。えーっと、六本木通り？　何しろ道路の表示板にそう記されていたのだ。すると携帯からは、はあ？　六本木？　という不愉快そうな声が返ってきた。んなとこで、何やってんだよ？　だから希実も携帯を耳に当てたまま、思わず首を傾げてしまう。何と言われると、私にもちょっと……。何しろ希実にも、現状が把握出来ていないのだ。

村上少年になり代わり、それがバレたのがおおよそ二十分前。そうして希実は村上母の車に乗せられ、どこかしらに向かっているのである。それ相応の償いをしてもらわないと、と村上母は語っていたが、その具体的な内容は不明のままだ。ただ彼女は、希実を助手席に乗せどこか楽しげに車を走らせている。

ただし希実もこの道中、自分なりに申し開きはしていた。お宅の息子さんがうちに来て、どうしてもと頼まれたからやっただけで——。たぶん沙耶と話をしたら、また自宅に戻られると思いますけど……？

しかし人喰い母は言ったのだ。でも裏切りは裏切りよ。そしてあなたは、息子の裏切りに手を貸したの。そうして免罪されぬまま、こうして六本木などに来ているのである。

弘基からの電話に出ろと言ったのも村上母だ。希実の携帯の振動音に、鋭く気付いた村上母は、電話の主が弘基と知ると、愉快そうに言ってきたのだ。あら、あのイケメンブランジェくん？　それなら早く出ておあげなさいよ？

かくして電話に出ている現在、村上母はハンドルを握ったまま、上半身をわずかに希実のほうへと傾け、あからさまに耳をそばだてている。弘基の問いかけに答えあぐねる希実を、どこか愉快そうにチラチラ見ている。悪い顔だな、と希実は思う。なんでこんな嫌がらせ、受けなきゃいけないわけ？

そりゃあ騙そうとしたのは悪いけど、でも指南役《しなん》は村上少年なわけだし。沙耶は人喰い母の命令に従うって言ってるのに、そんな沙耶を諦めようとしてないのは村上少年なんだし。要するに責任の所在って、ほぼ村上少年にあるんじゃないの？　私がこんなふうに責められるいわれって、実はほとんどないんじゃ……？

そんなふうに思い至った希実は、にわかに気持ちを立て直し切り出す。

「……あの、私、これからどこに行くんですかね？」

すると村上母は前を向いたまま、目を細めて答えたのだった。

「楽しいところよ？　あたし、お腹が空いてたから、ちょうどいいと思ってね」

何それ？　答えになってないじゃん。そう思う希実をよそに、彼女はビルの地下駐車場に車を走らせていく。そのためか携帯は圏外になり、電話はあっさり切れてしまう。

そしてその段で希実はハッと気付いた。あ、この人、だから電話に出ていいって言ったのかも――。すると案の定彼女は、携帯を耳に当てたまま呆然とする希実に対し、楽しそうに告げてきたのだった。

「――さあて。王子様は、助けに来てくれるかしらね？」

窓からはほとんど空しか見えない。

雨雲が敷き詰められたような空は薄暗く、まだ三時だというのに夜の気配を感じさせる。

窓には細い水滴が伝うようにして流れているから、もしかしたら雨も降っているのかも知れない。しかし不思議と雨音は聞こえてこない。壁が厚いのか、窓も。そんな状況を前に、希実はなんとなく思う。高層階だからかな？　さっきエレベーターでも、耳キーンってなったし。

いっぽう村上母はと言えば、そんな空を背景にし、テーブルの上のガラス鍋を、嬉しそうに見詰めている。鍋の中では数尾の海老《えび》が、酒につけられのたうっている。最初の頃はバタバタ激しく跳ねていたが、今やピクピクと足を動かすばかり。瀕死だな、と希実は思うが、村上母に言わせると、酔っぱらってるだけ、とのことらしい。

ツェイ・シアって料理よ。日本語にすると酔っ払い海老。なんでも彼女の話によれば、頃合いが来たら厨房に戻し調理して出すとのこと。希実としては、だったら最初から厨房で酔わせればいいじゃん、と思うのだが、村上母のようにして楽しむ人がいるから、このような手順が踏まれているのかも知れない。村上母は実に楽しそうに、酔いつぶれた海老たちを観察し続けている。あら、まだ尻尾が動いてるわ。

駐車場に着いた際には、いったいどこに連れて行かれるのかと訝ったが、村上母はそのままビル内へと歩を進め、この中華料理店へと希実を連れてきたのだった。店の常連客らしい彼女は、いつものでお願い、と店員に告げるだけで、この個室へとすぐ案内された。

ちなみに個室に入ってすぐ、携帯の電源はオフにするよう命じられた。食事中のマナーでしょ？　そう村上母は微笑んで、希実を自分の正面に座らせたのである。

「……おもしろいでしょ？」

瀕死の酔っ払い海老を見下ろして、村上母は笑顔で言ってくるが、しかし希実の心境としては、もちろん少しもおもしろくない。どちらかといえばむしろ怖い。

それなのに村上母は、満足そうに微笑んで店員に向け手をあげる。今日は、紹興酒いただこうかしら？　そのうえ希実にも訊いてくる。あなたもどう？　当然希実は首を振る。い、いえ、けっこうです！　未成年というのもあるが、何より海老の二の舞はごめんだ。お茶で、充分です。

紹興酒が運ばれてきてすぐ、次々と料理もやって来た。冷菜の盛り合わせや、点心の類い、鶏の丸焼きらしきものや、伊勢海老が載っかったエビチリ、果てはフカヒレスープなのでは？　と思しき器までもがテーブルに並ぶ。

おかげで希実は若干引きつつ、なんですか？　これ……、と訊いてしまう。しかし村上母は上機嫌で、紹興酒をクイッと飲み干し言ってくる。何って、ちょっと早い夕食よ？　言ったでしょ？　あたし、お腹減ってるの。いいからあなたも食べなさい？　そしてまた紹興酒を注文するのである。お兄さーん、紹興酒お願ーい。

これが、償いなわけ？　テーブルに並んだ豪華な料理を前に、希実は訝ってしまう。いやむしろ、ご褒美感満載な気がするけど……。

とはいえ目の前の村上母は、景気よく皿に箸を伸ばしているから、毒が盛られているわけでもなさそうだ。それで希実は若干の疑念を抱きつつも、じゃあいただきます、と手を合わせておいた。

そうして口にした料理のほうは、状況が状況なだけに砂の味しかしなかった、とでも言いたいところだが、これが驚くほどおいしかったのである。それでうかうか箸が進み、あろうことか感嘆の声まであげてしまった。うわ、何これ、超おいしい！　すると村上母のほうも、あんがい満足げに頷いてきたのだった。あら、さすがあのパン屋の子ね。味がよくわかってるじゃない。ここの中華は間違いないのよ。

しかもうかうかの骨頂か、勢いづいてトークまで弾みだす。ちなみにそれピータンね。ああ、聞いたことある、ピータン……。もしかして初めて食べた？　はい。見た目グロいけど、すっごいおいしいんですね。じゃあ、北京ダックも初めて？　えっ⁉　北京ダックってどれ！　やーねぇ、目の前のそれよ。えっ？　これ、鳥皮じゃなくて？

食べ慣れない中華、しかもさらに慣れない高級食材を前に、すっかり浮き立った希実は、気付けば次々皿を空にしてしまっていた。何しろ村上母が勧め上手で、あれもこれもと言われるがままに、もりもり食べてしまったからである。

いっぽう村上母はといえば、ご満悦な様子で食べる希実を見詰めている。ほら、これも食べてみなさいな。おいしいのよ？　そんな甘い言葉を口にし、金華ハムの炒飯も注文しちゃいましょうかー？　などとさらに食べさせようとしてくる。

それで希実はフカヒレスープを飲みながら、ふっと思い出してしまったのだった。なんか、こんな感じの童話って、あったよね？　やたらおいしいものを子どもに食べさせて、太らせるっていう……。確か、ヘンゼルとグレーテルだっけ？

そしてそのタイトルに気付いた時点でハッと息をのむ。あれって、たらふく子どもにお菓子を食べさせて太らせて……。それを、食べるって話じゃなかったでしたっけ？　そうだよ、あれにも人喰いが――。

動きをとめる希実の前で、村上母はさらに注文を重ねる。金華ハム炒飯と、海鮮おこげもお願ーい！　そうして希実に向き直り、嬉しそうに微笑んでみせる。おこげ、食べたことある？　食べてみなさいな？　おいしいから〜。

そう微笑む村上母の顔が、真っ赤に染まって見えるのに希実は気付く。

「あ……」

しかもよく見れば、白目も赤く血走って、腕も首もひどく赤くなっている。もちろん、その爪も──。

　だから希実は問うたのだ。

「……もしかして、おばさん。……お酒、すごく弱い？」

　すると村上母は大口を開けて、景気よく笑ってみせた。

「──ええ、弱いわよ！　もうね、飲めない酒飲んじゃった感じ！」

　飲めない酒といっても、小さなグラスで二杯だけなのだが──。彼女にとっては致死量のようで、鍋の底の酔っ払い海老よろしく、ぐったりテーブルに突っ伏してしまう。そしてテーブルに頬をつけたまま、ブツブツ言いはじめたのである。

「そりゃ飲みたくもなるわよ……。大事なひとり息子が、わけわかんない女に引っかかって……。いくら言い含めても、結婚するだとか自分が責任持つだとか……。挙げ句なんだったら母さんとは縁切ってもいいだとか……。そんなこと言われて……」

　その内容に関しては、希実も多少同情する点があったので、黙ってうんうん聞いておく。そうですよね、それは心中お察しします。すると村上母も、でしょう？　と言い継ぐ。いい高校にも入れたのに、中退するとか言い出すし。大学受験の準備だって、ずっとしてきたのよ？　それなのに……！　そうしてそのまま、テーブルをバン！　と叩いてみせたのだった。

「あ〜〜〜〜、育て方間違えた！　あたしの十五年間は、いったいなんだったのよっ!?」

あまりの大音量に希実は飛び上がり、慌てて彼女を落ち着かせようと試みる。まあまあ、おばさん。お店の人に、聞こえちゃうから……。しかし村上母は動じない。いいじゃない！　個室なんだし！　お金余計に払ってんだし！　などと下卑たことを言ってみせる。そして希実に対しても、やおら悪態をつきはじめた。

「だいたいね、あなたもね、人のこと騙したんだからね……！　これくらいの愚痴くらい付き合いなさいよ！　声の大きいのがなんだって言うのよ!?」

要は絡み酒か。あるいはこれが彼女の言うところの、それ相応の償いというものなのか――。しかし希実はひとまず頷く。わかった、わかりましたから、もうちょーっとだけ、声小さくしましょうか？　ね？　優しげに言ってやると、村上母はしばらく黙り込んだかと思うと、今度は小さく肩を揺らしだしたのだった。

ま、まさかこの人、泣いてる……？　怯む希実を前に、やはり村上母はスンスン鼻を鳴らしはじめる。おばさん、よければこれ……。そう言って希実がナプキンを渡してやると、彼女は無言のまま受け取って、顔にがばりとあてがった。やはり、泣いているようだ。絡み酒の泣き上戸、といったところか。だから希実は思ってしまう。村上母、海老より全然、性質が悪いわ――。

彼女が再び口を開いたのは、金華ハム炒飯と酔っ払い海老の炒め物が運ばれたのちのことだった。

「息子が夫の連れ子だったたって、あなたもどうせ知ってるんでしょ？　あたしとは、血が繋がってないって……」

それで希実は金華ハム炒飯を口に運びながら、はあ、一応、と頷いておく。すると村上母は大きなため息をこぼし、ナプキンでまた目元を押さえる。

「……どうせ、実の親子じゃないから、こういうことになるんだって、思ってんでしょ？」

いや、それは別に思ってないけど……。希実がそう返しても、村上母は首を振って言い張る。いや思ってるわよ。どうも依怙地《いこじ》だ。みんな思ってんのよ。うまくやってても失敗しても、ああやっぱりねって言うのよ。あそこは、血が繋がってないからなって――。あるいは、長らくそう言われてきた経験則なのか。

そうして村上少年の母は、ナプキンで涙を拭いつつ、ポツポツと昔のことを話し出したのだった。

「あたしがあの子に初めて会ったのは、あの子がまだ三歳の頃で……。あの子の父親との、お見合いの席でだった……。大げさに聞こえるだろうけど、その時あたし、運命みたいなものを、感じたのよね……」

酔いがだいぶ回っているのか、涙を拭う村上母の目はすっかり据わっている。

「あたし、もうずーっと仕事だけしてて、その頃にはもう四十歳を超えてたから……。正直子どもどころか、結婚もほとんど諦めてて……。一生ひとりなんだろうなって、思ってたから……」

希実はその段で、ん？　と首を傾げる。その頃、四十歳……？　えっ!?　てことは村上母の年って——。そう思い至って目を見開く。び、美容業界って、なんかすごいな。しかしそんな希実の思いになど気付きもせず、村上母は静かに言葉を継いでいく。

「でも、こういう形で来てくれる子どもが、あたしにはいたのかも知れないって、あの時思ってしまったのよ」

言いながら村上母は、その時のことを思い出すように、薄く微笑んだ。人生には、こういう巡り合わせも、あるのかも知れないって——。そんな村上母の予感は正しかったようで、そのお見合いはすぐに成婚の運びとなり、だから彼女は幼い村上少年の母になった。

「もちろん、何もかもうまくいったわけじゃないし、あの子、中々あたしのこと、お母さんて呼んでくれなかったしね……。そのあたりは、もうすぐに諦めたんだけど……」

しかしそんなふたりの関係に、大きな転機が訪れた。父親の死だ。

「夫が亡くなったあと、あの子の実母が、淳也を引き取るって言い出したのよ。血の繋がらない母親に、預けておくのは心配だって――。当時は、今みたいに会社も大きくなかったし。確かに暮らしも不安定でね……」

村上母の話を聞きながら、希実は斑目の話を思い出していた。確か、旦那さんの治療費で、借金がかさんでたとか、言ってたっけ……。村上母は遠くを見詰めるようにして、語り続ける。

「だからあたしも、そのほうがいいのかも知れないって、思った。親子をやれたのは、たった三年程度だったけど――。もうこれで充分だって。もう充分、幸せな時間をもらえたから、ここはちゃんと手を離そうって……。お母さんて呼べる人のところへ、あの子をちゃんと、返そうって……」

話す村上母の後ろには、相変わらず雨雲が広がっている。窓ガラスのうえを滑っていく水滴も、先ほどより速さを増している。けれど相変わらず、雨音は聞こえてこない。ただ村上母の声だけが、希実の耳には流れてくる。

「でも、あの子、実母のほうへは行かなかったの。僕のお母さんは、ここにいるじゃないかって――。あたしのスカートの裾、摑んで離さなくて……」

瞬間、希実の脳裏に、白いシャツの裾がよぎる。記憶の断片か。それを摑もうとする、小さな手も一緒に映る。あれは、誰の手？　シャツを摑んで、離そうとしない子どもの手。あれは、私の――？

しかし雨音がないおかげか、フラッシュバックは一瞬で終わった。それで希実は、ハッと村上母に視線を戻したのだ。すると彼女は遠い目をしながら、幸せそうに言い継いだのだった。

「……あの子、一生懸命、言ってくれたのよ。僕のお母さんは、お母さんじゃないかって――。それであたし、決めたのよ。この子と、絶対にちゃんと親子になろうって。絶対にあたしが、守り抜くって――」

そしてその決意が、沙耶への拒絶に転じたということか。村上母は大きくため息をつきながら、その視線を希実へと移す。そうしてひどく苦いものを口にしたような表情で、ゆっくりと切り出す。

「……だから息子がなんと言おうと、あなたの従姉妹との結婚は認められないの。子どもの認知も、とんでもない話だわ。あの子がそれでいいって言っても、あたしは絶対に、許してはあげられないの」

ハッキリとそう口にする村上母に、希実はかすかに眉根を寄せる。

「……村上くんが、まだ高校生だからですか？　それとも沙耶が、不良、だから？」

そんな希実の問いかけに、村上母は弱く首を振って返す。そんなんじゃないわ。そしてまたため息をついて、両手をこめかみに添えたのだった。

「高校生でも、十八歳だもの。自分でしたことの責任は、ある程度とってしかるべきだと思うし――。おたくの沙耶って子もね。そんな年で家を飛び出すなんて、何かの事情はあるんだろうし。別にそれが、結婚を反対する理由にはならない」

どこか苦しげに、しかし淡々と語る村上母に、希実は首を傾げてしまう。

「じゃあ、なんで？　どうしてふたりのこと、こんなに乱暴なやり方で、邪魔したりするの？」

すると村上少年の母親は、ふうと大きく息をつき、ふっと宙をあおいだのだった。

「――淳也に、あたしと同じ苦労はさせたくないのよ」

「え？」

「言ったでしょ？　あなたの従姉妹のお腹の子どもは、息子の子じゃないって……」

ごく断定的に語る村上母に、希実はやはり疑問を呈してしまう。だから、なんでそんなふうに決めつけるんです？　あの子、行く当てがなくて、元彼の部屋にいただけで……。元彼とは、もう全然……。しかし村上母も、まるで聞く耳を持たない。元彼の子じゃないなら、また別の男の子よ。淳也の子じゃない。絶対に違うのよ。

あまりに頑迷な彼女の態度に、希実もさすがに苛立ちを覚えはじめる。なんなんですか？　その決めつけ――。それで思わず言ってしまう。子どもが、村上くんとの子じゃないって証拠でもあるんですか？

その希実の言葉に、村上母はぐっと唇を嚙んだ。そしてそのまま、頷いたのだった。だから希実は、それまでの勢いを削がれ、え？　と口ごもってしまう。それ、どう、いう……？

それでようやく、村上母は重い口を開いたのだった。

「……あの子、子どもが作れないの。人工的にならば可能らしいけど……。だから、篠崎沙耶のお腹の子は、淳也の子どもじゃないの」

思いがけない村上母の告白に、希実はただただ呆然としてしまう。何？　それ……。どうして、子どもが……？　いっぽうの村上母は、淡々と話を続ける。

「中学にあがってすぐの頃、あの子、少し体調を崩してね。病院で調べてもらったら、そういう状態だってわかってしまったの」

おかげで希実は呟いてしまう。そういう、状態って……。しかし同時に、思い出してもいたのだ。そういえば村上くんの部屋の本棚に、医学系の本がたくさんあったような……。

「ただ症状は比較的軽くて、問題になるのは生殖の部分くらいだって言われたわ。それだって、治療すれば子どもは持てる可能性もあるって。だからあの子にも、そのことはちゃんと伝えて、それは自分の個性だと思って前向きに捉えるように……」

そんな村上母の説明に、希実はハッとし口を開く。

「――え？　じゃあ村上くんは、子どもが自分の子じゃないって、知ってるんですか？　知ってて、沙耶と結婚するって……？」

すると村上母は、グラスにほんの少し残っていた紹興酒を、クッと飲み干して言い捨てた。ええ、そうよ。そうして手で顔を覆い、肩を震わせながら言葉を続けたのだ。

「……だからあたしは、結婚にも認知にも反対したのよ。だって、そうするしかないじゃない？　あの子に、こんな厳しく接したのは、初めてだったけど……。でも、あの子にみすみす、苦労させるわけにはいかないって……」

涙をぼろぼろ流しながら、村上母は苦く笑う。

「なのにあの子、それでもいいって……。自分の体のことは、一生沙耶にも子どもにも隠して、その子の父親になるんだって……。これ以上反対するんなら、母さんとは親子の縁を切るなんて、言っちゃって……」

希実はそんな村上母を見詰めながら、顔を覆う指先の赤い爪に気を取られていた。血で染まったような、真っ赤な指先。けれどよくよく見てみれば、その爪は短く丸く、背伸びした少女が塗った、虚勢の赤色のようにも感じられる。

「縁を切ったらあたしたち、本当にただの他人に、なってしまうのに――」

涙を流す彼女の後ろで、雨は音もなく降っていた。希実はその様子を見詰めながら、じっと言葉を探していた。彼女に言うべき言葉が、自分にはあるような気がしていた。

ただの他人に、なってしまう。

絞り出すようにそう口にした彼女に、私は――。

「……そんなわけ、ないじゃん」

しかし、言うべきその言葉を発したのは、希実ではなかった。そのダミ声は希実の背後から聞こえてきたのだ。

「え……？」

咄嗟にドアロを振り返ると、そこにはすっかり雨でずぶ濡れになったらしい、ジャージ姿の村上少年が立っていた。少年はだいぶ思い詰めた様子で、じっと希実の向こう、つまり村上母を見詰めている。

「村上くん……！」

ちなみにそんな村上少年の背後には、同じく雨に濡れそぼった様子の弘基が、腕組みをして立っていた。村上少年と共にやって来たのか？　彼は希実の視線に気付くと、顎で村上母のほうをしゃくってみせた。

それで希実も改めて村上母のほうへと向き直る。すると村上少年は、さらに母へと言い募っていったのだった。

「親子の縁が切れるなんて、そんなわけないじゃん。切るって言ったって、切れないのが親子だよ？　母さん、そんなこともわかんないで、親子なんてやってたのかよ？　あんがい、頼りにならないな――」

昼よりだいぶ声がしゃがれて聞こえるのは、おそらく風邪が悪化しているせいだろう。おかげで村上母も、話の内容より声のほうに心配を寄せはじめる。淳也、あなた、体、拭かないと……。そうして散々涙を拭ったナプキンを手に、少年のもとへと歩み寄る。

すると村上少年は、差し出されたナプキンでとりあえず鼻水を拭い、目の前に立つ母に向かい、苦く笑って告げたのだった。

「……沙耶に、会ってきた。……っていっても、けっきょくちゃんとは会ってはもらえなくて、ドア越しに少し、話しただけだけど……」

　そんな少年の説明に、村上母の表情が強張る。そんな母の変化に気付いているのかそうでもないのか、村上少年はやはり笑いながら続ける。

「……それで、別れたいって、ハッキリ言われたよ。いくら俺が、子どもの父親として傍にいたいって言っても、沙耶のこと支えたいって言っても、まったく聞き入れてもらえなかった」

　そんな少年の告白に、村上母は硬く頷く。それでいいのよ。あの子にもわかってるのよ。こんな形で家族になっても、うまくいかないってことくらい――。

　しかし村上少年は、笑って続けたのだった。

「でも俺、諦めないって言ってきたんだ。沙耶のことは、俺が守りたいって。守れるようにならなきゃ、駄目だと思うからって――。だって、ひとりで子どもを産むっていうアイツを、このままほっとけるわけないじゃん？」

　真っ直ぐな彼の言葉に、村上母は深くため息をつく。あなたは、またそんな――。そして、怒ったような泣き出しそうな顔で、彼の胸をひとつ叩いたのだった。篠崎沙耶は、あなたの体のこと知らないで、しゃあしゃあとあなたを裏切ったのよ……!?　騙そうとしてるのよ……!?　そういうの、ちゃんとわかってるの……!?　しかし村上少年は動じない。わかってるよ。そんなこと、もう百回以上自問自答してるし。だが村上母も引く気はないようで語気を強める。そうやって許すの……!? あの子の裏切りを……! それでも少年は頑なだった。きっとなんか、事情があったんだよ。だから……。すると村上母は唇を噛んで首を振りはじめた。もう! なんなのよ!? あまりの少年の頑固さに、さすがに憤ってしまったようだ。どうして母さんの言ってること、ちっともわかってくれないの——?

　そんな母の言葉を前に、村上少年は少し困った様子で頭をかきながら、恥ずかしいし、あんま言いたくないんだけど……、などと漏らしつつ、背後の弘基にチラリと顔を向ける。

　すると弘基は少年を睨みつけ、顎で村上母のほうをしゃくってみせる。どうやら、それでも言え、というニュアンスのようだ。それで村上少年は小さく息をついて、困り顔で続けたのだった。

「言っとくけど、俺、子どものことなら、全然大事にする自信あるんだよ。俺の子どもじゃないとか、そんなの大して問題ないっていうか……」

　しかし村上母は、納得がいかない様子で顔をしかめる。だからあなたは、子どもだって言うのよ……! 結婚とか生活とか、そういうのはそんなに甘いものじゃ——。だが少年は、そんな母の言葉を遮り言ったのだった。

「――だって俺、母さんの息子だよ？」

その言葉に、村上母の動きが止まる。

「血の繋がってない俺を、こんなちゃんと育ててくれた、母さんの息子なんだよ？　それで、大事に出来ないなんておかしいでしょ？」

村上母は黙ったまま、半ばポカンと少年の顔を見詰めている。いっぽう少年はと言えば、やはり少し照れくさいのか、肩をすくめるようにしながら続けたのだった。

「言わなくてもわかってよ、そのくらい。親子なんだしさ……」

そんな少年の物言いに、村上母は面喰らった様子で呆然としている。村上少年も、どこか居心地悪そうにナプキンをごそごそいじっている。希実も若干動揺しつつ、ふたりの様子をぼんやり眺める。

すると戸口に立った弘基が、小さく舌打ちして言ったのだった。

「ったく、面倒くせぇ親子だよ。身勝手だわ、頑固だわ――。そっくりだよ、あんたらふたり」

すると村上少年は苦笑して、そうなんですよね、と呟いた。

「……似なくていいところまで、親子って似たりするみたいです」

「——というわけで、期せずして高級中華が食べられちゃったわけだよ」

図書館の談話コーナーで、希実が村上母との顚末について話してみせると、孝太郎はかなり面妖な面持ちで返してきたのだった。えっ？　その話って、そこが帰結でオッケーなわけ？

だから希実は首を傾げ答えた。でもまあ、なんか親子の話はまとまった感じだったし、個人的に印象的だったのは、やっぱ料理のほうだったっていうか……。そんな希実の返答に対し、孝太郎は呆れ顔で笑っていた。まあ、篠崎さんらしいといえば、篠崎さんらしいけどさ。そしてアンジェリカのほうも、少々はしゃいだ様子で付け足してきたのだった。ジャア、希実チャンノ従姉妹チャン、コノ勢イデ、彼氏トゴールイン、シチャッタリシテ～？　だから希実は肩をすくめつつ答えたのだった。

「うーん、それはどうかなー」

何しろ希実が孝太郎に話したのは、あくまで騒動の概要であって、詳細については伏せたままの部分も多い。例えば村上少年の体についてや、沙耶の子どもの父親の謎に関してもも伏せてある。だからアンジェリカ、もとい孝太郎が言うように、そう単純に沙耶が村上少年と結ばれるとは、少々考え難いというのが現実なのだ。

しかしそれでも、希実は返す。

「……わかんないけど、まあ、個人的にはまとまってくれたほうがいいかなぁ」

その可能性も、ないわけではないのだ。そもそも村上少年は、沙耶を諦めないと言い切ったままだし、あの人喰い母まで高層中華の一件により、若干態度を軟化させたのだ。あの高層階から地下駐車場へと降りるエレベーターの中でのことだ。村上母は思いがけないようなことを、最後の最後に希実へと伝えてきたのだ。

「正直、篠崎沙耶には、本当に頭を悩まされたけど――。でもおかげで、初めて息子とぶつかれたのかも知れないわね。そういう意味では本当に、本当に少しだけだけど、感謝してやってもいいわ」

その言葉に村上少年が、わっ！　じゃあ感謝ついでに、交際や結婚も認めてみない？　などと迫り、そちらはあっけなく一蹴《いっしゅう》されていたが、その日の夜のうちには、彼の自宅監禁は解かれ、携帯も返されたそうだ。あの人喰い母にしては、大幅な譲歩と言えるはずだ。

ただしその村上少年はといえば、不運なことにそのまま風邪をこじらせて、現在は自主的自宅監禁状態に陥っている。監禁が解かれ今日で三日になるはずだが、彼はまだ電話でしか連絡を寄こせていない。しかも、ブランジェリークレバヤシの店電への電話だが――。

「沙耶、あれから具合はどうですか？　ついでに僕のこと、なんか言ってません？」

　聞けばどうやら沙耶のほうは、電話もメールも、一切合財無視しているのだそうだ。そしてそんな電話を何度も受けた希実は、村上少年に懇願され渋々沙耶に言ってやったのだった。

「無視くらいじゃ、村上くんは諦めてくれないと思うよ？　お母さんもちょっと態度を変えたみたいだから、たぶん当分しつこくされると思う」

　そしてついでに、沙耶に感謝すると村上母が述べていたことや、沙耶を部下に追わせたのは事実だが、命など狙っていないと明言していたことも伝えておいた。

「何百人て人間の、人生を背負った経営者が、そんな犯罪行為するわけないでしょ、って怒ってたよ？　だから広島でのことは、たぶん元カレの仕業なんじゃないかな？」

　沙耶は黙ったままだったが、張りつめていたようなものは、若干ほぐれたように見受けられた。うっすら生えかかってきている眉毛も、安堵したように少しだけ下がった。それで希実は、さらに余計なことまで言ってしまったのだ。

「……どうかしてるのが、母親ってものなのかも知れないけど。でも、みんながみんな、酷いわけじゃないし――。村上母、けっこうよかったよ？　車の運転もうまいし、おいしいもの知ってるし……」

そしてそんなふうに言ってしまった身としては、彼らの関係がよい方向に進めばいいのにな、と思ってしまうのだ。無論、そう簡単な話ではないのだろうが——。それでも希実は孝太郎の前で、しみじみ言ってしまった。

「何よりまとまってくれないと、沙耶、うちで子ども産むとか言い出しかねないし……。しかも暮林さんだったら、ええでええでーとか言っちゃいそうだし……。そういう意味でも、是が非でもうまくいって欲しいんだよね」

希実のそんな発言には、孝太郎もだいぶ納得していた。なるほど、確かに——。気を付けないと、あり得ない未来ではないもんね。

孝太郎が記憶について訊いてきたのは、そうしてひとしきり高層中華事件について話し終えた頃のことだった。

「——ああ、そういえば篠崎さん。最近雨が多いけど、記憶のほうは大丈夫？」

たまたま思い出したといった様子で言ってくる孝太郎に、希実は少し考えて返す。

「うーん、まあ……。ちょっと、変化は出てきたかな」

そんな希実の返答に、孝太郎は眉根を寄せて訊いてくる。変化？　うん、なんか色々になってきたっていうか……。すると孝太郎はさらに、色々？　と迫ってくる。たまたま思い出したにしては、少々食いつきがよ過ぎる。希実はそのあたりに若干違和感を覚えながら、しかしさらりと答えておく。

「忘れてる思い出の中には、悪いこともそりゃあるんだろうけど――。いいことも、ちょっとはありそうな気がしてきたっていうか……」

すると孝太郎は、またしても面妖な面持ちになって、そう、と返してきたのだった。

「そっか……いいことも、ありそうなんだ――」


一年もあれば人間は変わる。

希実はそう思っている。何より自分が変わったのだ。ブランジェリークレバヤシにやって来て、一年と四ヵ月半。変わったなと、自分でも思う。

前はもっと、たくさんのことに腹を立てていた。たくさんの人やものを憎んで嫌って、その気持ちで自分を守っていた。

あんたたちに何を言われたって、私は平気。だってあんたたちのこと、嫌いだし。世界にどれだけはじかれたって、私は平気。だって世界なんて、くだらないもの。認められなくていい、許されなくていい、居場所なんてなくていい。だって私も、誰も認めないし、誰のことも許さない。こんなくだらない世の中に、居場所を求める価値なんてない。

その思いが、完全に消えたわけではない。無論、忘れたわけでもない。だから時々、思い出すのだ。通りで、電車の中で、学校の廊下で、テレビのニュースで、ふいにのぞいたネットのサイトで――。あの頃の自分を、見つけてしまう。

それは当たり前のことなのだ。人は変わる。でも、世界は変わっていない。自分が笑えるようになったとしても、笑えないままの誰かはそのまま存在し続ける。

そのことを忘れてはいけなかった。あるいはないがしろにしていたから、思わぬしっぺ返しを食らったのかも知れない。

その日も沙耶は、朝の散歩に行くからと希実を起こした。

朝散歩はすでにふたりの日課と化しており、だから希実は不承不承、その日もちゃんと起きて階下へと降りて行った。もちろん大あくびをかましながら。

閉店間際の店内には、安田の姿もあった。なんでも希実に話があるとかで、出勤前に店に立ち寄ったらしい。

そういえば安田氏、昨日まで島根に行ってたんだっけ？　そんなことを思い出した希実は、早速彼から話を訊こうとした。どうだった？　なんかわかったの？

しかし安田は眉をあげて、ちょっと入り組んだ話だから、希実ちゃんが散歩から帰ってから話すよ、などとやけに思わせぶりなことを言ってきたのだった。別に報告が少々遅れたって、内容が変わるわけじゃないんだからさ。

そうして希実たちは普段通り、ブランジェリークレバヤシをあとにしたのである。

「じゃあ、行ってきまーす」

いくら猛暑が続く毎日でも、朝の五時ともなればひどく暑いということもない。心地よい温度の中、希実たちは朝陽の中を歩き出した。

空は薄い水色を刷毛で雑に塗ったような素朴な色をしている。光はまだ白く、だから景色にぼんやり紗《しゃ》がかかっているように感じられる。尻尾を振りながら歩く犬も、すれ違う老人たちもひどくのどかだ。

緑道に入ると、青臭いような匂いがしてくる。木々の葉が色を濃くする匂いだと希実は思う。そのせいか、空へと伸びようとする緑道沿いの木々の緑が、心なしか色濃く感じられる。何しろ夏も盛りなのだ。

重なった緑の間からこぼれる朝陽は、歩道に網目のような模様を作って、歩く希実たちに空を見上げる理由をくれる。希実は眩しく空を見上げ、一日のはじまりをぼんやり思う。沙耶もやはり同じように、地面の光を踏みしめながら、ふっと空を見上げて笑みをこぼす。ああ、きれいだねぇ。もしかしたらこんな空の色も、お腹の子どもに見せてやっているつもりなのかも知れない。

そうして希実たちは、やがて緑道の脇へと入り神社の境内へと向かう。いつも通りそこに人影はなく、だから希実たちは自由に参拝をする。適当な二拝二拍手一拝。沙耶はその後に、神様に長時間手を合わせる。もちろん子どもに関することなどを、祈り願っているのだろうと思われる。

しかもその日の沙耶の祈りは、いつにも増して長かった。しびれを切らした希実が、まだ？　と訊いても彼女は中々顔をあげなかった。そしてふいに、あっ、と声を漏らしたのである。

「……動いた、かも」

そんなことを言いだして、お腹に手をやり笑みをこぼした。すごい、初めてだよ、動いたの。わー、感動ー。そんなことを言いながら、お腹に向かって語りはじめる。安心して、出てくるんよー。こっちは、いいところじゃけぇねー。恥ずかしげもなくそんなことを言う沙耶に、希実のほうが少々照れくさいような気分になってしまう。それでも沙耶は、お構いなしに続ける。こっちは、楽しいところじゃけぇねー。はようゆっくり、出てくるんよー。

そのうえ、希実にも要求してきた。ねえ、希実も言ってあげてよ、だがそれは、さすがに辞してしまった。いやー、ちょっと、喉の調子が悪いから、今日は……。

沙耶が鳥居のほうへと向かったのは、そのすぐ後のことだ。鳥居の向こうはくだりの階段になっていて、若干ではあるが見晴らしがいい。沙耶はそこで写真を撮ると言い出した。

「初めてこの子が動いた日の、朝の景色の写真。大きゅうなったら、見せてあげようかと思って……」

そんなことを言いながら、ジャージのポケットから楽しげに携帯を取り出す。そうしてすぐに、景色に向かってシャッターを切りはじめる。カシャン、カシャン。ただし、それなりによい一枚が撮りたいらしく、彼女は試行錯誤をはじめる。カシャン、カシャン。

希実はそんな沙耶を横目に、よくやるなぁ、と感心しつつ、手持ち無沙汰なこともあって、なんとはなしに境内を見渡す。

そうして希実は、境内のはじのほうに絵馬《えま》棚があることに気付いた。希実が神社の絵馬棚に気付いたのはその日が初めてで、こんなものがあったんだ、という思いでそちらに向かい歩き出す。

棚に飾られた絵馬の数は、それほど大量でもなかった。位置的に目立たないし、書いていく人自体も少なそうだもんな、と希実は思った。それでもそこには人の願いが並んでいて、希実は少々悪趣味だなと思いつつも、その願いに目をやってしまう。絶対合格！　父の病気が、早く良くなりますように。まーくんずっと一緒だよ。試験がうまくいきますように。中には神様へのお願いというより、今の気分なんじゃないの？　と疑問を呈したくなるようなものもあったが、ほとんどは切実な願いが綴られていた。

そうして希実は、棚に並んだ絵馬を順々に目で追っている途中、覚えがある名前にぶつかった。バベ美さんだ。彼女は太いマジックで黒々と、モテますように！　商売繁盛！　彼氏が欲しいでーす！　などと三段組みで書き殴っていた。

さすがバベ美さん、強欲だな。そんなことを思いつつ、希実はその近くに沙耶の絵馬を探す。あのふたりのことだ。おそらく一緒にここに来たのだろう、と希実は思ったのだ。

すると案の定、沙耶の絵馬も絵馬棚のはじのほうにあった。そこには当然というべきか、安産祈願、篠崎沙耶、と書かれていた。しかし希実はその文字より、もっと強い思いのようなものを、絵馬から感じ取ってしまう。それで思わず、その絵馬を手に取ったのだ。

「これ……？」

沙耶が書いたのであろうその絵馬には、何者かが手を加えたあとが見られた。沙耶がしたためたその文字が、ぐしゃぐしゃっと黒いマジックで塗りつぶしてあったのだ。まるで沙耶の祈りや願いを、力任せに捩じ伏せようとするかのように——。

それを見た瞬間、希実の背筋に冷たいものが走った。そうして、気付いたのだ。ああ、そうか。この世界は、変わってないんだ。

途方もない怒りも、際限のない憎しみもある。ただそれに、気付くか気付かないかだけで——。

そんな思いに呼応するように、希実はハッと沙耶のほうに目をやる。沙耶は相変わらず鳥居の前で、景色にカメラを向けている。小高いそこには光がたっぷりと差していて、沙耶は眩しい光の中、その顔に笑みをたたえながら、美しい世界を写そうとしている。

「あ——」

希実の目がその男をとらえたのは、次の瞬間だった。彼は神社の入り口に立ち、じっと沙耶の姿を見詰めている。金髪で小柄な猫背の男。希実にとっては、見覚えのある顔だった。何しろ一度写真で見たことがある。村上母がテーブルに投げ置いていった。あれは、沙耶の元彼の——。

男は感情が抜け落ちたような虚《うつ》ろな目で、ぼんやり沙耶を見詰めていた。しかし沙耶が幸せそうにお腹に手をやりだすと、その目にカッと怒りの火が灯ったのがわかった。

そうして次の瞬間には、沙耶目がけて地面を蹴ったのだ。

「沙耶……！」

希実は鋭く叫びながら、男と同じく沙耶のほうへと駆け出す。沙耶はそんなことには気付かないまま、朝の景色に気を取られている。カシャン、カシャン。

いつか広島で、階段から突き落とされたと彼女は言っていた。交差点で、道路に向かって押されたとも——。それは悪意で、それは殺意で、そんなものに曝《さら》されながら、人は暮らしている。

気付くか、気付かないか、ただそれだけのことで——。

こっちの世界は、いいところでも、楽しいところでもない。沙耶に向かい走る男に手を伸ばしながら、希実はそんなことを思う。

忘れるべきじゃ、なかったんだ。

人の心の、弱さも醜さも、凶暴さも。

村上少年の身代わりを引き受け、彼の母親とひと騒動起こした希実を、弘基はもちろんこっぴどく叱りつけた。

「——ったく！　相手が相手だったからよかったようなもんの、まかり間違ったらどうなってたかわかんねぇだろ！　なんでそう無鉄砲な真似しくさるんだよっ!?」

だが当の希実はと言えば、はーい、すみませんでしたー、と軽く詫びたのち、すぐに嬉々として言ってきたのだった。でもさ、高級中華食べられたし！　弘基、ピータンて食べたことある？　あれ、すごいおいしくない？　私、考えたんだけど、ピータンパンてどうかなーって……。

そんな悪びれない希実に対し、弘基は半ば脱力してしまったほどだ。なんなんだよ？　その、うまいものをパンにぶち込みゃあ、そのままうまいんじゃねーか、みてーなセンス。まるで美和子さんと同じじゃねーか——。

＊　＊　＊

しかし実際問題、希実と美和子が似ているわけはないのだ。便宜《べんぎ》上、美和子の異母姉妹ということでブランジェリークレバヤシに居候している希実だが、ふたりが姉妹ではありえないことを、弘基も暮林も承知している。

けど、なんか似たとこはあんだよなぁ。慎重な割りに雑なとことか、ごくたまに妙な正義感をたぎらせるとことか、時々異様に無鉄砲なところとかよ。そしてだからこそ、心配でもあるのだ。

希実が村上少年と入れ替わり、彼の自宅へ向かったと聞いた瞬間、弘基の血の気は一瞬で引いた。何しろ彼は、人がいなくなるということをよく知っているのだ。美和子の時に、嫌というほど思い知らされた。呆気ないほど突然に、人の命というものは消えてしまう。

あんなふうに、美和子に逝《い》かれるとは思ってもみなかった。彼女のいる日々は、まだずっと続いていくと、当然のように信じていたのだ。彼女との関係に、多くを望まなかったのもおそらくはそのせいだ。

あの頃、彼が望んでいたのは、彼自身でも陳腐《ちんぷ》に思うほど、ささやかなことでしかなかった。どうかこのまま、この人の隣にいられますように。どうか美和子さんが傷つくことなく、なるべくなら笑っていてくれますように――。想いを返してもらう必要はなかった。ただ、愛させてくれるだけでよかった。それなのに、彼女は。

安田が久しぶりに店に現れたのは、希実に話があるからという理由だった。

「そういうわけで弘基、出禁はといてあげてね～？」

　そんなふうにソフィアに言われ、だから弘基は安田を店に招き入れた。何しろ出禁理由のほうは、そもそもソフィアへのストーカー疑惑だったのだ。刑事というおまけはついたが、あんな告白をかます人間に悪いヤツはいないだろう、というのが弘基の見解でもあった。まあ、パン食わねぇところは気に入らねぇけど。そこまで酷いヤツでもねーのかもな。

　いっぽう起きてきた希実はと言えば、安田の話を聞くことなく、とりあえず朝の散歩に向かってしまった。彼女はこのところ、沙耶の朝散歩に付き合っているのだ。それで眠い目をこすりながら、手を振り店を出て行ってしまった。じゃあ、行ってきまーす。

　そうして取り残された安田は、弘基にパンを所望してきた。

「今日は勤務時間外なので、ぜひ何かいただきたいなと――本当はずっと食べてみたかったんです。このお店のパン……！」

　そんな安田の発言に、弘基も少々機嫌をよくして、次々パンを出してしまったのである。

「おう、今日は好きなだけ食べろ。実は俺もさ、警察ってのがどうも嫌いでよ。それで安田の出す刑事臭を嗅ぎ取って、毛嫌いしてたんだと思うわ。悪かったな～」

アイスデニッシュを出したのも、その流れによるものだ。そういや、冷凍庫に余ってるのあったわ。そう言って、一本丸々出してやった。

するとそれに、ソフィアが食いついた。あー、アイスデニッシュならアタシも食べた〜い！　安田さん、半分こしましょうよ〜。どうやらソフィア、先の納涼祭でだいぶこのパンが気に入ったようだ。だって、すごーくおいしいんだもの。弘基って、よくこういうの思いつくわよね。それで弘基は、返したのだった。

「……もともとは、別の人が発想してたパンなんだ。ウィークエンドシトロンて菓子をヒントに、パン・ド・ミで作ってた。ウィークエンドシトロンには、週末に大切な人と食べるケーキって、意味があって……」

そんな弘基の説明に、ソフィアはやたら納得していた。なるほどね〜。おいしいものって、大切な人と分け合いたくなるものね〜。そして提案までしてきた。これ、夏以降も週末限定で売ってみたら？　アイスパンじゃなくて、ウィークエンドシトロンデニッシュ、とかにしてさ〜。それには安田も笑顔で強く賛同していた。いいですね！　パンなら男性でも、気負いなく買えますし！　するとソフィアも微笑み静かに頷いた。そうね〜。パンって、なんかさりげないもんねぇ。日常の食べものっていうか——。

話を聞きながら、弘基もなんとなく思っていた。まあ、そうかもな。美和子さんはこうやって、日々の中で人と人が、笑顔になれる理由を、作りたかったのかも知れない。例えばうまいものをぶち込んだパンや、大切な人と食べるというケーキを模したパンなんかで――。

弘基も思っている。日常の中に、特別はいらない。普通でいい。起きて食事をして働いて寝る。その時間の中に人がいて――。うまいパンを食べて、笑い合えたりすれば、それでもういいような気すらする。

とはいえもちろん、諍《いさか》うこともあるだろう。日常とはそういうものだ。弘基にだって自覚はある。何しろ今もそうなのだ。言い合ったり怒鳴ったり、わめかれたりしてるもんな。まあ、主にアイツにだけどよ。

もしかしたら誰かを、期せずして泣かせることもあるかも知れない。傷つけたり、見損なったり、見損なわれたり、そんな状況に陥る可能性も十二分にある。

でも、寝て起きりゃあ、また違う日が来る。だったら、取り戻すことは出来んだろ。それは弘基の、祈りにも似た思いだ。だったら、もうそれでいい。普通で、ありふれて、なんだったら、ちょっとくらい悪いことがあったって、別に構やしねぇ。

最悪のことさえ起こらなきゃ、それで、もう――。

ぼんやりとそんなことを考えている間に、ソフィアと安田の会話は、この店のことに変わっていた。へえ、オーナーの奥さんが、ここを……。ええ、でも開店前に亡くなっちゃったんですって。ああ、それはお気の毒に……。

窓をバン！　と風が叩いていく。そのことに弘基は、得も知れない胸騒ぎを覚える。あの日も、風が強く吹いていたはずなのだ。バン！　バン！

バン！

店の電話が鳴ったのは、その瞬間だった。鳴った瞬間に、嫌なものを感じた。ソフィアもそれは同じだったようで、彼女は怪訝そうに眉をひそめながら、誰かしら、こんな時間に……、と席を立ちレジへと向かった。

「はい、ブランジェリークレバヤシで〜す」

電話に出た彼女は、すぐに顔色を変える。

「——えっ？　え？　何？　沙耶ちゃん、ちょっと落ち着いて……！」

何があってもいい。弘基は、ずっと思っていた。最悪のことさえ起こらなければ、もうそれでいい。

それでも風は吹いてしまう。

「え……っ？　希実ちゃんがっ!?　意識が、ない……？」

多くは、望んでいなかったつもりだ。最悪のことが起こらなければ、それでいい。傍で守っていられれば、それでいい。
守り抜ければ、それで、よかったのに——。

Cuisson

――焼成――

彼女といると、どうしても希実や美和子の話ばかりになってしまう。暮林がそう気付いているのだから、律子のほうはもうとっくに承知なのだろう。

しかしそれも仕方のない話なのだ。何しろ彼らの共通の話題は、それくらいしかない。律子など、進んで希実の話を聞き出す。毎日のメールについてもそうだ。

暮林の携帯が振動するのに、律子はあんがい目ざとく気付き、きてるんじゃない？　と声をかけてくる。それが希実のメールであれば、もちろん内容を訊いてくる。あの子、今日はなんて？　それもだいぶ楽しげに。

ただし希実のメールというのは、律子にとってそうわかりやすい内容でもない。例えば、どうやら斑目氏は双眼鏡で趣味を継続中のようです、だとか、美作くんの腹話術が上手くなってて引きました、あるいは、ソフィアさんから近く重大発表があるかも知れません、はたまた、こだまがプールの行き過ぎで真っ黒になってます、等々。

だから暮林はそのたびに、彼らの紹介をしなくてはならなくなる。出会いやら騒動やら、人となりやらそんなことを、記憶の糸を手繰り寄せながら話している。

そして律子はと言えば、その手の話をひどく嬉しそうに聞くのだった。へえ、あの冷めた子が、そんなこと？　ずいぶん逞《たくま》しくなったのねぇ。そんなふうに声をあげながら、眩しそうに目を細くしている。そして時折胸を張るのだ。

「――やっぱり、托した場所に間違いはなかった。あたし、母親としては終わってるけど、カッコウとしてならだいぶ優秀よね」

いっぽうで彼女は、美和子についても折に触れ話してくれる。それは暮林にとって、興味深い内容で、だから彼女が切り出してくるのを、実のところ楽しみにしている。何しろ律子と美和子の出会いというは、二十年ほど前に遡るのだ。暮林が美和子に会うより、五年ばかり早い。

当時、広島から家出同然で上京してきたばかりだったという律子は、美和子の兄を介して、高校に上がって間もない美和子と出会ったそうだ。

「あたし、年を誤魔化して、夜の店で働いてたんだけど。そこに調子に乗った大学生グループが、しょっちゅう遊びに来ててね。その中に美和子のお兄さんがいたってわけ」

それでまず兄と親しくなった律子は、彼が実家の母親に金をせびりに行くのに同行し、初めて美和子と出くわした。

「だから美和子、あたしの第一印象って最悪だったみたい。もうびっくりするくらいシラーッとした目であたしたちのこと見てね。顔には、軽蔑する、って書いてあったし」

しかしそんな出会いから半年ほど経ち、ふたりは距離を縮めたらしい。色々あって仲良くなったの。律子は笑顔でそう語っていた。単にはしょっただけなのか、それとも話したくないからなのかは、いまひとつ判然としなかったが、しかし後者である可能性のほうが、若干高いような気がしていた。律子は何かを誤魔化す時、笑顔の気配が濃くなるのだ。けれど聞き手である暮林としては、無理強いをしてまで、話を聞き出そうというつもりはなかった。彼はただ、律子が楽しく語る美和子の話を、聞いていたかっただけなのだ。彼女が語る美和子の面影を、ただ見詰めていたかった。

親しくなった律子と美和子は、その後、何かとつるんでいたそうだ。

「美和子の制服借りて、ふたりとも女子高生でーすって顔して、オヤジとカラオケ行ったりね。女子高生ブームの走りの頃だったから、歌うだけでお金もらえてさ。でも美和子、そういう時でもボン・ジョヴィとかしか歌わないの。もうオヤジ、超ポカーンで……」

笑いながら言う律子を前に、暮林も美和子の熱唱を思い浮かべて少し笑った。ボン・ジョヴィ、なぁ……。

律子の美和子との思い出は、他にも溢れるほどあった。美和子が家を抜け出すのを手伝って、ふたりでレイトショーに出かけたり、自転車で目黒川沿いをふたり乗りしたり。クラブにも行ってたな、と律子は舌を出して告白もした。あの頃って、年齢チェック甘かったから、なんか好きに出来てたんだよねー。

美和子の夏休みには、ヒッチハイクの旅に出たことまであったらしい。野宿覚悟の北海道旅行。当然ながらうち数日は、道端《みちばた》で眠ることになったそうだ。洗髪は公園の水道水。夏とは言え、北海道だと夜は普通に冷えてさー。ちょっと遭難するかと思ったよ。

暮林にとっては、どれも初めて聞く話ばかりだった。彼女らしいエピソードもあれば、意外な一面も垣間見られた。それは暮林にとって、ほとんど僥倖と言ってよかった。こんなふうにまた、知らんかった美和子と会えるなんてな。

だからか律子も言ってきた。暮林さんて、美和子の話聞く時、本当に嬉しそうな顔するよね。それで暮林は、ごく当たり前のように答えてしまったのだ。

「美和子とは、付き合いこそ長いけど、一緒におれた時間はそう長くもないでな。昔の話も、そうようけは聞いとらんのや。そやで、本当に嬉しいんや。こうやって話が聞けて……」

その瞬間、律子の表情がわずかに強張ったのを、暮林は見逃さなかった。それで、静かに続けたのだ。

「いつでも話せると……。いつかは話せると、どっかで高を括《くく》っとったんかも知れん。もっと時間作って、もっとちゃんと会って、もっと話しとけばよかったって……」

続く言葉は決まっていた。だから律子さんも、希実ちゃんと会ったほうがええと思うんですけど――。しかしそんな暮林の言葉は、律子によって遮られてしまった。

「――あたし、あの子に会う気はないよ？」

頑なな笑顔で彼女は言った。それは彼女が、このところ何度も口にしている言葉だった。つまり暮林も、何度も彼女に言っているのだ。あの、そろそろ、希実ちゃんに……。そしてそのたび、笑顔で拒絶されている。いや。駄目。ごめん。無理。

「今会ったら、なんのためにあの子を店に預けたのか、わかんなくなっちゃうじゃん」

何しろ律子には律子なりに、希実をブランジェリークレバヤシに預けた理由があるらしいのだ。そのことに関しては、会ってすぐのタイミングで告げられた。

「実はある日、雷に打たれたように気付いちゃったんです。情けないけどあたしには、希実に残してあげられるものが、なーんにもないんだなーって」

二ヵ月前、律子が暮林を訪ね、店にやって来た時のことだ。彼女は暮林が焼いたバゲットをちぎり、ゆっくり口に運びながら説明した。

「死んだ親の遺産が少しはあるから、あの子が大学に通える程度のお金は、渡してあげられると思うんですけど。でも、本当に残さなきゃいけないのは、そんなものじゃないでしょ?」

問われるように言われた暮林は、眉をあげ笑顔で返した記憶がある。え? ええ、まあ、そうかも知れませんな。すると律子も笑顔になって、そうなのよ、と大きく頷いたのだった。

「——例えば、温かな記憶。そんなものが、長い人生にはきっと必要で、でもあたしには、まるであげられなかった。これからだって、たぶん無理だわ。だってあたしにもわからないもの。温かな記憶っていうのが、いったいどういうものか……」

笑いながら、しかし彼女は絞り出すような声で言っていた。

「……でも、美和子は、きっとあの子にあげていたんだと思う。温かな時間や、温かな記憶を。だって美和子の話をする時のあの子は、本当に楽しそうだったもの……。だからあたし、美和子に希実を返そうと思ったの」

とはいえ美和子はすでに故人となっていたわけだが——。しかし律子が言うことには、それでもブランジェリークレバヤシは合格だったのだという。

「このお店になら、あの子を託しても大丈夫って、カッコウの本能が教えてくれたの。だからあの子を、お店に送ったのよ」

そうして一度預けた希実には、もう会わないと決めたのだそうだ。

「あたしには、前科があるの。いらないって思ってたあの子を、けっきょく取り返しにいっちゃって……。それであの子、記憶を……。だから今度はもう会わないの。あなたがどれだけ説得しても無駄よ？」

彼女の言葉が何を意味しているのか、暮林にはあらかた見当がついていた。何しろ魔法使いの医者に、すでに資料は託されていたのだ。希実に関する調査報告書。そこには希実のそう長くもない人生が記されていて、記憶の一部を失くしていることについても、推察まじりで書かれていた。

だから彼女が頑なに、希実と会うのを拒む気持ちも、実のところわからなくもない。けれどそれでもこうやって、彼が律子に語り続けるのは——。


その日暮林は、いつもと同じように律子とともに部屋を出た。そして少し先の広場のベンチで、揃ってパンをかじった。今日のパンはベーコンエピと夏野菜のフォカッチャだ。それを暮林は、八対二の割合でちぎる。八食べるのが暮林で、二が律子。それがふたりの不文律になりつつある。食欲がないと言う律子だが、ブランジェリークレバヤシのパンなら食べるのだ。

「美和子が作るパンと、少し似た感じがする……」

おそらくそれが、パンを食べてくれる理由だろう。だから今日も、暮林は二のベーコンエピと夏野菜のフォカッチャを渡した。律子も当然のようにそれを受け取り、ゆっくりと口に運びだした。

男が現れたのは、ちょうどそんなタイミングだった。

「――篠崎律子さんですか？」

背が高く顔色の悪い男だった。目の下のクマが特にひどい。しかも走ってきたせいか、ひどく息を切らしていた。そんな男の不審な様子に、律子は眉をひそめて黙り込む。するとと男は、胸ポケットから黒いケースを取り出し、律子の前で開いてみせた。

「……警視庁捜査二課の、安田といいます。改めて、篠崎律子さんでよろしいですか？」

その段で律子は、一瞬暮林に視線を送ったのち、やはり怪訝そうにしながら頷いたのだった。ええ、そうですけど……？　律子の返答に、男は表情を険しくしながら息をつく。よかった……。やっと、みつけた……。いや、よくもないか……？

暮林はそんな男を注視しながら、しかし奇妙なことに気が付く。ん？　この男の人、甘いパンの匂いが――？

するとその男は、思いがけないことを言いだしたのだった。

「希実ちゃんが……！　娘さんが事故に……！　階段から落ちて、意識不明なんです……！」

瞬間、暮林は耳の奥で、風の音を聞いた。ごう、ごう。しばらく聞いていなかったはずのその音が、はっきりと耳の奥で鳴ったのだ。ごう——。

＊　＊　＊

猫に石を投げている少年がいる。

怒りに震えている様子でも、楽しんでいるふうでもない。どこか無表情なまま、しかし塀の隅へと追い詰めた子猫たちに、拾い集めた石を淡々と、しかし力任せに投げ続けている。母猫は少年の背後にまわり、責めたてるようにわあわあ鳴いている。もう猫の鳴き声には聞こえないほどだ。少年はそんな母猫を振り返り、やはりそちらにも石を投げつける。しかし表情は抜け落ちたままだ。

あの子は、誰だろう？　どうしてあんなことをしてるんだろう？　希実はそんなことを考えながら、じっと少年の姿を見詰める。そしてその横顔に、ハッとする。ああ、この子は――。従兄妹の正嗣《まさし》だ。沙耶の兄の――。

町の風景にも覚えがあった。細い石畳の路地。並んだ瓦屋根の家々。それは幼い頃、希実が暮らした町のそれで、だから希実はようやく気付いた。ああ、そうか。これは夢なんだ。私また、昔の夢を見てるんだ。

正嗣は、よく猫をいじめていた。フンをする迷惑な野良猫を、こらしめているのだと本人はうそぶいていたが、それは単なる言い訳で、けっきょくのところ、彼自身の性格の問題だと希実は思っていた。正嗣は意地悪で乱暴だから――。何しろ彼は希実のことも、大人たちに知られないよう、叩いたりつねったりしていたのだ。だから思ってしまっていた。正嗣は性格が悪いから、弱いものをいじめて楽しんでるんだ。

しかし今となってみれば、それだけでもなかったんだろうな、と思えてくる。彼が狙う猫の多くは、ほとんどが親子連れだった。そして決まりごとのように、子猫のほうへと石を投げつけるのだ。まるで親猫を試すかのように。

おそらく彼は、憎かったのだろう。親猫に守られた子猫たちが。何しろ彼は、守ってもらえていなかった。猫でも我が子を守ろうと、鳴いたり睨みつけたりするというのに――。暴力にさらされた正嗣の前で、彼の親たちは、じっと目を伏せ、ただただ口をつぐんでいた。

希実が祖父母宅に預けられていた頃、そこには叔父夫婦と従兄妹たちもいた。地元ではちょっとした名士と目されていた祖父は、前時代的に厳格で、とにかく躾に厳しい人だった。希実も沙耶も躾と称し、容赦なく殴られていたし、男孫の正嗣については、傍で見ていても眉をひそめてしまうほど、特に厳しく躾がなされていた。

挨拶の声が小さいと怒鳴られ、背筋が伸びていないと叩かれ、目つきが悪いと言っては殴られ、塾の成績や交友関係にも、厳しく口を挟まれていた。お前が篠崎の、跡取りなんじゃやけぇな……！　しかしあれは躾ではなく、単なる暴力だった。幼い頃もそう感じていたし、今だってそう思う。でなければ、どうして楽しげに鼻歌を歌ったただけで、浮つくなと手をあげられる必要があったのか。

けれど彼の両親は、決して祖父の横暴には逆らわないのだった。息子が怒鳴られ殴られているのを、いつも黙って看過《かんか》していた。沙耶についても、もちろん希実も同様だった。目の前の暴力の嵐が去って行くのを、じっと待っているようだった。

正嗣や沙耶の父親という人は、おとなしく陰気な動かない虫のような人で、時折いることに気付かないほど、存在感の薄い人だった。いっぽう母親の印象もごく薄い。控えめでおとなしく、いつもにこにこしていたような記憶がある。印象深いのはむしろ、祖母の彼女に対する態度だ。

祖母自身は割に温和な人だったが、しかし嫁を前にすると、とたんに表情を険しくするのだった。家事全般から立ち居振る舞い、口紅の色に至るまで、大味だとか雑だとか、品がないとか悪趣味だとか、とにかく小言を口にし続けた。そして最後に、たいてい言い足すのだ。やっぱり育ちがねぇ……。まるでそれを言いたいがために、あれこれ難癖をつけているようですらあった。あなたはもうしょうがないけど、子どもらにはうつさんでね？

しかし実のところ祖母だって、教育というものについては、祖父からひどくなじられていたのだ。お前のせいで、どっちもクズになったんじゃろうが！　酔った時など手が付けられないほど、祖母に当たり散らし、手をあげることもままあった。お前が甘やかすけぇ……！　お前の教育が、なっとらんかったんじゃ……！

そう、祖父は希実の母である律子だけでなく、正嗣や沙耶の父親についても、相当に納得がいっていなかったのだ。集まった親類の噂話を、チラッと耳にしたことがある。息子も嫁も、今でこそすかしたような顔しとるけど、あん時はえらいことじゃったよなぁ。子どもが計算出来る年になったら、ショックじゃろうなぁ——。ジィさんは今でも、腹立てとるんじゃろうか？

当時はなんのことかわからなかったが、実際、計算の出来る年になってみて気が付いた。叔父は母の年子の弟であり、つまり母より若い身空で、長男である正嗣を授かったことになる。細かく言えば、時期はおそらく高校卒業前後。計画的な妊娠出産とは、とてもではないが言い難い。お前の教育が悪かったとは、つまりそういうことなのだろう。祖父は息子夫婦をほぼ無視していた。けれどその息子の正嗣を、異様に厳しく躾けてはいた。そこにはやはり教育以上の、歪んだ思いが見え隠れする。いっぽう希実に対しては、律子のようになるなとよく言っていた。あんなクズと同じになったら、家には二度と入れんけぇの。たぶん祖父は許せなかったのだろう。自らの息子も娘も、そして妻も——。

祖母は時折、目の下あたりを青くしていた。それはたいてい、祖父が深酒をした日の翌日で、しかし祖父も祖母も何事もなかったかのように、必ず並んで食卓につくのだった。無論、叔父夫婦も何も言わない。もちろん正嗣も沙耶も、希実も口をつぐんでいた。けれど青あざの理由は明白だった。何しろたいてい、前夜には怒鳴り声も聞こえていたのだ。お前の躾がなっとらんけぇ……！　それでも皆は無言のまま、朝の食事に手をつけるのだ。

希実には不思議だった。子どもの自分たちは仕方がないにしても、どうしてこの大人たちのほうは、祖父から逃げようとしないのだろう。なんのためにここにいて、殴られたり無視されたり、子どもを嫌な目にあわせたりしているんだろう。

それなりに言葉も覚えて、少し知恵もついてきた頃、だから希実は祖母に訊いた。

「なんでおばあちゃん、殴られても黙っとるん？　なんで逃げんのん？」

その日も祖母は憔悴していて、やはり頬を青くしていたからだ。しかしそんな希実の問いに、祖母はさも心外そうに答えたのだった。

「何言うとるん？　お祖父ちゃんが殴るんは、大事に思っとるからこそなんよ？　大事に思ようたら、こうしてしまうものなんよ」

言いながら祖母は、穏やかな笑みさえ浮かべていた。

「希実を叩くんも、そのせいなんよ。かわいうて大事じゃけぇ、ああに叩くんよ。そのくらい、わからんとダメよ？」

その言葉に、希実はぞわっとしたものを感じた。それで咄嗟に返したのだ。

「嘘じゃ。かわいいけぇ叩くなんて、そんなんおかしい――。お祖母ちゃん、おかしいと思わんのん？」

すると祖母は、すっと笑みを消し去り希実を見おろした。しかしその目は遠くを見詰めているようで、なんとも所在なさげだった。驚いているような、怯えているような、恐れているような、不思議な目。そうして祖母はそれ以来、希実に対しよそよそしくなった。何か悪いことでも言ったのかと、希実のほうが戸惑ったほどだった。

それからしばらくして、希実は初めて祖父にたてついた。殴られそうになったので避けたら、激高されてさらに手をあげられた。それで怒鳴ってしまったのだ。殴らんでも、口で言われればわかる！　おかげでもっと殴られて、そのまま蔵へと閉じ込められた。

そんなことが何度か繰り返されたのち、祖母は希実に告げたのだった。

「これ以上ここにおったら、あんたはクズになる。じきお母さんが迎えに来るけぇ、一緒に東京へ行きんさい」

母は本当にそのすぐ後にやって来た。現れた母を前に、希実は閉口したのを覚えている。何しろイメージしていた母というものと、あるいは一番身近で見てきた沙耶の母と、だいぶ雰囲気がかけ離れていたのだ。確か当時の母は金髪のショートヘアで、肩をむき出しにするようなニットを着ていた。しかも踏まれたら穴が開いてしまいそうな、細くて高いピンヒールを履き、やたらと大きな丸いサングラスまで着用していた。

「これからは、親子ってことで。色々あると思うけど、それなりにやっていきましょ？」

母はまだ六歳の希実に対し、笑顔で握手を求めてきた。その手の爪もまたえらいことになっていて、希実は握り返すのを躊躇った。刺さると思ったのだ。しかしその手でもって、母は有無を言わさず希実の腕を摑み、そのまま東京へと連れて行ってしまったのである。希実が小学校にあがる直前の、春休みのことだ。

母は希実を迎える準備というものを、ほとんどしていなかったようだった。当時彼女が住んでいたのは、単身用の1Kアパートで、寝場所は母と同じベッドとなった。

「母は、夜のお仕事だから〜。のぞみん、ひとりで眠れるでしょ？」

そうしてひとりで眠ったのち、明け方帰って来た母にベッドを譲る。食事は冷蔵庫にあるものを食べるよう言われた。足りないようならコンビニへ。結果たいていコンビニに向かうことになったが、アパートからほど近かったので苦にはならなかった。

托卵もすぐにはじまった。希実が上京して、三日ほどした時のことだ。まずは手慣らしと言った様子で、同じ店に勤めているという女の子の家に連れて行かれた。確かその時は、預かり料を払っていたように記憶している。明日の夕方迎えにくるから！　そう言って母はけっきょく、翌々日の朝に希実を迎えにきたのだった。おかげでその女の子には、だいぶ同情されたような気がする。アンタも、ひどい親持って苦労すんね。

けれど希実にしてみたら、殴られる恐怖が付きまとっていた以前の暮らしより、今のほうがいくらかマシに思えていた。

それに、母というものと、一緒にいられる。希実にとってはそのことが、おそらく周りが思うより、だいぶ嬉しかった。母が迎えに来るのを、希実はずっと待っていたのだ。想像していたのとは、だいぶ様子は違っていたが、それでもやはり傍にいるのは嬉しかった。

ただしそれ以降の托卵には、いいも悪いも色々あった。悪いほうというのは例えば、食事をくれなかったり、小突いてきたりベランダに閉め出したりと、そんな人たちの巣で、いいほうは普通に、食事と寝床をくれる巣だった。漫画を読ませてくれたり、ゲームをさせてくれたりする家もあって、そういうのは当たりと言えた。

でも一番よかったのは、あの人の家だ。だから希実は途中から、進んで母に言うようになった。

「行くんなら、美和子さんのところがいい！　美和子さんのとこだったら、何日いてもいい！」

ああ、そうだった。夢の中で、希実は静かに思い至る。私、知ってた。美和子さんのこと——。ブランジェリークレバヤシになる前の家にも、何度も泊まりに行っていた。二階の美和子さんの部屋なんて、だいぶ入り浸っていたはずで——。

なんで私、忘れてたんだろう？　夢の中で、希実は不思議に思ってしまう。なんで、そんな大事なこと……？

そうしてなんとなく嫌なものを感じて、もう起きようという気持ちになる。たぶん、思い出さないほうがいい。美作くんだって、そう言ってた。思い出さないことには、思い出さないなりの、理由や意味があるって——。

だったらやっぱり、思い出さないほうがいい。早く目を覚まさないと。だって、もう、これ以上は——。

そう思うのに、なぜか目は覚めてくれない。夢は、まだ続いてしまう。

どうして、目が覚めないの？

夢は、続いてしまう。

希実が美和子と初めて会ったのは、小学校の入学式当日のことだった。

娘を迎える準備をほとんどしていなかった母は、当然入学式の支度などしていなかった。前日の夜になって、ヤバーい、ランドセルなーい、などと言い出したほどだ。当日もほぼ平常通り、酒に酔って明け方に帰宅し、そのままベッドに入ってしまった。ランドセルは？　と希実が訊いても、そのうちくるよー、などとうるさそうに言うばかりで、希実としてはなす術もなかった。

そうして困り果てている中、やって来たのが美和子だった。大きな箱を抱えて現れた彼女は、玄関先で希実を見かけるなり、はじけたような笑みを浮かべ言ってきた。

「――あなたが、希実ちゃん？　はじめまして！　私、久瀬《くぜ》美和子っていいます。小学校入学、おめでとう！　はいこれ、私からのプレゼント！」

彼女が抱えていた大きな箱には、真新しいランドセルが入っていて、希実はそれを背負い、すぐに入学式へと向かうこととなった。しかも同行者は、母ではなく美和子のほうで、ふたりの大人の間では、すでにそう話がついているようだった。

「じゃあ、律子！　私たち行ってくるからね！　なんかあったら携帯鳴らして！」

その口ぶりから、彼女が母の友人であると希実は悟った。母はベッドから出ないまま、くぐもったような声だけで返事をしていた。はーい、いってらっしゃーい。それで希実は美和子に手を取られ、猛スピードで小学校へと向かったのである。

ただしその道中はだいぶ波乱に満ちていた。方向感覚に優れないらしい美和子は、何度も交差点前で立ち止まり、地図をぐるぐる回していたのだ。そうして人に道を訊くこと数回。うち何度かは、逆だという指摘を受けていた。その度に美和子は、あっちゃー、などと言って笑うのだった。ごめんね、希実ちゃん！　今度こそ大丈夫だから！　よく間違えよく謝り、よく笑う大人だなと希実は思った。

空は晴れていて、空気はほどよく冷たかった。手を取り人と走るには、ちょうどいい気候だったとも言える。美和子のヒールはカパカパよく鳴っていた。慣れないもの履いちゃったから、と美和子は眉をさげて笑っていた。繋いでいたその手からは、なんだか少し甘い匂いがした。

入学式の会場では、美和子も保護者席についていた。なんとなく振り返ると、彼女は希実が見える場所にちゃんといて、しっかり希実と目を合わせ、小さく頷いてみせるのだった。何度振り返ってもそうされるので、希実はなんだか不思議な気分になった。何しろ振り返ったその先で、誰かが自分を見てくれていることなど、今までほとんどなかったのだ。

しかも彼女は、笑顔を向けてくれている。私を見て、何が嬉しいのか、何が楽しいのか――。ヘンな人。振り返るたび、希実は思った。久瀬、美和子さん……。美和子さん。母の友だちで、道をよく間違えて、靴がカパカパで、甘い匂いがして、私を見て笑ってくれる、ヘンな人。

確か校門の前で、ちゃんと写真も撮ったはずだ。あの写真は、どうしたんだろう？もしかしたら、撮りっぱなしにしてしまったのかも知れない。美和子さんには、ちょっとそういうところがあった。

そうだ、私は、そんなことまで知っていた。よく言えば大らかで、悪く言えば少し雑。美和子さんはそういう人で、確かパンの学校でも注意されるんだって言っていた。「どうも、捏ねかたが、大胆過ぎるらしいのよね。おかげで膨らみが悪くって。ちょうどいい触れ加減ってのが、難しいのね。生地との距離感っていうか……」

彼女の手からいい匂いがするのは、そうして日々パンを作っているからだった。

「いつかここで、パン屋さんをやろうと思ってるの。今はその修業中」

そうしていくらでも、焼き立てのパンを食べさせてくれた。メロンパン、クロワッサン・ショコラ、バトン・ド・フリュイにシナモンロール、カレーパンやクリームパン。フルーツサンドは特に希実のお気に入りで、だから美和子は折に触れ、家に帰る希実の手に、フルーツサンドの包みを持たせてくれた。これ、家で食べて？　律子のぶんも入ってるから。そうしてアパートに帰っても、たいてい母はいないのだが、しかしひとりで食べたって、フルーツサンドはいつだっておいしかった。

一緒にパンを作らせてくれたこともあった。生地を捏ねる希実を見て、美和子は筋がいいと誉めてくれた。なんか私より、手つきが繊細なくらいね。

色んなところにも連れて行ってもらった。ヤギ公園、カメ公園、機関車公園、キャロットタワー、地元の納涼祭に、三茶de大道芸——。面白いものや楽しいものがあって、希実が後ろをふり返ると、そこには必ず美和子がいてくれた。彼女はちゃんと希実を見ていて、やはり嬉しそうに頷くのだ。だから希実は安心して、目の前のものに夢中にな
れた。美和子さーん、ヤギー！　ヤギー！

　つまり美和子は希実にとって、一番居心地のいい托卵先だったのだ。
　母も美和子に対しては、なんの気兼ねもなく希実を預けているようだった。
「美和子に懐《なつ》いてくれて、助かるわー。あたしも色々自由に出来るし――」
　そう、初めの頃は、そんなふうに言っていたはずなのだ。美和子さんのうちに行きた
いと言っても、じゃあ行けば？　と大して気にも留めていない様子だった。夏休みや冬
休みの時などは、何日もずっと美和子の家にいたこともあった。
　希実が持ち帰ったパンに、律子が顔をしかめたのはいつだっただろう。ある日の明け
方、仕事から帰って来た彼女は、またパンの匂いがする、と吐き捨てるように言い、机
の上にあったパンを、そのままゴミ箱に捨ててしまった。
「――なんでっ？」
　希実が慌ててパンを拾おうとすると、やめなさい！　と怒鳴られた。行儀悪い！　そ
うして自分は酒の臭いを漂わせたまま、不機嫌そうにベッドにもぞもぞ入っていった。
変化はそのようにして、じりじりと何かを侵食するようにやって来たのだった。

美和子の家に預けられる頻度が減ったのも、その頃からだ。行くなら美和子さんのうちがいい！　と希実が言っても、素知らぬ顔で無視された。どうしても預ける人がいない時だけ、仕方ないな、と言いながら、美和子の家に行ってもいいと、渋々許可を出すような感じだった。

そんなふうになってから、美和子とはもう会うなと言われるまでに、それほど時間はかからなかった。

「希実、もうひとりで留守番くらい出来るでしょ？　わざわざ美和子のところに行かなくても――」

もちろん希実は抵抗した。やだよ、なんで？　すると母は冷やかに笑って言ったのだった。

「実はね……。美和子、希実のことが、嫌いになったんだって。アンタとは、もう会いたくないってよ」

その言葉に、希実はひどくショックを受けた。それで強く言ってしまったのだ。嘘だよ！　美和子さん、そんなこと言わないもん！　嘘であって欲しいと願って、おそらく叫んでしまったのだ。絶対言わないもん！　お母さんの嘘つき！

それでパン！　と頬を張られたのだ。お母さんよりあの人を信じるんだったら、あの人の子になればいいでしょっ!?　お母さんだって、そんな子はいらない！　さっさと美和子の子になりなさいよ！

そう怒鳴りながら、しかし母は泣いていて、だから希実は何も言えなくなった。

あたしだって、やれることは、やってるのに……！

悪いのは、母を信じなかった自分のような気がしていた。それと同時に理解もしたのだ。もう、美和子さんに会いたいって言っちゃ、ダメなんだな——。

それでも美和子の本心は、ちゃんと訊いておきたかった。それで母のいない夜、美和子の家へと足を運んだのだ。それで美和子に訊いてみた。少し怖くもあったのだが、それでも訊かずにはいられなかった。

「……美和子さん、私のこと、嫌いになったの？」

それなら謝るつもりだったのだ。謝って、またここに来てもいいよ、と言ってもらいたかった。しかし当の美和子はと言えば、どうして、そんな……？　と少々困惑の表情を浮かべ、逆に希実を問いただしたのだった。

「希実ちゃん。もしかして誰かに、そう言われたの？」

問われた希実は、けれど答えず黙っておいた。本当のことを言ってはいけないと、子どもなりに感じていたのかも知れない。

それでも美和子は何かを察したのか、すぐに希実の腕を摑み、ギュッと自分のほうへと引き寄せた。そうしてそのまま抱きしめたのだ。抱きしめて、しっかりと耳元で言ってくれた。

「――嫌いになんてならないよ。ずーっと好きだよ？　何があっても絶対に好き」

美和子さんに抱きしめられると、パンに包まれたみたいだった。

「だから私が希実ちゃんを嫌いになるかもなんて、考える必要もないの。希実ちゃんはいつだって、来たい時にここに来ればいいんだから」

だって彼女の体からは、どうしたってパンの香りが漂ってくる。

そして希実はそれからも、母の目を盗み美和子のもとを訪れたのだった。それはそう難しいことでもなかった。何しろ母は、しょっちゅう家を空けていたのだ。パンさえ持ち帰らずにいれば、証拠だって残らない。

でも、そんなふうに侮《あなど》っていたから、あの日がやって来てしまったんだ。あの、強い雨の日――。

六月の日曜だった記憶がある。その頃の母は、土日になるたびに家を空けており、おかげで希実はこれ幸いと、週末は美和子の家に入り浸っていた。

午前中、美和子とパンを作った希実は、昼食にたっぷりそれを食べ、満腹なのと疲れとで、少し横になっていた。外からは雨が降る音が聞こえていて、それがとても心地よく、気付けばまどろんでしまっていた。ザアザアザア。

薄目を開けて窓を見ると、蛇腹模様に雨が流れていくのが見えた。ザアザアザア。階下から声が聞こえてきたのは、そのしばらく後のことだ。

「――希実！　いるのはわかってるのよ！　降りておいで！　希実！」

そんな鋭い母の声に、希実はいっぺんに目を覚まし、ガバリと体を起こしたのだった。母だ。母が来た――。そんなことを思いつつ、希実は慌てて部屋を出て階段へと向かった。階下からはやはり母の声と、美和子の声も聞こえてきた。

ちょっと、落ち着いてよ、律子。落ち着けないわよ！　人のこと騙して……！　雨音に混ざりながら聞こえるその声は、明らかに平生のものとは違っていた。そんな、騙してたわけじゃ……。わかってるのよ！　アンタたちのやろうとしてることなんて！　アンタたちって……。卑怯だよ。こっちの足元、いいだけ見て――。

そうして階段を降りて行くと、雨音がさらに強くなった。ザアザアザア。部屋の中をチラリとのぞくと、美和子と律子が激しい言い争いを続けていた。ザアザアザア。

だいたい、希実はあたしの娘だよ？　美和子にとやかく言われる覚えなんてないよ！　でも、このままじゃ希実ちゃんも……。ザアザアザア。他人だから、そういう甘いことが言えるんだよ！　ザアザアザア。あたしにはあたしのやりかたがあるの！　大体、美和子のしてることなんて偽善じゃん！　ザアザアザア。無責任でいられるから、希実に優しくも出来るだけでしょ！　ザアザアザア――――。

言い争いと言うよりは、律子が一方的に美和子を責め立てているようでもあるが、しかし美和子のほうだって、怯んだ様子を見せていなかった。納得のいかない表情を浮かべ、じっと律子に対峙《たいじ》している。そうして静かに、言い切ったのだった。

「――こっちは、責任を持ってもいいって言ってるの。律子が、今のままなら……」

すると母は、さらに激高した様子で美和子をなじりはじめたのだ。

「はあ？　何それ？　自分が子ども産めないから、代わりに希実が欲しいってわけ？　冗談じゃないわよ！　希実は絶対に、渡さないから……！」

ザアザアザア――――。ひどい雨音だった。しかしそれよりも、母の声はずっとひどくて大きかった。母の言葉に、美和子の表情が凍りつくのがわかった。それでも母は続けたのだった。

「親になってみてはじめて、わかることって色々あるのよ！　アンタみたいな、親にもなれない女に、こっちの気持ちなんてわかるわけない！」

ふたりが希実に気付いたのは、ちょうどそんな頃合いだった。階段の前で立ち尽くす希実を、彼女たちはほぼ同時に目に留めたのだ。

それでまず最初に動いたのは母だった。彼女は希実のほうに向かってくると、腕を掴み美和子のほうまで強引に引きずっていったのだ。そうして言い出した。

「どっちがいいか、選びなさい！」

見おろしながらそう言ってくる母に対し、希実はわけがわからず訊き返した。どっちがって……？　すると彼女は美和子を顎でしゃくり、告げてきたのだ。

「美和子、アンタの親になりたいんだって。……どう？　希実、この人の子どもになりたい？」

ザアザアザア。雨音の中、希実は怪訝そうに美和子を見る。美和子さんが、お母さん……？　ザアザアザア。美和子はそんな律子の物言いに、表情を険しくしたしなめるように言い出す。ちょっと律子、これはそういう話じゃないでしょ？　ザアザアザア。だいたい、子どもにそんなこと――。

しかし律子は引かなかった、希実の手を掴んだまま、さらに強い調子で訊いてきた。

「どっちがいいの？　この人と、あたし。好きなほうを選びなさいよ」

ザアザアザア。希実が答えないままでいると、律子は希実の肩を掴み、そのまま強く揺さぶってくる。どっちにするの!?　言いなさいよ！　希実！　ザアザアザア――。

美和子は律子を止めに入る。ちょっと、やめなって、律子……！　しかし律子は美和子の手を振り払い、希実にまた摑みかかろうとする。ほら、選びなさいよ！　希実！　だが美和子も、律子の手を離さない。やめろって言ってるでしょ!?　そんなの、子どもに訊くことじゃ……！

ザアザアザア――――。ザアザアザア――――。

律子が希実を突き飛ばしたのは、雨音がまたひときわ大きくなった頃合いだった。彼女は怒りに震えた様子で、床に倒れ込んだ希実を見下ろし言い放った。

「選べないんなら、あたしから捨ててやるわよ！　――あんたなんか、もういらないから！」

そしてそのまま、ドスドスと足音を立て玄関へと向かってしまった。それで希実は反射的に、律子の背中を追いかけたのだ。

「待って！　待って！　お母さん……っ！」

ザアザアザア――――。ザアザアザア――――。

しかし律子は振り返らなかった。玄関のドアを開けるなり傘を広げ、さっさと家をあとにしてしまったのだ。

「――お母さんっ！」

それで希実は、雨が降りしきる中、母を追いかけたのだった。ザアザアザアザア。待って！　待ってよ、お母さーっん！　ザアザアザア。しかし母はどんどん進んでいく。ザアザアザア。希実は雨に濡れながら、それでも必死に母に追いすがる。腕を摑んでは振り払われ、スカートの裾を摑んでは振り払われ、それでもどうにか母が行くのを止めようとした。ザアザアザア。ごめんなさい！　お母さんがいい！　ごめんなさい！　ザアザアザアザア――――。

律子が足を止めたのは、美和子の家がすっかり見えなくなった辺りだった。彼女は冷やかな表情で希実をふり返り、低い声で告げてきたのだ。

「本当に、お母さんがいいのね？」

希実は大きく頷いた。ザアザアザア。うん、お母さんがいい。そんな希実の言葉を受けて、律子はさらに試すように言ってくる。

「……じゃあ、美和子のこと嫌いになれる？」

ザアザアザア。ザアザアザア――――。

「もう二度と会わないで済むように、美和子のことは、ここで嫌いになりなさい。なれるよね？」

ザアザアザア。その言葉に、希実は頷くのを躊躇った。すると母は傘を手放し、そのまま希実の頬を打ってきたのだ。ザアザアザアザア。強い衝撃と熱いような痛みに、希実は息をのみ立ち尽くす。ザアザアザア。

「希実の頬が痛いのと同じくらい、あたしの手だって痛いの。心もね。でもそうさせたのは、希実なんだからね？　あなたがお母さんを、先に傷つけたんだから」

ザアザアザア。そうして母は傘を拾い、もう一度希実に確認してきた。

「……美和子のこと、嫌いになれるわね？　会わないでいられるわね？」

体に打ち付けてくる雨が、針のように感じられた。それでも希実は、どうにか頷き小さく返した。

「……嫌いに、なる。……もう、会わない」

それなのにもう一度殴られたのは、希実が泣いていたからだ。泣くんじゃない！　泣かないで言いなさい！　そう怒鳴られた希実は、しゃくりあげるのをこらえながら返した。嫌いになります……。もう会いません……。ザアザアザア。

ザアザアザア――――――――。

「……美和子のこと、ちゃんと嫌いになれたら入れてあげるわ」

アパートに戻った母は、ドアを閉める時、そんなふうに言い置いた。けれど希実は思っていた。出来るだろうか、そんなこと――。降りしきる雨の中、希実は開かないドアを見詰めながら、ぼんやりと雨の音を聞いていた。ザアザアザアザア。靴を履いていないソックスには、泥がびっしり跳ね返っていた。指先は冷え、髪からも雨水が滴っていた。どこの家からかはわからないが、楽しそうな笑い声が聞こえてきていた。左の頬がひどく熱かった。

ザアザアザアザア。雨が降っているおかげで、流れている涙は隠せそうだった。ザアザアザア。それでも美和子を嫌いになれるかどうかは、まだ、わからないままだった。

ザアザアザアザア————。

ずいぶん長い夢を見たのは、ずいぶん長く寝たからだった。

「……ん？」

蛍光灯の白い光に、希実は眩しく顔をしかめ、そのままゆっくりと目を開いた。するとその瞬間、耳にやかましいような声が次々届いたのだった。希実っ!?　おい！　起きたのか!?　希実ちゃんっ!?　希実ちゃん!?　希実ちゃん！　希実ちゃん！　篠崎さん！　希実ちゃん！　あまりの名前の呼ばれっぷりに、希実は少々戸惑いつつ返す。

「……えっと、起きたけど……？」

起きたけれど、状況は今ひとつ把握出来ていなかった。何しろ夢の余韻が頭に残っていたし、しかも目の前に広がる景色のほうも、どうにも不可思議だったのだ。初めて見る白い天井。自分をのぞき込んでいる弘基、ソフィア、斑目、こだま、孝太郎、織絵、安田、暮林――。えっ？　暮林さん……⁉

「――暮林さん⁉」

それで叫びながら起き上がると、今度は一同が驚きの声をあげたのだった。マジか、お前……！　お、起きれちゃうわけ？　痛みとかないの？　希実ちゃん、つえー！

そんな彼らの反応を前に、希実はまだ状況が摑みきれていなかった。なんなの？　みんな……。てゆうか、ここどこ……？　困惑しきりの希実に対し、口を開いたのは暮林だった。

「希実ちゃん、階段から落ちたんやと。それで気ぃ失って、ここに担ぎ込まれたんや」

久しぶりに聞く暮林の穏やかな声に、だから希実は素直に頷いてしまう。ああ、そうなんだ、階段から落ちて……。しかし次の瞬間、その概要についてハッキリ思い出してしまった。

「……ああ！」

そうだよ！　落ちたんだよ！　沙耶の元カレが神社に現れて、沙耶を階段から突き落とそうとしてたから――。私あの男に摑みかかって、なんだかんだで揉み合いになって、それでけっきょく突き落とされたんだった。

しかも思い出されたその光景は、相当に危険な状況だった。何しろ希実は階段を背にして、あの男に突き飛ばされたのだ。だから足が宙に浮いた瞬間、よく晴れた空が見えてしまった。それはとてもきれいな空で、希実はこれはもう駄目だと、瞬間的にはっきり思った。何しろこの体勢では背中から、下手をしたら頭から、石段へと落下してしまう。

おかげで走馬灯《そうまとう》のようなものも見てしまった。今わの際《きわ》に見るという、人生の思い出短編映像。あんなものを見たからには、実際よほど危機的状況だったに違いない。

違いないが、どうして私、こんなにピンピンしてるんだろう？　ここはおそらく病室だ。寝かされていたのはそのベッド。よく見れば病院着に変わっている。それなのにどうして、特にどこが動かないわけでも、痛いわけでもないんだろう？　訝しく自らの体をさする希実に、弘基が半ば感心した様子で告げてくる。

「一応、レントゲンやCTなんたらってので検査はしたけど、骨にも脳にも異常はなかったってよ。まあ、それでも目ぇ覚ましてみねぇことには、なんとも言えねぇって医者には言われたけど……」

そんな弘基の発言を受け、一同は改めてまじまじと希実に臨む。その感じだと……。

まあ、大丈夫そうだね。希実ちゃん、スゲー！　あの神社って、石段ですよね？　うん、しかもけっこう長い。それで無傷かぁ。丈夫？　強運？　骨太？　石頭？　あまり誉められている気はしないが、それでも我がことながら無事で何よりだ。

壁に掛けられている時計の針は、四時をさしていた。外は明るいから、まず間違いなく夕方の四時だろう。てことは私、十時間近く寝てたの？　そう思い至り、希実は妙な納得をする。そりゃまあ、長い夢も見れちゃうわけだな。そうして何気なく頭をかこうとすると、額に手が触れ痛みを感じた。

「――いっ!!」

すると弘基が注釈を入れてきた。あ、そこだけ外傷あんだったわ。ま、たんこぶだけどよ。おかげで希実は眉根を寄せつつ返してしまう。ちょ、もう、早く言ってよ！　そんな希実に暮林は、以前どおりの太平楽な笑みを浮かべ、ごく柔らかな声で言ってきたのだった。

「検査結果に異常はなかったけど、意識がなかった時間も長いし、今晩はここで様子見てもらうことになっとるで。たんこぶだけでも、ゆっくり休んだほうがええで？」

だから希実はしおらしく、あ、はい、とまた頷いてしまった。何しろ暮林が目の前にいるのだ。おそらく弘基かソフィアあたりが、連絡を入れてくれたのだろうとは思うが、それでわざわざ駆けつけてくれたことに、なんとも言えない心持ちになっていた。あるいは、あの長い夢を見たあとだから余計だったのか――。

しかしそんなことに思い至ったのも束の間、希実は何より重要な事柄を思い出し、再び声をあげた。

「――てゆうか、沙耶は!?　あの男は、どうなったの!?」

何しろ今朝方のあの一件で、希実はけっきょく階段から落ち、沙耶を男とふたりで残してしまったのだ。あの、沙耶を階段から突き落とそうとしていた男と――。

「いたんだよ！　あの神社に！　沙耶を狙ってたっていう元彼が……！」

そんな希実の悲痛な叫びに、答えたのは安田だった。彼は刑事らしく冷静に、淡々と事件の顚末を伝えてくれたのだ。

「男のほうは、捕まったよ。希実ちゃんが大立ち回りしてくれたおかげで、声を聞いた人たちが、すぐ駆けつけてくれたらしくてね。警察にも連絡が入って、その場で取り押さえられた。今頃、取り調べ中だと思う」

それで希実はすぐに、沙耶は!?　と前のめり気味に訊いた。それで沙耶は、どうだったの？　無事なの!?　すると安田は弘基やソフィアと目配せし合い、小さく肩をすくめ、続けたのだった。

「……沙耶ちゃんは、希実ちゃんと同じく入院中。っていっても、男から逃げようとして、階段から足を踏み外しちゃってね。そのまま転んで手をついて、手首骨折しちゃったからなんだけど……」

その説明に、希実はひとまず息をつく。じゃあ、命がどうとかってことはないんだね？　そんな確認に、安田も、うん、まあ、そうだね、などと言いながらぎこちなく頷く。その態度に嫌なものを感じた希実は、ハッと気付き息をのんだのだった。お腹の子ども――。それで再び叫んでしまった。

「じゃあ、子どもは⁉　まさか、沙耶のお腹の子……？」

何しろ骨折するような衝撃を受けたら、子どものほうがマズいことになるのではないか、と気付き焦ったのだ。しかしそんな希実の叫びを前に、大人たちは少々複雑そうな表情を浮かべ、互いにチラチラ顔を見合わせる。それが、その……。なんて、言ったらいいのかな……。うん……。ねえ……？

ただしその表情は、困惑であって沈痛ではないのだった。彼らのそんな表情に、希実は違和感を覚える。子どもが無事な場合でも、ダメだった場合でも、その表情は違うと思ったのだ。

「……どうしたの？　何が、あったの？」

切り出したのは弘基だった。彼は希実の傍らに立ったまま、渋い顔で告げたのだ。

「──沙耶、妊娠してなかったんだよ」

思いがけない弘基の言葉に、希実は、え？　と目を見開いてしまう。は？　何それ？　どういうこと？　だって沙耶のお腹、大きくなって……。すると弘基は、小さく頷きながら返したのだった。

「想像妊娠てヤツだったんだと。アイツの入院は、それも含めての入院ってこった」

沙耶の状態について、説明してくれたのは村上少年だった。

彼女が入院すると弘基から連絡を受けたらしい彼は、すぐに病院に駆けつけて、沙耶ともども、その病状についての説明を受けたのだという。

「最近では、だいぶめずらしい症状みたいです」

希実の病室にやって来てすぐ、村上少年はまずそんな説明からはじめた。

「……昔は、割にそうなる女性もいたそうですけど……。今より、子どもを産まなければというプレッシャーが強かったのと、妊娠の判定精度が低かったせいで、妊娠したと思い込んだまま、体が変化していくケースがままあったらしくて……」

なんでも医師の説明によると、実際妊娠していなくても、想像妊娠で妊娠の兆候というものは現れてしまうものなのだという。例えば生理が止まったり、つわりや胸の張りが生じるのはもちろん、そのまま思い込んでいた場合、お腹が膨らんでくることもあるのだとか。

「どうも沙耶のは、そのケースだったようで……」

村上少年の話に、希実は、ああ、と息をつく。そう、だったんだ。もちろんどこか釈然とはしないままだったが、しかし医師がそう診断をくだしているというのなら、そうと受け止めるよりほかない。

保険証を持っていなかったから、という理由で、沙耶は病院にも行っていなかった。一度、市販の妊娠判定薬で検査はしたようだが、しかし彼女はその結果を信じなかった。何しろ体のほうは、日々変化していったというのだ。そしてその思い込みというものが、想像妊娠の症状を助長させていく。お腹の子どもが動いたというのも、口からのでまかせではなく、沙耶の確かな実感だったようだ。

想像妊娠の原因は、そのほとんどが精神的ストレスによるものであるらしい。

「妊娠に対する、過度な期待や、過度な不安。そういうストレスが原因になるようです。沙耶の場合、期待だったのか不安だったのか——。そのへんは、よくわからないんですけど……」

しかしその事実にまるで気付けず、沙耶がほかの男の子どもを身ごもったと、思った自分が情けないと村上少年は語った。

「もっと早くに真実に気付いて、病院に連れて行くなりなんなりしていれば、みなさんに、これほどご迷惑をおかけすることもなかったですし……。何より沙耶を、四ヵ月も不安にさせることはなかったのに……」

想像妊娠自体は、妊娠していないという医師の正確な診断を告げることで、ほぼ症状は快方に向かうらしい。自分が妊娠していないと理解すれば、体もそれに従うということだ。その後は必要があるようなら、カウンセリング等の対処がなされていくようだ。

「……それで、沙耶はそのこと全部聞いたの？」

希実の問いかけに、村上少年は静かに頷いた。

「はい。僕と一緒に、全部先生からうかがいました。だから沙耶も、自分が妊娠していないという事実は、もう耳にしてます……」

そんな少年の発言を受け、希実はにわかに胸がざわついた。何しろ子どもが産まれてくることに、沙耶はそうとうな期待を寄せていたはずなのだ。だから慌てて訊いたのだ。

「――それで、沙耶はなんて？　ちゃんと、受け止められてるの？」

すると村上少年は、少し難しい顔をして、小さく頷いたのだった。

「表面上は、割と冷静に受け止めてました。本心のところはわかりませんが、お医者さんとも、今後の経過について明るく話してましたし……」

そうして村上少年は、一同を見渡すようにして続けたのだ。

「沙耶、みなさんに謝りたいと言ってました。自分の勘違いで、色々とお手を煩《わずら》わせてしまって、申し訳なかったと……。今は少し眠ってるんですが、少し経ったら部屋を訪ねてもらえませんか？　出来れば直接、謝りたいそうなんです」

けっきょく一同が沙耶の部屋に向かったのは、面会時間終了ギリギリの頃だった。医師による希実の診察に、少し時間がかかったのだ。しかし結果は問題無しで、トイレにひとりで行くくらいなら、どうぞご自由にとのお墨付きをもらった。トイレにひとりで行けるなら、沙耶の部屋に皆と行ってもさして問題はないだろう。そう勝手に判断した希実は、皆と連れだって沙耶の部屋を訪ねたのである。

ずっと眠っていたらしい沙耶は、少し眠そうに眉毛をさげていた。ブランジェリークレバヤシに来たばかりの頃は、ほぼないに等しい眉毛だったが、たかだか三週間ほどで、もうそれなりに毛が生えそろってきたのだ。さらに言えば、やって来た頃にあった表情の険もない。彼女はごく穏やかな笑みを口元に浮かべつつ、希実たちを病室へと招き入れたのである。

「……色々と、すみませんでした」

　ベッドからのろのろと起き上がった彼女は、まず一同に深々と頭をさげてきた。

「私の思い込みのせいで、起きんでもええようなことが、あれこれ起こってしもうた……。皆にも、迷惑をかけて……」

　特に落ち込んだ様子もなく、ただ平身低頭で詫びてくる沙耶に、だから希実は言ってしまった。こっちはいいけど――。沙耶は、大丈夫なの？

　そんな希実の問いかけに、沙耶は薄く穏やかに微笑み、ゆっくりと頷いた。

「……うん。ちょっと、ガクーッて感じじゃったけど……。でも、正直なところ、少しホッとしとるんよ。ひとりで産んで育てるんは、やっぱり大変じゃと思うとったし……」

　言いながら沙耶は、ケガをしていない左手で、そっと自らのお腹に触れてみせる。

「お腹もちゃんと膨れてきとったのに、なんか不思議な感じは、やっぱりするんじゃけど……」

　沙耶の言う通り、そのお腹はぷっくりと膨れている。妊娠していると告げられても、それなりに納得がいく膨らみかただ。しかしその中に、子どもは存在しないのだ。それが不思議で希実も首をひねってしまう。いったいこれは、どういう仕組みになっているのか。

　いっぽうの沙耶は、膨れたお腹をゆるゆる撫で、少しまどろむように続けたのだった。

「……おかしいなぁ。何がここに入っとるんじゃろ？　こんな膨れて――」

　そうして笑みを浮かべたまま、呟くように続けたのだった。

「業《ごう》でも、入っとるんじゃろうか？　なんにせよ、呪いは解けとらんかったって……」

　沙耶の目から涙がこぼれたのは、その瞬間だった。大粒の涙は頬を伝って、その手の甲へとポトリと落ちていく。

「……え？　あれ？　何、これ……？」

　沙耶は最初、その涙にきょとんとしていた。しかし涙は次から次へと溢れ出てくる。そんな自らの涙を前に、ようやく自分の悲しみに気付いた様子の彼女は、そのままうずくまるようにして、声をあげて泣きだしたのだった。

　その泣き声は、まるで小さな女の子のようだった。


　面会時間が過ぎたため、暮林や弘基以下一同は病院をあとにした。沙耶のことは気になっていたようだが、面会時間が終わったのだから仕方がない。

「……じゃ、また明日」

一同を見送った希実は、エレベーターホールから沙耶の病室へとすぐに戻った。やはりあの涙が気になっていたのだ。

沙耶のもとには、一応村上少年が付き添っているはずだった。彼女の精神面を考慮して、医師が村上少年の付き添いを認めてくれたらしい。先ほど聞いた話では、村上少年は自らを、沙耶の婚約者という立場で自己申告しているようだ。あれであんがい大胆な性格のようだ。

そうして沙耶の病室の前に立つと、中からはかすかな泣き声と、それをなぐさめるような村上少年の声が漏れ聞こえてきた。大丈夫だよ、沙耶。大丈夫だから——。それでなんとなくドアをノックするのが躊躇われ、希実はそっと自分の病室へと戻ったのだった。

けっきょく再び沙耶の病室へと向かったのは、それから小一時間ほどしたのちのことだ。すれ違った担当の看護師さんを、トイレです、と笑顔でかわしつつ、希実はペタペタと廊下を進んでいったのである。

希実が沙耶の部屋の前に着くと、ちょうど村上少年が部屋から出てくるところだった。それで希実は大急ぎで彼を捕まえ声をかけた。

「村上くん……！　沙耶は……？　どう？　大丈夫そう？」

「……はい、一応。少し落ち着いて、とりあえず寝ました」

村上少年のそんな説明に、希実はわずかばかり安堵し息をついた。……そう、寝たの。そうしてふたりはそのまま、エレベーターホールにある自販機の前へと向かうこととなった。希実が半ば強引に誘ったのだ。

「えーっと、ジュース飲みたい。こないだの身代わりのお礼、まだしてもらってないし」

そうして少年からジュースを奢ってもらった希実は、そのまま自販機脇のベンチに座るよう彼を促した。まあまあ、このあたりで、ちょっと飲んでいこうよ。そんな希実の物言いに、村上少年もさすがに何かを察した様子で、おとなしくちょこんとベンチに座った。

並んでベンチに座ったふたりは、どちらからともなくジュースのプルトップを開ける。そしてひと口缶ジュースを口に運んだのち、先に切り出したのは希実だった。

「……沙耶の想像妊娠なんだけどさ。そうなる理由とか原因とか、村上くんには思い当たる節ってあるの？」

ただしその問いかけには、少年も困り果てた様子で弱く首を振るばかりだった。

「沙耶とは、付き合って一年くらいですけど……。特に強く妊娠を意識するようなことは、言ってなかったと思うんですよね……。まあ、僕が気付けなかっただけなのかも知れませんけど……」

言いながら村上少年が、どんどんうなだれていくのがわかって、希実は慌てて励ましにかかってしまった。いやいやいや、別にいいんだけどさ。恋人同士だからって、なんでも知ってるってわけじゃないだろうし……。何しろ先ほど唐突に涙を流した沙耶に続き、今度は少年にも泣かれてしまうかも、と少々焦ったのだ。悪いが少年の涙まで、処理してやる気はちょっとない。それで希実は、もうひとつの疑問のほうを提示してみたのである。

「――あ、あのさ。じゃあ、さっき沙耶の言ってたことなんだけど。業とか、呪いとか……。あれって、どういう意味なのかわかる？　あの後、急に沙耶泣きだしたからさ。ちょっと気になってて……」

すると村上少年は、スッと顔をあげ、ああと頷いたのだった。呪いのことなら、なんとなくわかってるつもりですけど……。だから希実は、どういう意味なの？　と直球で訊いたのだった。呪いって、あの子なんのこと言ってるの？

だが当の村上少年は、少し困惑したような表情を浮かべていた。いやでもそれ、沙耶のプライベートな事柄ですし……。しかし希実も引かなかった。なんで？　私、あの子の従姉妹なんですけど？　しかも居候先に押しかけられるわ、母親捜しさせられるわ、挙げ句その恋人の身代わりになって、ヘンゼルとグレーテルみたいな目に……！

　そこまでまくし立てると、村上少年は何かを諦めた様子で、さっと両手をあげたのだった。どうやら降参の構えのようだ。……なんか、そうやって、詰めていくところ……。沙耶と、似てますよね。さすが従姉妹……。

　そしてそんなふうに苦く笑ってぼやいたのち、手にしていたジュースをひと口飲んで、小さく続けたのだった。少し、長くなりますけど、いいですか？　だから希実は大きく頷いた。もちろん。それを受けて村上少年は小さく笑んで、淡々とはじめたのだった。


　世界は呪いで出来ている。

　村上少年によると、沙耶はそんなふうに言っていたらしい。

「強くなければとか、正しくなくてはとか、優しくなくては――、みたいな規律的なものから、あなたらしくとか、やればば出来るとかの、肯定的なもの。それに、お前はダメだとか、醜いとか、だらしがないとかの、人格否定。あとは、人に迷惑をかけるなとか、そんなのもけっきょく呪いなんだって、沙耶、言ってたんですよね」

　つまり呪いとは、人の行動を縛る言葉という意味合いのようだ。規律の呪いは、そう出来ない自分を責める理由になってしまうし、肯定の呪いは、人を勘違いさせ苦しませる。否定の呪いは、かけられた者の人生を壊すし、人に迷惑をかけるなという言葉だって、人に頼れない人間を作るだけ。時折沙耶はそんなふうに、どこか冷やかに吐き捨てていたそうだ。

呪いをかけてくる相手にしても、色々だと語っていたらしい。親、兄弟、恋人、友だち。一度会っただけの赤の他人に、かけられてしまうこともある。

「もちろん、言葉が呪いなんてものじゃなく、希望や目標や、反面教師になる場合もある。でも自分は弱いから、まんまと呪いにかかってしまったんだと、沙耶は――」

そんな村上少年の物言いに、希実は口を挟むようにして訊く。それって、どんな呪い？　誰にかけられたって？　すると村上少年は、渋く息をつき眉をあげた。

「……家族のため、という呪いだそうです」

受けて希実は、おうむ返しで訊く。家族のため？　村上少年は小さく頷き返す。

「お母さんに、かけられたと思うって、笑って言ってました」

しかしそんな村上少年の回答に、希実は訝しく返してしまった。沙耶の母親が？　何しろ希実の印象では、沙耶の母という人は、おとなしくひたすら影が薄い女性だったのだ。その人が、呪い？　けれどいっぽうの村上少年は、そんな希実の違和感になど、特に気付くこともなく言葉を継いだ。

「希実さんも子ども時代、沙耶と暮らしていたそうですから、なんとなく察しがつくかも知れませんが……」

いや、だからつかないけど。そう思う希実の隣で、村上少年はさらに続ける。

「沙耶のご両親の結婚を、お祖父さんとお祖母さんは快く思っていなかったそうで。特に、沙耶のお母さんへの風当たりがキツかったとか……」

希実が、ああ、と納得の声を漏らしたのはその時だ。確かに祖父母がいた実家では、沙耶の母親はだいぶシビアな状況に置かれていたはずだ。村上少年は、そんな希実の納得した表情には気が付いたようで、こくんと頷きながら話を続けた。

「でも沙耶のお母さんは、何を言われても耐えていたそうです。ここで波風を立ててしまったら、余計に家族がぎくしゃくするからと……」

それは希実が気付かなかった、沙耶の家族の側面だった。

「我慢するのが、家族のためなのだと――。いつも沙耶に、言って聞かせていたそうです」

村上少年の話によると、沙耶の母親はたいていいつも、エプロンの裾を握り締めていたのだという。姑に小言を言われた時、舅《しゅうと》に無視をされた時、子どもたちが舅に殴られている時、夫が両親になじられている時、彼女は何も口にはしないのだが、その代わりのように、ぎゅっとエプロンを摑むのがクセになっていたのだそうだ。

「沙耶が、そう話してたんです。子どもの頃の強い印象として、それが残ってるみたいで……。あんまりいつも握り締めてるから、すぐに布が薄くなって、破れてしまうらしいんですよ。繕《つくろ》っても繕っても、何度も破れてしまって――」

そしてそんな沙耶の母の我慢は、自らの娘にまで波及した。沙耶が理不尽な理由で祖父に殴られた時も、同じく祖母に嫌味を言われた時も、母は我慢してねと娘を諭していたらしいのだ。

お祖父ちゃんとお祖母ちゃんの言うことは、絶対にきくように。それが、家族のためなんだから……。祖父母の機嫌を損ねないように、母親なりに必死だったのだろうと、沙耶は語っていたそうだ。

「沙耶も、お母さんのエプロンを見ると、何も言えなくなったって……。あそこまで母親が耐えているのに、自分ばかり好き勝手なことは言えないと……」

そうして沙耶の反論の機会は奪われ、言葉も禁止された。父の家族への無関心にも、兄の秘かな暴力にも、口をつぐむという選択しか与えられなかった。

「沙耶のお兄さん、小さい頃からずっと、沙耶をこっそり叩いたり蹴ったりしていたらしいんです。お祖父さんに厳しくされていた反動だろうって、沙耶は言ってましたけど……。そのことも、親には言えなかったそうで……」

つまり物心ついた頃には、家族に波風を立ててはいけないのだという刷り込みが、完全になされていたということだ。

村上少年のそんな説明を聞きながら、希実はどこか少し納得もしていた。ああ、そうか。正嗣、沙耶にも手をあげてたんだ——。まあ、私を小突いたりつねったりしてたくらいだから、妹にもそりゃやるか。希実がしみじみそんなことを考えていたら、村上少年は少々声を落として言い継いだ。

「……でも自分だって、兄と同じように、希実さんを傷つけてたんだって、沙耶、言ってました。自分も、最低だったんだって——」

けれどその告白を聞きながら、希実には当時の沙耶の行動が、それほど歪んでいるとも思えなかった。傷つけられた弱いものは、もっと弱いものを探して、自分の傷をなすりつける。家という狭い箱に押し込められた、子ども同士ならなおのこと。

要するにあの家の食物連鎖の中で、私が一番底辺で、沙耶がすぐそのうえってことだったんだろう。

沙耶が小学校に上がっても、母親はエプロンを握り締めたままだった。だから沙耶は親の要求はすべて水準以上で満たした。成績、生活態度、塾に習い事。自分の出来が悪いとなれば、責められるのは母だとわかっていたから、幼いなりに沙耶も必死だったようだ。

　兄の嫌がらせは執拗に続いていた。元々は耐えようのない加虐から逃れ、単に憂さを晴らそうとしていたはずの彼は、いつしかそれを、まるで本来の性格であるかのように身につけてしまっていたのだという。残虐で、狡くて、人を叩かずにはいられない――。しかしそのことについても、当然親には言わなかった。言えばおそらく、家族に波風が立つと思ったからだ。

　学校でいじめのターゲットになったこともあったが、そのことにももちろん口をつぐんだ。その事実を明らかにしてしまったら、親に迷惑がかかるのではないかと心配したのだ。だから何事もなかったかのように振る舞った。

　私は幸せ。私は恵まれてる。だっていいうちの子どもだもの――。そんなふうに自分を誤魔化しながら、彼女の行動規範というものは、家族のため、という言葉に完全にからめとられていった。

「だからお母さんも、沙耶には感謝してるって、よく言ってたらしいです。お母さんひとりなら、きっと耐えられなかっただろうけど、沙耶が一緒に頑張ってくれたから、ちゃんと家族を守ってこられたって――」

それには沙耶も満足していたようだ。自分の我慢が、母や家族のためになっている。そんな思いが彼女のアイデンティティにもなりつつあったと言えた。しかし、そんな母娘の蜜月は、しばらくして終わりを迎えてしまったのである。

その件に関して、村上少年ははじめ話すのを渋った。一応ご親戚のことですし、知らないほうがいいような気がするんですよね……。そんなふうに言い淀む少年を、希実はじりじりと説得したのだ。えー、ご親戚のことだから、知りたいんじゃん。そんな押し問答を繰り広げて、ようやく村上少年は重い口を開いたのだった。

「……沙耶が、中学二年生くらいのことだったそうなんですけど……」

当時沙耶の母親は、子どもたちの塾通いの費用の足しになればというのを口実に、スーパーのパートに出るようになっていたそうだ。一度も外に働きに出たことがなかった母親にとって、それは大きな変化だったようで、彼女は働きはじめてから、みるみる明るくなっていったという。

「そのことには、沙耶もそれほど疑問は抱かなかったようです。人と会う機会が増えたから、化粧も服装も女らしくなったんだろうなって、そのくらいで……」

しかしその矢先、沙耶は目撃してしまった。母親とパート先の店長が、家の近所に車を停め、その中で密会している姿を——。

「沙耶も塾の補習を受けた帰りだったとかで、もうけっこう遅い時間だったそうです。なのにふたりは、ずっと車の中であれこれ喋り続けてて……。なんていうかこう、明らかにその雰囲気が、いかにも男女の仲っていう感じだったそうで……」

それで沙耶は、母親を問い詰めたのだそうだ。私、見たんじゃけど。車の中で、お母さんが男の人とおるところ……！

すると沙耶の母親は、意外なほどあっさり男との関係を認めたのだという。開き直るまではいかないが、それに近い言葉でもって、母親は沙耶に言ったのだそうだ。

ごめんね、沙耶ちゃん。でもお母さん、うちのことがあんましつろうて……。相談に乗ってもらっとるうちに……。本当はこうなつもり、なかったんじゃけど……。

それで沙耶は、気付いたのだという。いつの間にか、母がエプロンを握り締めなくなっていたということを——。つまり母の苦しみは、エプロンなどというものではなく、男の存在によって解消されるようになっていたということだ。

そしてそのことを簡単に認めたのは、娘なら許してくれるのではないか、という母親なりの計算があったのではないか、と沙耶は語っていたという。

「自分の一番すぐ傍で、自分の苦労を見てきた娘だから——。苦しかったんだと告白すれば、わかってもらえると踏んでたんじゃないかって……。沙耶は……」

そうして実際、沙耶は母の不貞を胸の内にしまったのだった。しかしそれは、沙耶が母を許したからではない。ただ単に、例の呪いの言葉に縛られていただけの話だ。

「沙耶のお母さん、沙耶に言ったらしいんです。このことが家族に知られたら、うちは終わりだ。だから沙耶ちゃん、頼むから黙っておいてくれって。これは、家族のためなんだって――」

言われた時は、もちろん沙耶も憤りを覚えたそうだ。何言ってるの？　この人――。しかしそんな思いとは裏腹に、その事実を人には告げられなかった。

おかげで母の不貞は明らかにならず、家族の暮らしはつつがなく続いた。そして、沙耶が沈黙を守っているのに乗じてか、あろうことか母も男との密会を続けたのだ。塾帰りに何度かその姿を目撃した沙耶は、だから髪を金色に染めた。

「もう、母親の望む娘なんかやらないっていう、沙耶なりの意思表示だったんだそうです。それで、悪い友だちも増えていって――」

しかし母親のほうは、健気《けなげ》な母親を見事演じ切っていたようだ。その頃、祖父や祖母が相次いで入院。その介護に明け暮れる献身的な嫁を演じつつ、素行が悪くなった娘に対しても、それでも娘を信じ続ける、物わかりのいい親の顔を見せていたのだという。

つまり母による、家族のため、はまだ続いていたということだ。

　そうして迎えた祖父の葬儀で、沙耶の母は盛大に悲しんでみせ、周囲からも半ば尊敬の眼差しで見られていたという。あの難しい人を、よう最期まで看取ったなぁ。最初こそ、どうなることかと思うたけど、ええ嫁を迎えたいうことなんじゃろうな。囁かれるそんな言葉を前に、沙耶の母は美しい泣き顔を見せていたのだそうだ。

　それは祖母の葬儀の際も同様で、だから沙耶はうんざりして、白々と式に臨んでいたらしい。そこに律子が現れたのは、沙耶にとって一縷《いちる》の救いになったようだ。

「別に親の死を悲しむ気はない。そういう親子関係も普通にある。律子おばさんは、沙耶にそんなふうに言ったようで……。当時の沙耶にとっては、だいぶありがたい言葉だったみたいです」

　つまりは沙耶も、いつか訪れるであろう母の死を、悲しめる気がしなかったということなのだろうか。希実はそんなことをぼんやり考えながら、巡っていく人の思いというものに、なんとなく気付く。祖母の死を悼《いた》めなかった母。親の死を悼めないだろうと思う沙耶。あの家の人間は、そんな思いを、知らず知らずのうちに、巡らせてしまっているのだろうか。あるいは、私も——。

　沙耶の母親は、娘が高校に進学しても尚、まだ男との不倫関係を続けていたそうだ。

そして沙耶は最終的に、その決定的瞬間を目の当たりにしてしまう。

その当時、沙耶の父親は遠方の学校に赴任が決まり、ちょうど単身赴任中だった。兄の正嗣も、全寮制の高校に通いはじめており、家には母と沙耶のふたりきりになっていた。

彼女の母は、そこにくだんの不倫相手を連れ込んでいたのだ。母親の見立てとしては、素行不良の娘の帰りは、深夜になるだろうと思っていたのか。あるいはもう、見られて構わないと考えていたのか――。とにかくその日、沙耶が家に帰ると、母は男とふたり、自らの寝室にこもっていたのだそうだ。

そこでふたりが何をしていたのか、沙耶は見ていない。ただ、ドアの隙間から漏れ聞こえてくる声を、黙って聞いていただけだ。

母は涙ながらにといった様子で、男にあれこれ訴えていた。一生懸命育てたつもりなのに、ああになってしまうなんて……。今日もきっと、不良の友達のところに行っとるんよ……。

自分のことを話しているのだと、沙耶はすぐに気付いたそうだ。何しろ篠崎で不良といえば、当時は沙耶くらいしかいなかったのだ。

母親はくぐもったような甘い声で、男に言っていたそうだ。小さい頃は、ええ子じゃったのに……。最近じゃ、顔を合わせるんも怖いくらい……。

その時、沙耶は悟ったのだそうだ。けっきょく自分の金髪も剃り落とした眉毛も、母が男にすがるための材料に、成り代わっていただけだったのか――。

眩暈《めまい》がするような感覚に襲われながら、沙耶が部屋から去ろうとすると、やはり母の笑みを含んだような声が、かすかに聞こえてきたそうだ。あの子は、きっとうちのこと、憎んどるんよ……。うちがあんたに、夢中になっとるけぇ……。

許せないと、沙耶は思った。

思ったのに、やはり母の不貞について、父にも兄にも打ち明けることは出来なかった。こんなことを彼らに言ってしまったら、まず間違いなく家族は終わる。そのことが沙耶にもわかってしまったからだ。

「それで、もうお母さんと一緒に暮らすことは出来ないと、母の不倫については明かさないまま、沙耶は家を飛び出したそうです」

村上少年のそんな説明に、希実は思わず言葉を失くしてしまった。それでも沙耶は、母を責められなかったということなのか――。

しかも後日、沙耶は笑って言っていたそうなのだ。自分が家を出たことで、残された家族の連帯は、けっきょく強まったようだ、と。

「家を出るという選択は、家族を守るという選択に過ぎなかったんじゃないのか——。沙耶はどこか、そんなふうに思ったようです」

何しろ家に残っていたら、いつか全てをぶちまけてしまうかも知れない。だったら家族からは距離を置き、口をつぐんでいたほうがいい。家族のためには、そうしておいたほうがいい——。

「それが沙耶の言うところの、家族のため、という呪いなんです」


希実と村上少年がベンチをあとにしたのは、じき消灯時間ですよ、と看護師に声をかけられたからだ。それで村上少年は沙耶の病室に、希実は自身の病室へと戻ったのだ。帰りの廊下で、希実はひとり歩きながら、ぼんやりと祖父母宅で暮らしていた頃のことを思い出していた。暴君の祖父、弱い祖母、影の薄い叔父夫婦、意地悪な従兄妹。それが希実から見た、あの家族の形だった。けれど彼らには彼らなりに、それぞれ別の景色が見えていたのかも知れない。

家族という、抜け出しがたい袋小路の中で——。


希実が病室に戻ってすぐ、消灯時間がやってきた。とはいえ昼間は気を失うという形で散々寝ていたはずなので、希実としては全く眠れる気がしなかった。しなかったがしかし、暗闇と静寂の威力は凄まじいものがあり、希実はその両者に引きずられるようにして、あっさり眠りに落ちたのである。

ただし、さすがに眠りはごく浅いようで、取り留めのない夢ばかり見てしまっていた。いや、夢というより思い出というべきか。

例えば、学校でのいじめの断片。トイレで水をかけられたり、教科書を破られたり、掃除用具入れに閉じ込められたり、ゴミを投げつけられたり。あるいは托卵先で、ベランダに閉め出されたり、煙草の煙を吹きつけられたり、犬の真似事をさせられたり、という瞬間瞬間。あるいは祖父母のいたあの家でのワンシーン。祖父に殴られたり、正嗣に小突かれたり、沙耶に嫌味を言われたり。それは、最悪な記憶の羅列とも言ってよかった。

目を覚ます直前に見ていたのは、今朝がたの夢だった。神社の絵馬棚の前に立って、希実は沙耶が書いた絵馬を見詰めている。そこには安産祈願の文字と、それを塗り潰すようにして引かれたマジックの黒い線の数々。

すると沙耶が、希実の傍らにスッと立ち、その絵馬を一緒にのぞき込んでくる。そうして薄く笑うのだ。ひどいわー、人の願いを、なんじゃと思うとるんじゃろ。そんなことを呟いた沙耶は、臨月と見紛うばかりのお腹に手をやり、希実に恨みがましい目を向けてくる。なんでなん？　希実、この子に、何も言うてくれんかったんは。大きなお腹を撫でながら、責めるように迫ってくる。

安心して出ておいでとも、こっちはいいところだよとも、希実はけっきょく、言ってくれんかった――。

ただしそれは現実とは違っていたから、思い出というよりは単なる夢、あるいは暗示に近かったのかも知れない。

「……さん……！　起きてください……！　希実さん……！」

村上少年が希実を揺さぶり起こしてきたのは、まだ暗い真夜中のことだった。嫌な夢ばかり見ていた希実は、割合すんなり少年の声に目を覚まし、薄暗い中、体を起こした。村上くん？　何？　どうしたの……？　目をこすりながらそう訊ねると、村上少年は息を切らしながら希実に告げたのだった。

「沙耶が……！　沙耶がいなくなったんです……！　僕が、ちょっと居眠りしてた間に、部屋を抜け出したみたいで……！」

まるで悪い夢の続きのようなその知らせに、希実は一瞬にして覚醒し、そのままベッドを飛び降りたのだった。

「――万が一のことを思って、屋上はもう見てきてあります」

村上少年のそんな報告に、希実はうっと息をのんでしまった。ま、万が一って……。

しかし村上少年は、泣きだしそうな顔で続けたのである。

「沙耶、僕の前で、一度だって泣いたことなかったんです。それなのに、あんなふうに取り乱したから……。こんなふうにいなくなったの、すごく心配で……」

聞けば村上少年、屋上のみならず、院内のあちこちはすでに見て回ったのだという。しかしそれでも見つからず、しばらく途方に暮れた末、希実にすがってきたらしい。

「一般通用口は一ヵ所しかないですし、そこには守衛さんがいらっしゃるんで、外に出た可能性は低いと思います。だからおそらく、院内にはいるはずなんですが――」

とはいえいらぬ早合点で、病院関係者まで巻き込んで、沙耶に不快な思いをさせるのも忍びない。そんな村上少年の提案もあって、希実たちはとりあえず、ふたりで手分けして沙耶を捜そうということになったのだった。

「じゃあ、私は西棟に行くから、村上くんは東棟をお願い！　三十分以内に見つからなかったら、病院の人に報告するってことで――」

そうして村上少年とわかれた希実は、すぐそばの階段へと向かい駆け出した。半ば本能的な行動だった。無論、階段はのぼるつもりだった。バカと煙と落ち込んでいるヤツは、高いところへ向かうと相場が決まっている。

希実の病室は三階で、最上階は六階だった。夜の院内は静まりかえっていて、明かりは灯っているがやや薄暗い。しかも人に見つかったら大事《おおごと》になりそうだから、極力音をたてないように進まなくてはならない。

しかし六階まで辿り着いた希実は、その廊下で落胆のため息をついてしまった。何しろ廊下はほぼ真っ直ぐで、比較的先まで見渡せるのだ。おかげでそこにひと気がないことにも、すぐに気付けてしまう。

「……どこなの？」

希実は呟き、それでも人の入れるスペースや、抜け道のようなものがないかを、確認しながら仄暗い廊下を進んでいく。

そうして西棟の端までやって来た希実は、六階西棟の廊下に沙耶はいないという事実だけを見つけた。それでそのまま階段を降りようと、手すりに手をかけたのだ。

「……ん？」

瞬間、目の端に何か動くものをとらえたような気がした。それで行き止まりの廊下の窓を見てみたが、そこにはガラスに院内の景色と自分の顔が映っているばかり。

気のせいかな？　そう思いつつも、希実は窓に近付き外の景色に目を凝らす。するとそこが広いバルコニーのようになっていることに気付いた。

「――あ」

そしてそのバルコニーの先端に、沙耶らしき人影を見つけたのだった。だから希実は、もちろん外へ出ようと試みた。しかし出かたがわからない。何しろそこにあるのは単なる窓だけで、扉のようなものは見当たらないのだ。てゆうか、じゃあ沙耶はどうやって外に――？

希実は怪訝に思いながら、しかしこのまま諦めるわけにはいかないと、半ばやけくそで窓を開けてみる。するとそこからは、街の音と生温かい夏の空気とが、にわかにもわっと流れ込んできた。これは明らかに、換気用の窓だ。人の出入りを用途としている気配など、微塵も感じない。それでも希実はその窓枠を摑み、足を引っ掛け体を乗り上げる。何しろ沙耶がいる場所なのだ。自分に行けないはずがない。そしてそのまま、外へと向かい飛び降りたのだった。

バルコニーに着地した瞬間、あんがい窓からの高低差があったようで、足と頭のたんこぶに痛みが走った。

「い……っ！」

しかしその声は、前方の沙耶には届かなかったようだ。何しろ外は真夜中だというのに、普通に車が往来していて、車の走行音やクラクションがごく自然に響いているのだ。目の前には首都高速が見下ろせるから、その下には国道２４６号線が走っているはずだ。大通りに近いぶん、人の気配も濃く感じる。

沙耶はバルコニーの手すりに座り、じっとその街並みを眺めていた。それはもう、上半身をひょいとひねれば、そこから落下出来るであろう体勢で、だから希実は慌てて声をかけたのだった。

「沙耶っ！」

瞬間、沙耶はきょとんとした表情で希実を振り返った。そしてそのまま口を開いた。

「希実？　何してるの？　こんなところで」

おかげで希実は咄嗟に返した。

「――それはこっちのセリフでしょ？　沙耶こそ何してんのよ……っ⁉　こんな時間に病室抜け出して……！」

まるで叱りつけているかのような希実の言葉に、沙耶は少々驚いた様子で目を丸くした。何しろ希実が沙耶に怒鳴るのは、おそらくこれが初めてだったのだ。しかし当の沙耶はといえば、希実の注意を素直に受け入れ、頭を下げてきたのだった。ごめん。ちょっと、考え事しとうて……。

そんなしおらしい態度を前に、希実は語気を強めたままでまくし立てる。考え事なら、そんなとこでする必要ないでしょ！　危ないじゃん！　しかし沙耶はかすかに笑って、再び町の景色に目を移したのだった。

「……じゃけど、こうしたほうが、よう見えるし」

「見えるって、何が？」

「世界っていうのを、改めてちゃんと見とうなって」

「は？　セカイ？」

「うん。今朝、私言っとったじゃろ？　お腹に子どもがおると思って……。安心して出ておいで。こっちは、いいところじゃけぇねって……」

そんな沙耶の言葉に、希実は内心ああと頷く。何しろ確かに言っていたのだ。しかもついさっきの夢の中でも、沙耶は似たようなことを言っていた。

しかし今は、そんなことより沙耶の体勢のほうが問題だ。この状態は危険過ぎる。なんとか早く、手すりから降ろさないと――。そう焦る希実をよそに、沙耶は景色を眺めながら続ける。

「でもこうやって、改めて見てみて……。そうでもなかったなーって、思っとったとこ」

沙耶はどこまでもマイペースを貫く。希実は息をのみながら、少しずつ沙耶に近づこうと試みる。近くまで行ってしまえば、あとは腕でも摑めばどうにかなる。何しろ体格差は十分あるのだ。向こうの体重に負けるなどということは考えられない。

そんな画策をする希実をよそに、沙耶は夜の景色に眩しく目を細めるようにして、ふいに笑いだしたのだった。

「なんて……。正直に言うと、本当は最初から、ええところだなんて思うたことないんよ。生まれてきてよかったとも、思ったことないし――。なのに嘘ついたんよ。子どもに安心して来て欲しゅうて。心にもないこと、言うてしもうた」

言いながら沙耶は、上半身をわずかに外へと傾ける。だから希実は、反射的に彼女のほうへと手を伸ばし、駆け寄ろうとする。ちょ、沙耶!?

しかし沙耶は、怪我をしていないほうの手をスッと前に出し、これ以上近づくなというたジェスチャーをしたのだった。

「……安心して？　死のうなんて、思うてないけぇ」

言い切る沙耶に、だが希実は唇を嚙む。だからその体勢で言われても、全然説得力ないんだってば……！　それでも沙耶はどこか眠そうに、ぼんやりとした口調で言葉を続けた。

「大丈夫……。私は呪いにかかったままで、ずっとぼんやり生きていけるけぇ……。だって、これまでもそうじゃったし……。別に、何が変わったわけじゃないし……」

自らに言い聞かせるように話す沙耶に、希実は思わず言ってしまう。

「あのさ、沙耶。呪いってののこと、私、村上くんにちょっと聞いたんだけど——。でも沙耶は、もう呪いになんてかかってないと思うよ？　もうちゃんと自分の足で立とうとしてるっていうか……」

しかし沙耶は頑なに首を振って返す。ううん、かかっとる。ちゃんと、かかったままなんよ。希実にはそれが、わかっとらんだけ。それで希実は言ってしまったのだ。

「——わかってなくて結構だけど！　それでも呪いになんて、もうかかってないって思うんだってば！」

何しろ希実はここしばらく、彼女の我がままに付き合ってきた身なのだ。

「だって沙耶、お腹の子、ひとりで産んで育てるって言ってたじゃん？　子どものために、色々頑張ってたじゃん……。それは、沙耶のお母さんが言ってた、『家族のため』ってのと、全然違うことだったはずだよ？　だから、沙耶はもう……」

しかしそんな希実の言葉に、沙耶はぼんやりした顔で応えたのだった。

「……私も、そう思うとった。私の呪いは、解けたんじゃと――」

街からは、ぬるい風が吹いていた。

「でも、違っとったんよ。あたしには、強いのがかかったままなんよ」

その言葉に、希実は思わず返してしまう。え？　それ、どういう……？　すると沙耶は、また街の景色に目線を戻し、ひとつ息をついた。そうしてゆっくりと、彼女に根付き続ける呪いなるものについて、静かに話しはじめたのである。

「妊娠したって思った、少し前――。私、実家に帰ったんよ。その頃、元彼に、もう一度やり直そうって、脅されとって……。でも村上くんは東京だし、他に頼れる人もおらんし……。緊急避難のつもりで、帰ったんよ……」

そこで沙耶は、もちろん母親に事情を説明したそうだ。今までは投げやりに暮らしていたが、村上くんという恋人を得て、人生をちゃんとやり直したいと思いはじめていることも、隠し立てすることなく率直に話した。

しかし沙耶の母親は、想定外の反応を見せたのだという。

「うちの母親、元彼の素性を調べたみたいで……。ヨリを戻せって言ってきたんよ。元彼の親って建設関係の会社をやっとって、元彼はその跡取りじゃったけぇ――。こんないい相手はおらんとかなんとかって、あの人、言い出して……」

言いながら、沙耶の小さな唇は震えていた。おそらくその時のことを、思い出しているのだろう。そうして彼女はぐっと唇を噛んだのち、再びその口を開いたのだった。

「元彼は、あたしのこと、脅したりつけ回したり、そういうことする人なんでって言っても、全然聞く耳持たんのんよ。そのくらい、我慢すりゃあええじゃろって、そうに言うばっかりで……」

しかも沙耶の母親は、もっともらしく言ってきたのだそうだ。だいたい沙耶ちゃん、この先の人生、どうするつもりなん？　高校も中退して、男の人んところに転がり込んで——。もう、結婚くらいしか、人生取り戻しようがないじゃろ？　そうしてあの、呪いの言葉を口にしたのだ。

「沙耶ちゃんがそうやって落ち着いてくれるんが、家族のためでもあるんよって、あの人言ったの。にこにこ嬉しそうに笑いながら、言ってきたんよ」

もちろん沙耶は、何を言ってるんだと内心憤慨したそうだ。しかし母の助言はさらに続いたのである。

変なこと言わんでよ！　沙耶がそう言って席を立とうとした瞬間、母は沙耶の手を握り、笑顔で言ってきたのだそうだ。

「相手が結婚を渋っても、子どもさえ出来てしまえば、押し切れるけぇって……。あの人、嬉しそうに言うとったんよ」

それで沙耶は、けっきょく数時間の滞在のみで実家をあとにし、その後は友人宅を転々とした。あんな母親の元で暮らしたら、気が変になると思ったからだ。そうしてそんな矢先、妊娠したかも知れないという疑いを持つに至った。

「母と会って、一週間ほど経った頃だったかな……」

ただし、村上少年に迷惑がかかるなら、ひとりで産んでひとりで育てようと、沙耶は最初から心に決めていたようだ。母のようにはなりたくない。そんな強い思いが、その決意の原点となっていた。私は母とは違う人間になるのだ。

「だから、律子おばさんの話が聞きたかったんよ。母とは逆の生きかたの人だと思うとったけぇ……。ひとりで子どもを産んで育てることが、どういうことなんか、おばさんはどうやってきたんか、聞いてみたかった……」

そんな沙耶の物言いに、希実は口を挟んでしまう。ほら、やっぱりじゃん。それって、お母さんの呪いなんか、解けてるってことでしょう？　しかし沙耶は小さく笑って、やはり弱く首を振った。そして眠そうな目をしたまま、どこかくぐもったような声で希実に告げたのである。

「――でも、想像妊娠だったんよ？」

そして口の端にわずかな笑みを浮かべ、自嘲気味に言い連ねた。

「きっと私、心のどこかで思うとったんよ。妊娠さえすれば、村上くんが助けてくれるって……。そうすりゃあ、私の人生も取り戻せるし、そうすりゃあ、家族のためにもなるって、私――」

ぬるい風が吹いてくる。沙耶は少し顔を歪めて、絞り出すように言葉を続ける。

「私は……。けっきょく母と、同じなんよ。頭では色々考えても、心は母に似てしもうとる。しょせん母娘じゃけぇ……」

そうして沙耶は、膨れた自らのお腹に手をやり、呟いたのだった。

「だからこんなお腹には、来てくれなかったんかもわからん。他にもっと、ええ場所はあるし。もっと幸せになれる場所で、生まれてくればええよね……」

まるで自分に言い聞かせるように話す沙耶に、希実は再度じりじり近づこうとする。何しろ六階バルコニーの手すりに座るなど、やはり正気の沙汰とは思えないのだ。しかも沙耶は小柄で華奢だ。少し強い風が吹いた程度でも、飛ばされてしまうのではないかと気が気でない。てゆうかこの子、本当に落ちる気とかじゃないんだよね？

しかも当の沙耶はと言えば、そんな希実の心配を知ってか知らずか、上半身をゆらゆら軽く傾けて、バルコニーの下をのぞき込んだりしている。

「……私も、ずっと思うとったもん。こんな家に生まれんかったらよかったたって」

やはり体を揺らしながら、足のほうもぶらぶらさせ壁に踵《かかと》をぶつけている。

「周りから見たら、ええうちじゃったろうし、それなりに幸せそうにしとったけど、けど生まれてきてよかったなんて、あの家で思えたこと一度もなかった」

その話を聞きながら、それはそうなんだろうな、と希実も思った。何しろ沙耶の過去については、村上少年から聞いたばかりだし、幼少期はその家族を目の当たりにもしていた。だから、わかる部分も多々ある。しかし、だからといってそのゆらゆらはどうか。ちょっとでもバランスを崩したら、そのまま落ちちゃうかもしれないんだよ――？

けっきょく希実が口を開いたのは、沙耶がいよいよ手すりの上で体をのけ反《ぞ》らせた頃合いだった。その動きの危《あや》うさに、たまらず切り出してしまったのだ。

「――あ、あのさぁ！」

すると沙耶は、その大音量に眉をひそめた。しかも、希実、声でか過ぎ。看護師さんに見つかって怒られるよ？　などととぼけたことまで言ってきた。しかしそのおかげで、彼女のゆらゆらは止まっている。だから希実は、その勢いのまま話し続けたのだった。

「まあ、わからなくは、ないよ？　沙耶の言ってること……。私だって、出発点は沙耶と同じあの家だったわけだし……？」

話題は、なんでもよかったのだ。とりあえず沙耶の気が引ければそれで――。

「広島の家を出てからも、それなりに嫌なことたっぷりあったほうだし？　正直、生まれてきてよかったと思うことだって――」

しかし瞬間、通りを走り抜けていくバイクの音が響いてきて、希実の頭に軽いフラッシュバックが起きた。バラバラバラバラ――。その音が、どこか雨音のように聞こえたからだろう。だから希実は、今度は意志を持って言ってしまった。

「――思ったこと、ほとんどないし……。今は居候先で平和にやってるけど、それまでの暮らしとか学校生活とか、けっこうハードだったし……」

バイクの音はすぐに遠のき、あとはこの街ならではの、牧歌的な車の走行音が響き出す。希実はその音に耳を傾けながら、そのまま話を続ける。

「今の暮らしだって、いつまでも続くとは思ってないし。むしろ、いつ終わるんだろうって、怖くなることもあるし……」

自分で語りながら、そうなんだよなと改めて思う。私はあの店の単なる居候で、いつ追い出されたって、たいして文句は言えないんだよな。そうじゃなくても、永遠にあの店の居候でいるわけには、きっと絶対、いかないもんな。

沙耶は動きを止めたまま、じっと希実の話を聞いている。ゆらゆらが消えていることに、若干安堵を覚えつつ、希実はそのまま話を続ける。

「……でも、それでもいいのかもって、今朝思ったんだよね。沙耶の元彼に、突き飛ばされて――」

希実の言葉に、沙耶がわずかに眉をひそめる。突き飛ばされてって……？　なんで……？

「たぶん私あの時、このまま死ぬかもって思ったんだよね。それで人生の走馬灯みたいなのなんか見ちゃって……」

しかし沙耶は、怪訝顔のままだった。それで希実はそれとなく注釈を入れる。ほら、死ぬ間際に見るっていう、自分の人生の思い出だよ。記憶が走馬灯のように巡る、とかよく言うじゃん？　すると沙耶はやはり眉間にしわを寄せたままだったが、ふうんとひとまず納得した様子を見せた。そして訊いてきたのだ。

「――希実のは、どんな、思い出だったん？」

だからまず、希実は苦く笑ってしまった。何しろはじめに脳裏を過《よぎ》ったのは、単にインパクトが強かっただけであろう面々だったのだ。「やあ、望遠鏡のおじちゃんだよ」「趣味特技は腹話術です」「細胞までソーヤング！」

脳裏を過ってくる、笑顔の斑目、孝太郎、安倍《あべ》の姿を前に、希実は当初、脳内で何が起こっているのか判然としなかった。なんで変態三人が、揃い踏みで……？　しかしすぐに思った。これが、走馬灯のようにってやつだ。

何しろまるで洪水のように、人の顔や言葉の数々が、頭の中に渦巻いたのだ。

「しかし、美和子に妹がおったとはな」「お前のぶんもあるから、さっさと食え」「これ、昼の弁当、希実ちゃんの好きな、メロンパンや」「痛い時は痛いって言えよ。じゃねーとこっちだってわかんねぇんだから」「そんなら駐車場までおぶってやるわ」

記憶の中で、希実はたいてい笑っていた。

「お客様じゃなくて、ソフィアって呼んで？」「俺も早く、希実ちゃんになりてー！」「子どもはバカやで、希実ちゃん」「お母さんがいない間は、私がこだまを守ってあげるからね」「お願い、希実ちゃん！　俺のお母さんになってください！」「今日は、ちょっとかっこよかったから」「もしかして恋のはじまり？」

こんなに自分が笑っていたなんて、気付いてもいなかった。

「カモン！　アタシのこと、お母さんて呼んでいいわよ？」「――絶交だ！」「当たりめぇだろ。人は変われんだよ」「今日バレンタインなんだけど！　風邪、大丈夫？」「今日バレンタインだぞ？」「ハッピーバレンタイン！」「やや！　まさか希実ちゃんが、チョコレートを用意してくれるとは！」「お花見？」「ああ、みんなで、一緒に行こうな」

しかもこんなに、幸せそうにしていたとは——。

「平行線も、いつかはどこかで交わるってことや」「心臓が止まるかと思ったじゃねーか！」「怖かったやろ？　よう頑張ったな」「きっとみんなと仲良くしたくて、転校して来たんだよ！」「わ、わかり合おう！　話し合おう！」「ダカラソンナ、メソメソスンナヨ」「大丈夫。君ならちゃんと乗り越えられる」

死の間際まで、気付かなかった。

自分がどんなふうに、笑っていたのか——。

まあ、けっきょくのところ生きてたんだけど。てゆうか、むしろほぼ無傷だったんだけど。それでもおかげで、充分知ることが出来た。あの店に来てからの、自分の在《あ》りようを——。

ただしその内容を、沙耶に上手く伝えるのは難しかった。だからへたくそにしか、答えることが出来なかった。

「どんなって言われると、難しいんだけど……。あれがここにあるんだったら、この先何かあったとしても、大丈夫っていうか……」

ここ、と言いながら、希実は胸のあたりを軽く叩いてみせる。

「例えば、今の状況が変わっちゃっても、何かの呪いがかかってたとしても、どうにかなるんじゃないかなーって、思ったっていうか……。そんな感じで……」

　沙耶はそんな希実の様子を、じっと動きを止め見詰めていた。まるで夜を背負うようにして、どこか眩しそうに希実を見ていた。だから希実は言ったのだ。

「――沙耶にだって、そういうのあると思うんだよね。私のとは、ちょっと方向性違うけど。でも村上くんが言ってたし……」

　その言葉に、沙耶がわずかに眉根を寄せる。その表情の変化を前に、希実はたたみ掛けるように続ける。

「沙耶、村上くんに、自分のことは守らなくていいって、言ったんでしょ？　男の人が女の人を守らなきゃいけないなんて、それも呪いみたいなものだって――」

　それは先ほど、村上少年が希実に話した、呪いの話のひとつだった。人の強いこだわりを、呪いと言い捨ててしまう沙耶は、だから村上少年の言葉にも、そんなふうに返したらしい。

　別に守ってなんかくれんでも、あたしは村上くんが好きじゃけぇ。村上くんは、普通に村上くんでええんよ。そしてその言葉で、村上少年は確かに、なんらかの呪いから解かれたような気がしたと言っていた。そしてだからこそ、と彼は希実に盛大にのろけてみせたのだ。

「——だから村上くんは、沙耶がどうしても守りたくなったんだって。女の子だからじゃなく、沙耶だから守りたいんだって、言ってたよ？」

その話を聞きながら、沙耶がわずかに視線を泳がせる。暗い夜の空をたゆたうようにしながら、それでもその目にかすかな光が灯る。

だから希実も、言ったのだ。

「世界がロクでもないとか、そんなの私にもわかるけどさ……。でもその世界に、村上くんだっているわけじゃない？　一緒に過ごした時間だってあるんでしょ？」

生ぬるい風が、沙耶の金色の髪を揺らしている。

「——だったらちょっとは、好きになれるんじゃないの？　こんな世界だって、少しくらいは……」

街からは車の走行音が響いてきていた。首都高からも、流れる光が漏れて見える。沙耶はそんな光を背景にして、じっと希実の顔を見ていた。そうしてしばらく黙っていた沙耶は、やがてフッと笑みをこぼしたのだ。

「……そうだね。そうかも、知れんね」

しかしそう言ったにもかかわらず、突然座っていた手すりの上で、上半身をひねるようにして、手すりの向こうに身を乗り出したのである。

「沙耶……!?」

おかげで希実は、咄嗟に地面を蹴り出して、沙耶のほうへと飛びだしてしまった。希実が沙耶を確保したのは、その次の瞬間だ。手すりに座っていた沙耶を、希実が、包み込むように抱き締めた。

「もう、なんなの……！　危ないでしょ……!?　アンタは……！」

希実のその叫びに、腕の中の沙耶がぶふっと声をあげる。それで少し腕を広げて、沙耶を見てみたら、彼女はなんだか照れくさそうに微笑んでいた。

そんな小動物のような沙耶を前に、希実はほんの少しだけ、沙耶という少女の需要について理解出来た気がしていた。ああ、なるほど、これはこれで、ちょっとかわいい……かも？　しかしそう上から見てやったのも束《つか》の間《ま》、沙耶は鋭い指摘をかましてきたのである。

「……希実、ずいぶんと熱い話してくれたうえに、あたしがここから落ちるの、止めてくれとるつもりみたいじゃけど。ここ、落ちてもたぶん死なんよ？」

思いがけない沙耶の言葉に、希実はえ？　と眉根を寄せて手すりの向こうに顔を向ける。するとそこには、五階部分のバルコニーが広がっていた。

「あ……」

今度は希実が、照れ笑いをする番だった。希実はガバッと沙耶から腕を離し、苦笑いを浮かべながら、弁解をはじめる。いや、だってさ、この状況で、他にすることって逆にある？　むしろ責められるべきは、思わせぶりな沙耶のほうじゃない？　しかし沙耶はにやにやしながら、そうじゃねそうじゃね、と意地の悪いこけし笑顔を向けてくる。

階下のバルコニーに、村上少年の存在が確認出来たのは、ちょうどそんな頃合いだった。彼は大声をあげないよう気をつけながら、身振り手振りで希実たちに向かい、ここにいるよアピールをしていたのである。

「……あの人、東棟担当って言ってあったのに、なんで西棟に……？」

「村上くんて、ちょっとばかし、方向音痴なんよね……」

その方向音痴の王子様は、頭上のバルコニーに佇む姫の姿を前に、満面の笑みを浮かべ盛大にその両手を振っていた。そんな彼の姿を前に、さすがの沙耶も嬉しそうに笑う。いよいよもって、このふたりもハッピーエンドなのかな。希実がそんなことを思っていると、傍らの沙耶が囁くように言ったのだった。

「……ありがとう、希実」

その目はちゃんと、王子に向かって開かれていた。

「王子様は来たんじゃし、私も、ちゃんと目ぇ覚まさんとね」

朝を迎えた王子と姫は、仲睦《むつ》まじくパンをかじっていたらしい。パンを携え病室に現れた弘基が、呆れ顔で言っていた。

「ここに来るついでに、向こうにもパン届けてやったらよ。なんか知んねーけど、ふたりしてでれでれパンかじりやがってよ」

聞けば沙耶と村上少年、渡されたすべてのパンを半分にわけあい、おいしいね、と微笑み合っては口に運んでいたようだ。そのいちゃつきぶりに当てられた弘基は、早々に沙耶の病室をあとにしたらしい。

「まあ、沙耶もなんか明るくなったからいいけどよ。しかしこの一晩で、あの態度の変わりようはなんなんだろうな？」

弘基は怪訝そうに語っていたが、希実は昨晩の騒動については黙っておいた。私だって、けっこう恥ずかしい話しちゃったしな。

ちなみに弘基は見舞いと称し、希実にはフルーツサンドとアイスデニッシュを持参してくれた。

「病院のメシだけじゃ、物足りねぇかと思ってよ。どっちもデザート代わりだ。遠慮せず食え」

それで希実も遠慮なく、まずはアイスデニッシュに手を伸ばしたのである。いっただきまーす。とはいえ今日のアイスデニッシュは、もう凍ってはいなかった。なんでも今後は、ウィークエンドデニッシュと改名し、常温のまま週末限定で売るそうだ。

「うん、いいと思うよ。凍ってなくても、これ全然おいしいし！」

機嫌よくパンをかじる希実を前に、弘基は鼻を鳴らして笑ってみせた。当然だろ？ 俺が作ってるパンなんだからよ。そうしてベッド脇の丸椅子に腰かけ、まじまじと希実を見詰めたのだ。いや、希実をというより、希実のたんこぶをと言うべきか――。

「……昨日よりは、ちょっと腫《は》れも引いたみてーだな。まだ痛むのか？」

言いながら弘基が、その手をたんこぶへと伸ばしてくる。だから希実は顔をしかめ、触んないでよ？ 痛いんだから、とけん制する。しかし弘基はそれを無視して、そのままその手を希実の頭にポンと置いた。

おかげで希実はパンをかじりつつ、弘基の顔を見てしまう。……ん？ 何？ しかし弘基は、その手を希実の頭に置いたまま、じっと希実の顔を凝視し続ける。そのめずらしく真面目な表情に、希実はパンを咀嚼しながら、思わず目をしばたたいてしまう。な、何？ どうしたの？ すると弘基は大きく息をついて、一瞬だけ目を伏せたものの、また希実の目を見詰めて口を開いたのだった。

「――あのよ」

「……何よ？」

「頼むから、もうこんな無茶しねーでくんねぇか？」

責めているふうでもなく、かといって怒っているわけでもなさそうな弘基の態度に、希実は少々戸惑いながら返す。こんな無茶って……？　すると弘基は、また息をつき言ってきた。

「お前が階段から落ちて、意識なくしてるって聞いた時、目の前が真っ白になったんだ」

その声が、少しだけ震えていることに、希実はようやく気付く。

「……怖ぇんだよ。人が急にいなくなったりすんのは、もう――」

病室のドアが、コンコーン、と陽気な音を鳴らしたのは、ちょうどそんなタイミングだった。ココンココーン。すると弘基は希実の頭から手を離し、丸椅子から立ち上がってドアのほうを振り返ったのだった。

「――はいはい！　どちらさま⁉」

やって来たのは暮林だった。彼はドアを開けるなり、春風が吹き抜けるような笑顔で言ったのである。

「おお、希実ちゃん！　元気そうやな。よかった、よかった――」

おかげでウィークエンドデニッシュは、暮林も一緒に食べることになった。

「――ああ、これ！　美和子が作ってくれたことあるわ。懐かしい味やわ」

そんな暮林の感想に、なぜか弘基は膝から崩れるようにしてよろけていた。あ、そう、美和子さんが、クレさんにねぇ……。しかし暮林は、そんな弘基の様子に気付くことなく、穏やかな笑みを浮かべ、満足そうにデニッシュを頬張っていた。うん、けど弘基ののほうが、味は繊細やわ。え？　そう？　ああ、やっぱり天才は違うな。ま、まあな。

そして希実はそんな光景を前に、胸がぼんやり温かくなるのを、ひそかにじっくり味わっていたのだった。


まだ少し経過観察が必要だという沙耶を残し、希実は一晩だけの入院で退院の運びとなった。それで希実は、やって来た弘基と暮林ともども、病院をあとにすることになったのである。

暮林が思いがけないことを言い出したのは、弘基が希実の退院手続きをしている最中のことだった。

希実と暮林は待合室のベンチに並んで座り、弘基を待っていた。その間、はじめのうちは他愛のない話をしていた。夏休みの間の、ブランジェリークレバヤシの様子や、納涼祭の成果報告。あとはやって来た沙耶のことや、ソフィアの恋の予感についても言及しておいた。

「相手は、安田さんていう人なんだけどね。ほら、昨日病室にいたでしょ？　目のクマがひどくて、雰囲気のちょっと暗い感じの人で──」

そんな希実の説明に、暮林は笑顔で頷いたのだ。

「ああ。わかるよ。捜査二課の刑事さんやろ？　希実ちゃんが階段から落ちたって伝えに来てくれたのは、その安田さんて人やったで……」

もちろん希実は、暮林のその回答がにわかには理解出来ず、首を傾げてしまった。

え？　安田さんが、暮林さんに……？　戸惑う希実を前に、暮林はいつものように泰然と返してくる。ああ、そうなんや。まあ、安田さん自身は、俺に伝えるつもりで来てくれはったわけじゃないんやけど……。

その瞬間、希実はあの日の朝のことを思い出した。確か安田は、島根に行ってきた報告をしに、店に来てくれていたはずだ。色々とややこしい話だからと、詳しいことは散歩のあとで話すと言われた。その安田氏が、どうして暮林さんのところへなんて──？

希実は怪訝に思いながら、しかしひとつの可能性に行き当たってはいた。仮に、あの日の安田氏の報告が、母の居所を摑んだというものだったとしたら？　それで私の入院を知って、母に伝えようとしたんだとしたら？　それで思わず、言ってしまったのだ。

「――もしかして、暮林さん……」

少しうわずったような希実の声に、暮林は眉毛を下げて希実を見詰める。

「……うちの母と、一緒にいたの？」

すると暮林は、口元に笑みをたたえながらも、どこか申し訳なさそうに頷いたのだった。

「そうなんや。ここしばらく、ちょっとな……。みんなには、黙っといて申し訳なかったんやけど……」

そうして暮林は、希実の目を真っ直ぐ見て言い継いだ。

「希実ちゃんのお母さん、ちょっと具合を悪くされとってな。しばらくそれの、付添いをさせてもらっとったんや」

母が暮林のもとに現れたのは、初夏の頃だという。そのことについて、暮林は病院からの帰りのワゴンの中で説明した。

「ちょうど希実ちゃんの学校の、文化祭があった日や。あの日、律子さん、うちの店にいらして――」
そんな暮林の説明に、運転席の弘基は、ああ、と納得顔で頷いた。そういやあの日、クレさんひとりで遅れてきたもんな？　要するにあれ、希実の母親と会ってたってことか？　それに対し助手席の暮林も頷く。ああ、そういうことや。お母さん、希実ちゃんが文化祭の実行委員やっとるって聞いて、ずいぶん驚いてみえたで？　だから後部座席に座った希実も、少し居心地が悪いながら頷いたのだ。……ああ、まあ、そうだろうね。私も、まさか自分があんなことやらされるなんて、思ってなかったし……。

ワゴンは国道246号線を走っていた。窓から見える空は、首都高速とビルの狭間で細切《こまぎ》れだ。それでも夏の空らしく、眩しいほどの青色をしている。雲らしい雲はなく、雨の気配はまるでない。

だから暮林の提案についても、比較的落ち着いて受け止めることが出来たのかも知れない。交差点の信号が赤になり、ワゴンが停車した頃合いで、暮林は何気なく言ってきたのだ。

「それで、なんやけど……。希実ちゃん、お母さんに会いに行かんか？」

しかしそれでも多少なり、怯むことは怯んでしまった。母と、会う。それは避けていた現実と、向き合うことに等しいような気さえした。母と、会う――。

暮林もそんな希実の様子を察したのか、のんびりとした声で言ってきた。

「急にとは言わんし、無理にとも、もちろん言わん。お母さんも、だいぶ躊躇っておられたでな。今さら会ってもらえんやろうとか、合わす顔がないとか、そんなことを言ってみえたで……」

それで希実も、母の弁に重ねるよう訊いてみたのだ。

「……それに、大切なものを、奪ってしまったし？」

すると暮林は、一瞬の間を置いたのち、やはり柔らかな声で肯定したのだった。

「ああ、そういうふうにも、言ってみえたな。希実ちゃんにとって、すごく大切なものやったのに、どう詫びていいのか、わからんほどやと……」

だから希実は、なんとなく察したのだった。そうか、暮林さんも、たぶん母から聞いたんだな。記憶のこと、あの日のこと、あの頃のこと、この人はたぶん、全部知っているんだろう。

信号が変わって、ワゴンが走り出す。交差点に出た瞬間、空がパッと広くなる。おかげで空の端のほうに、雲が出ていることに気付かされる。もしかしたら夕方あたりには、にわか雨でも降るのかも知れない。今はまだ、雨音が聞こえなくても、そのうちいつかは――。

希実の記憶が一部失くなってしまったことを、母はひどく気に病《や》んでいた。雨の日の記憶と共に、希実はそのことについても思い出したのだ。

特に具合も悪くないのに、医者に連れていかれ、注射を打つわけでも薬をもらうでもなく、ただ家路につかされた時のことだ。母は希実の手を握りながら、本当に、覚えてないの？　と何度か訊いてきた。しかし希実には、それがなんのことかわからず、ただ首をひねるばかりだった。

「——わかんないよ。美和子さんて、誰のことなの？」

希実がそう口にした瞬間、母は泣き崩れるようにして、希実の前で膝をついた。そしてそのまま希実を抱きしめ、何度も何度も詫びたのだった。ごめんね、ごめん——。あたしのせいで、こんな……。

おそらく希実が記憶をなくしてしまったことを、自らの責任だと思ったのだろう。そんなふうに思い至り、希実は小さく息をつく。そもそも、手紙にもそう書いてあったもんな。『私はあの子の記憶を奪ってしまいました』別に、母のせいじゃないのにさ。

そんなことを思いながら。希実は窓から見えるわずかな空を見上げる。そしてぼんやりと、あの時の記憶をよみがえらせる。あのひどい雨の日。美和子さんの家に、母が乗り込んできたあの日。

ザアザアザア。ザアザアザアザア――――――。

激しい雨音の中、希実は言い争う母と美和子の姿を見ていた。ふたりが何を言い争っているのか、幼い希実にはまるで理解出来ず、ただふたりを前に立ち尽くすことしか出来なかった。そうして母に言われたのだ。

「どっちがいいか、選びなさい！」

美和子か自分か、そう迫る母を前に、希実は完全に混乱していた。どうして選ぶの？　美和子さんとお母さんを、どうして――？

しかしそんな希実を、美和子ははっきりかばおうとしていた。ちょっと律子、これはそういう話じゃないでしょ？　詰め寄る律子の前に立ち、迷わず希実を守ろうとしていた。やめろって言ってるでしょ!?　そんなの、子どもに訊くことじゃ……！

けれど母はやめなかったのだ。そして怒りに震えながら、希実を見下ろし言い放った。あんたなんか、もういらないから！　そうして追いすがる希実を無視して、外へと出て行ってしまった。

そんな母を、希実は追いかけた。なぜそうしてしまったのか、今となってはよくわからない。けれど母に捨てられるかも知れないという恐怖が、その時の希実を突き動かしていたのは事実だった。待って！　お母さん！　待って……！

そうして雨の降りしきる中、希実は傘も持たないまま、家の外へと飛び出した。

「——お母さん！」

傘を差し振り返らず歩いていく母を、走って追いかけようとしたのだ。美和子が声をかけてきたのは、その瞬間だった。

「待って、希実ちゃん……！」

言いながら彼女は、希実の腕を摑んだ。そして雨から希実を守るようにして、広げた傘を傾けてきたのだ。

「雨、降ってるから……。お母さんのところには、あとでちゃんと送っていってあげる。ちゃんと謝ってあげるから、今は……」

けれど希実は、そんな美和子の手を振り払ったのだった。その瞬間の美和子の顔を、希実はちゃんと記憶していた。

少し驚いたような表情で、その目は少し見開かれていた。口元もわずかに開いていた。眉根も少し寄っていたのではないか。そしてその目は、傷ついたガラス玉のように見えた。

「希実ちゃん……」

それでも希実は駆け出したのだ。叩きつけるような雨の中、美和子に背を向け、母のほうへと必死になって駆け出した。

角を曲がる時、希実は一瞬立ち止まり、美和子のほうを振り返った。

美和子は傘をさしたまま、じっと希実を見詰めていた。見詰めていて、振り返った希実に向かい、小さく微笑み頷いてくれた。いつもそうしてくれていたように、あの時も——。

あんな時ですら美和子さんは、私を見ていてくれたのに——。それなのに私は、美和子さんを振り切るようにして、母を追って走り出したんだ。

雨に打たれ走りながら、希実はわけがわからなくなっていた。どうしてこんなことになってしまったのか。どうして……？

ザアザアと音をたてる雨が、不快だった。

でも何より嫌だったのは、あの時の自分だったのではないか。

だってそうだよ。どうして私、あんなこと——？

あんなにも大好きで、大切だった人の手を、眼差しを、どうしてあんなふうに、振り払ってしまったんだろう？

アパートの部屋に戻っても、涙は止まらなかった。それで部屋を閉め出された。そうして雨に打たれながら、希実はずっと美和子のことばかり考えていた。

美和子さん……。

いつもパンを作ってくれて、一緒に並んで食べてくれた。美和子さんが一緒だと、ごはんを食べるのが楽しかった。前みたいに縮こまって、食べなくったっていいから好き。

美和子さんは大きい口をあけて、ガブリッてパンをかじる。口からマヨネーズがこぼれても、ペロッてなめてしまう。指もそう。行儀悪いよね、って自分で言いながら、でも次も絶対そうするんだ。

一緒に歌も歌ってくれたし、お姫様の絵がすごく上手だった。雪の日に雪だるまを一緒に作ったこともあった。小さいのをふたつ。冷凍庫に大事にしまって、ふたりで何度も見ては笑った。二階の窓からは、よくシャボン玉を飛ばした。口で吹くやつじゃなくて、ピストルみたいなシャボン玉製造機。あんまりいっぱいシャボン玉が飛ぶから、道を歩く人たちが驚いてはまわりを見回していた。私たちはそれを見て、隠れてクスクス笑ったりした。美和子さんには、ちょっとイタズラ好きなところもあったのだ。

母のいない寂しい夜は、時々アパートを抜け出して、美和子さんの家に行った。暗い夜の中、だけど美和子さんの家の明かりは、いつもちゃんと灯っていた。だからいつもホッとして、家の呼び鈴を押すことが出来た。そんなことを口にした時、美和子さんは笑って言ってくれた。

「あら？　そうなの？　じゃあうちは、夜も明かりを灯しておかないとね」

いつか開く、パン屋の話をしていた時だ。

「――いつでも希実ちゃんが来られるように、夜中もお店を開けておくからね」

思い出の中の美和子さんは、いつも笑顔で楽しげだった。大きな口を開けて笑って、振り向けばいつもこっちを見ていてくれている。

なのに、あんな顔をさせてしまうなんて――。そう思うと自然に涙が溢れてきて、いくら母が泣くなと言っても、どうにも止めようはなかった。

だから雨に濡れていたのは、少し都合がよかったのだ。涙を隠してくれるから――。

そうして希実はいつまでも、美和子を思って泣き続けた。

ザアザアザア。ザアザアザアザア――――。

だからたぶん、違うんだよ、母。

あの時のことを忘れたのは、きっと私の意思だった。

私は逃れたかったんだよ。

あの時の後悔と、どうしようもないほどの罪悪感から――。

「――希実ちゃん？」

ぼんやりと昔を思い出していると、暮林が後ろを振り返り声をかけてきた。それで希実はハッとして、口を開いたのだった。

「……あ、ごめん。……母に、会うかどうかだよね？」

スカートのポケットが、じんわりと重くなったように感じる。原因はおそらく、入れっぱなしにしておいた、合格祈願のお守りだろう。

車は国道246号線を曲がり、商店街を抜けようとしていた。もう少し行けば、ブランジェリークレバヤシへと辿り着く。

呪いというものを、希実は少し考える。私も、かかっていたのかも知れない。なんらかの、呪いに。だからこんなに長い間、大切なことを忘れていたのかも――。

でも、もう目は覚めたから、前に進もうと思ったのだ。だから希実は小さく深呼吸をして、暮林の背中にはっきり告げた。

「――うん。いいよ。会いに行く」

空はよく晴れていた。雨雲はたぶん、まだ遠い。

Closed

〈本書は書き下ろしです〉
Special Thanks : Boulangerie Shima

真夜中のパン屋さん
午前3時の眠り姫

大沼紀子

2013年10月5日　第1刷発行

発行者　坂井宏先
発行所　株式会社ポプラ社
〒一六〇-八五六五　東京都新宿区大京町二二-一
電　話　〇三-三三五七-二二一二(営業)
　　　　〇三-三三五七-二三〇五(編集)
　　　　〇一二〇-六六六-五五三(お客様相談室)
ファックス　〇三-三三五九-二三五九(ご注文)
振　替　〇〇一四〇-三-一四九二七一
ホームページ　http://www.poplar.co.jp/ippan/bunko/
フォーマットデザイン　緒方修一
印刷・製本　凸版印刷株式会社

N.D.C.913/444p/15cm
ISBN978-4-591-13624-9

ポプラ文庫好評既刊

ばら色タイムカプセル

大沼紀子

〝ある思い〟を抱える13歳の家出少女・奏が流れ着いたのは、女性専用の老人ホームだった。一筋縄ではいかぬ老女たちと過ごした時間は、老いること、死ぬこと、そして「生きること」を教えてくれる。しかし「庭のばら園には死体が埋まっている」という噂が思わぬ事件を引き起こし……。

ポプラ文庫好評既刊

空ちゃんの幸せな食卓

大沼紀子

血の繋がりのない義母と、奇妙な共同生活をはじめた私と姉は、同じ食卓を囲むうちに、少しずつ新しい関係を築いていく……（「空ちゃんの幸せな食卓」より）。デビュー作「ゆくとし　くるとし」（坊っちゃん文学賞大賞受賞）を収録。『真夜中のパン屋さん』の著者の原点がここに。

ポプラ文庫好評既刊

真夜中のパン屋さん
午前0時のレシピ

大沼紀子

都会の片隅に真夜中にだけ開く不思議なパン屋さんがあった。オーナーの暮林、パン職人の弘基、居候女子高生の希実は、可愛いお客様による焼きたてパン万引事件に端を発した、失踪騒動へと巻き込まれていく……。期待の新鋭が描く、ほろ苦さと甘酸っぱさに心が満ちる物語。